풀밭 위의 돼지

김태용은 1974년 서울에서 태어났다. 숭실대학교 문예창작학과와 같은 과 대학원을 졸업했다. 2005년 『세계의 문학』 봄호에 「오른쪽에서 세번째 집」을 발표하며 등단했으며, 2008년 한국일보문학상을 수상했다. 현재 '루' 동인으로 활동 중이다.

김태용 소설집
풀밭 위의 돼지

초판 1쇄 발행 2007년 11월 16일
초판 6쇄 발행 2016년 7월 27일

지은이 김태용
펴낸이 주일우
펴낸곳 ㈜문학과지성사
등록번호 제1993-000098호
주소 04034 서울 마포구 잔다리로7길 18(서교동 377-20)
전화 02) 338-7224
팩스 02) 323-4180(편집), 02) 338-7221(영업)
전자우편 moonji@moonji.com
홈페이지 www.moonji.com

ⓒ 김태용, 2007. Printed in Seoul, Korea
ISBN 978-89-320-1820-1 03810

지은이는 2006년 한국문화예술위원회의 창작지원금을 수혜했습니다.

풀밭 위의 돼지

김태용 소설집

문학과지성사
2007

차례

검은 태양 아래

누가 내 등에 칼을 꽂았는가. 손이 닿지 않은 거기에 누군가 칼을 꽂아 놓았다. 순식간이었다. 나는 천변의 다리를 건너고 있던 것이 틀림없고, 손에는 우산이 들려 있었다. 우산을 들고 나선 건 비가 내리기 때문이 아니었다. 몇 년째 비는 내리고 있지 않았다. 가뭄으로 곡식이 마르고, 도시마다 단수 공고가 나붙었다. 이미 외국으로 떠난 사람들은 돌아오지 않았으며, 경제적인 여유가 있는 사람들은 서둘러 여권을 발급받아 비행기에 올랐다. 계절이 바뀔 때마다 인구가 급격하게 격감됐고, 출산율이 갈수록 저하되었다. 정부 차원에서 구시대의 풍습인 기우제를 지냈다. 어떤 시인은 인디언은 비가 내릴 때까지 기우제를 지낸다는 말을 신문 칼럼에 쓰기도 했다. 일기예보에서는 조만간 비가 올 것이라고 조심스럽게, 희망에 찬 어조로 보도를 했지만 어김없이, 언제나처럼, 예보는 빗나갔다. 방송국과 기상청으로 사람들의 항의 전화가 빗발쳤고, 일기예보 아나운서가 바뀌었다. 내 친구도 그중에 하나였다. 녀석은 술에 취해 비가 내리지 않는 것이 자신의 탓이라고 너도 생각하냐, 하고 물었다. 내가 아무런 대답이 없자 자신에게 전달되어온 기사는 오로지 팩트이고, 팩트를 말하는 것이 자신의 직업이라고, 그리고 사람들이 신의 섭리를 알게 뭐냐고, 과학이 아무리 발달해도 자연은 언제나 우리를 비웃고 있다고 횡설수설했다. 나는 친구를 끌고 집까지 데려다주었다.

그의 아내는 금방 잠에서 깨어난 듯 부스스한 얼굴을 하고 있었다. 그만 돌아가겠다는 것을 극구 말리며 그녀가 물을 한 잔 하고 가라고 했다. 그즈음 손님에게 가장 정중하게 묻는 것은 물을 한 잔 드시겠어요, 였다. 그만큼 물이 귀한 시절이었다. 그녀는 아무 장식도 없어 더욱 고급스러워 보이는 찻잔에 물을 담아왔다. 물 위에는 작은 꽃잎이 떠다니고 있었다. 입으로 꽃잎을 후후 불며 천천히 물을 마셨다. 후에 다시 만났을 때 그녀는 내가 물을 마실 때 움직이는 목울대를 보고 이상한 충동을 느꼈다고 했다. 어떻게 이상했냐고 묻자 말로 설명할 수 없을 정도로 이상한 충동이고, 그것은 어쩌면 욕망과 관계있는 것일지도 모른다고 말끝을 흐리며 대답했다. 그녀의 욕망이 나를 죽이고 싶은 것인지, 나를 범하고 싶은 것인지 궁금했지만 둘 다 결과는 마찬가지일 것이라고 잠정적으로 결론을 내렸다. 물을 마시고 나서 꽃 이름이 뭐냐고 물었다. 그녀는 잠이 든 친구의 몸에 담요를 덮어주며 글라디올러스라고 대답했다. 처음 들어보는 이름이라고 하자 그녀는 세상에는 들어본 이름보다 들어보지 않은 이름의 꽃들이 더 많다고 말했다. 먹어도 되나요. 나의 물음에 그녀는 빙그레 미소를 지었다.

그날 밤 그녀와 함께 두 시간이 넘게 앉아 있었다. 잠시 동안 아무 말이 없다가 그녀는 불현듯 그때는 화가 났지만 지나고 나니까 재미있는 추억이라고 말했다. 그게 무슨 말이냐고 묻자 결혼식 날 이야기를 꺼냈다. 나는 친구의 결혼식 사회를 맡았다. 주변 사람들이 어쩌려고 그러냐고 친구를 말렸지만, 친구는 꼭 내가 맡아주었으면 고맙겠다고 했다. 왜 하필 내가 그런 짓을 해야 하냐고 묻자 녀석은 너에게 기회를 주는 것이라는 알 듯 모를 듯한 대답을 했다.

친구의 결혼식 날 나는 아버지 장례식 때 입었던 양복을 입었다. 장례식 날 입고 한 번도 드라이클리닝을 하지 않은 것이었다. 바지 주머니에는 누런 얼룩이 묻어 있는 하얀 장갑이 들어 있었다. 냄새를 맡아보았다. 비릿하면서도 알싸한 냄새가 났다. 아버지를 납골당에 안치시킨 뒤 화장실로 가 뼛가루가 묻어 있는 장갑을 낀 채로 수음을 했었다. 수음을 하면서 아버지를 용서할 수 있는가 하고, 자신에게 물었다. 장갑에 끈적끈적한 액체가 묻었을 때 결코 용서할 수 없다고, 용서해서는 안 된다고 스스로에게 다짐을 시켰다. 그리고 아버지를 용서할 수 없는 자신 또한 나는 결코 용서해서는 안 된다고 덧붙였다. 내가 아버지를 용서해야만 하는 일을 아버지는 한 번도 하지 않았다. 살아생전 아버지는 결코 용서할 수 없는 모습만 내게 보여왔다.

어린 시절 나는 마당에 나와 달을 바라보며 수음을 한 적이 있다. 달이 너무나 아름다워 달 속에 아직 성숙하지는 않지만 그래도 제법 어른티를 내는 성기를 삽입하는 시늉을 했다. 다리를 반쯤 굽히고 몸을 위아래로 움직였다. 식구들은 모두 잠들어 있던 새벽이었다. 주위는 너무나 어둡고 고요했으며 이 세계에 존재하는 것은 오로지 달과 나뿐이었다. 태초의, 아니 이 세계에 마지막 남은 암수의 짝짓기였다. 절정에 이르렀을 즈음 누군가 뒤에서 헛기침을 하는 소리가 들려왔다. 놀라 고개를 돌렸다. 아버지라고밖에 설명될 수 없는 거대한 형체가 서 있었다. 그것은 아버지의 검은 윤곽일 뿐이었지만 윤곽 안에 모든 표정이 살아 움직이는 것 같았다. 이미 내 손에는 끈적끈적한 액체가 묻어 바닥으로 흘러내리려 하고 있었다. 나는 등을 보인 채 성기를 꽉 움켜잡고 있었다. 벼랑 끝에 매달린 사람이 마지막 안간힘으로 무엇이든 잡아보려는 심정이었다. 거기서 무엇을 하는 거냐. 아버지가 목이 잠긴 음성으로 말했다. 나는 한 치의 망설임도 없이 운동을 하는 거라고 대답했다. 내 목소리는 약간 떨리고 있었고 다리에 점점 힘이 빠지고 있었다. 운동을 어떻게 하는데. 아버지가 다시 물었다. 나는 아버지의 시선이 꽂혀 있을 등짝의 후끈거림을 애써 참으며 앉았다 일어났다,를 반복해서 했다. 아버지는 잠시 동안 아무 말이 없다가 입을 열었다. 열심히 해라. 아버지가 들어가고 나서도 한참동안 앉았다 일어났다,를 했다. 달 속에 갇혀 방아를 찧는 토끼처럼 멈출 수가 없었다. 다리에 쥐가 날 정도였지만 그렇게 나의 굴욕과 비참함에 저항하려고 애썼다.

친구의 결혼식장에는 하객들이 많이 왔다. 녀석이 방송국에서 일을 하는 관계로 텔레비전을 통해 본 아나운서와 기자들도 눈에 띄었다. 그들 중 유난히 나의 시선을 잡아끄는 사람이 있었다. 평소 내가 흠모하는 여자 아나운서가 온 것이었다. 그녀는 스포츠뉴스 아나운서로 그날도 특유의 발랄한 옷차림에 연신 웃음을 짓고 있었다. 평소 스포츠를 좋아하지 않는 나는 그녀 때문에 스포츠뉴스를 꼬박꼬박 챙겨 보게 되었다. 그녀는 스포츠뉴스 말고는 다른 프로그램은 맡고 있지 않았다. 그녀처럼 유망하고 인상이 좋은 아나운서가 왜 스포츠뉴스만 맡고 있냐고 묻자 친구는 그렇게 나대는 여자는 쇼연예프로를 하는 게 나을 거라고, 곧 그 자리에서도 물러날 것이라는 섭섭한 소리를 했다. 나는 속으로 넌 내 친구도 아니다,라고 말해주었다. 그녀 주변에는 사람들이 많았고 그녀는 연신 치열이 드러날 정도로 활짝 웃고 있었다. 그녀 곁에서 서성거리며 어떻게든 말을 걸어보려고 시도를 하고 있을 때 결혼식장 담당자로 보이는 여자가 다가와 장갑을 내밀며 어서 식을 시작하라고 재촉했다. 주머니에서 장갑을 꺼내 보이며 이미 준비해왔다고 말했다. 장갑을 끼

고 양손을 맞대어 깍지 껴 장갑이 손에 맞도록 했다. 너무 더러
운 것 같은데요. 여자가 인상을 찌푸리며 말했다. 못들은 척하
고 식장 앞으로 가 마련해놓은 강단에 섰다. 여자는 종이에 적
힌 결혼식 진행 순서대로 하면 될 거라고 말했다. 그렇다면 내
가 이 자리에 서 있을 필요가 무엇이냐고 따지려다가 그만두었
다. 식이 시작되고 신랑을 소개할 때 나는 다음과 같이 말했다.
그것은 나의 솔직한 마음이기도 했지만 내가 흠모하는 그녀의
시선을 끌기 위한 작전 같은 것이기도 했다.

　처음 저 녀석이 나에게 결혼식 사회를 부탁했을 때 저는 내가
왜 그런 짓을 해야 하냐고 물었습니다. 녀석은 나에게 자신이
가장 사랑하면서 존경하는 친구라고 말했습니다. 친구 사이에
사랑이니, 존경이니 하는 단어가 왠지 어울리지 않는 것 같았지
만 녀석을 처음 알게 된 어린 시절부터 녀석이 나를 사랑하고
존경해왔다는 것을 알고 있었기에 애처로운 심정으로 그러마,
하고 받아들였습니다. 저 녀석처럼 멍청하고, 인색하고, 탐욕
스러운 사람은 세상에 별로 없을 것입니다. 제가 오늘 이 결혼
식의 사회를 맡은 것은 저 녀석이 조금은 인간답게 살아주길 바
라는 심정에서였습니다. 여러분 부디 저 덜 떨어진 녀석의 결혼
을 지나치게 축하해주지 마십시오. 여러분의 박수와 부러움에
녀석은 정말 여러분들이 자신의 결혼을 축복해주는지 알고 미
쳐 날뛸 것입니다. 그리고 보십시오. 저 녀석과 신부는 정말 안
어울리지 않습니까. 신부는 오늘로 일생일대의 가장 후회할 만

한 일을 저지르고 만 것입니다.

결혼식장은 아수라장이 되었다. 주위의 웅성거림과 질책과 비난하는 목소리가 들려왔다. 결혼식장 관계자가 대본대로 읽으라고 다그쳤다. 나는 좌중을 압도하는 눈빛을 보내며 이전보다 우렁찬 음성으로, 마치 독재가가 군중들 앞에서 연설을 하듯 외쳤다.

그러나 그럼에도 불구하고 이 결혼이 무효화될 수 없는 것은 이미 신부의 뱃속에는 아이가 자라고 있기 때문입니다. 물론 그 아이가 저 녀석의 아이인지는 알 수 없습니다만.

나는 결국 양복을 입은 사람들에게 끌려 밖으로 내동댕이쳐졌다. 밖으로 끌려 나가면서 그녀의 모습을 유심히 살펴보았다. 예상대로 그녀는 흥미로운 눈빛으로 나를 바라보고 있었다. 입가에는 엷은 미소가 번져 있었는데, 그것은 당신처럼 재미난 사람은 처음 봐요, 라는 뜻을 내포하고 있다고 생각하기에 충분한 것이었다. 식장 밖으로 나온 나는 피로연이 마련된 곳으로 갔다. 스테이크가 지나치게 질겨 먹다가 도로 접시에 뱉었다. 주위를 둘러보니 나만 그런 것이 아니었다. 모두들 정도의 차이는 있었지만 스테이크를 먹다가 접시에 도로 뱉어내고 있었다. 웨이터를 불러 커피를 한 잔 달라고 했다. 웨이터는 손을 벌벌 떨며 포트에 담긴 커피를 따랐다. 이런 일에 익숙지 않은 초보자여서인지, 아니면 너무나 바쁜 나머지 정신을 놓고 있는지 옆에 커피 잔이 있는데도 맥주잔에다 커피를 따르고 있었다. 웨이터

가 어떻게 하는지 두고 볼 요량으로 가만히 지켜보았다. 지나가
는 다른 웨이터가 지금 뭐하는 거야, 하고 말했다. 뒤늦게 자신
의 행동을 깨달은 웨이터는 죄송하다며 커피 잔에 다시 커피를
따르려고 했다. 괜찮아요. 그건 누구의 탓도 아니잖아요. 네?
웨이터가 반문했지만 이미 나는 커피가 들어 있는 맥주잔으로
입을 막아버렸다. 웨이터가 목례를 하고 돌아가자 커피 잔에 맥
주를 한 잔 따라 마셨다. 술이 조금 오른 나는 다시 식장으로
갔다. 식이 끝나고 마침 친구들과 함께 사진을 찍는 시간이었
다. 내가 앞에 서 있는 것을 보고도 아는 얼굴들은 나에게 오라
고 손짓을 하지 않았다. 어쩐지 그들이 나의 시선을 피하고 있
는 것만 같아 신랑이 입장할 때처럼 당당하게 앞으로 걸어 나갔
다. 사람들을 비집고 맨 뒤에 가서 섰다. 모두들 조금씩 뭐라고
투덜거리며 자리를 비켜주었다. 나는 사진사가 찍습니다, 라고
말할 때 눈을 질끈 감았다. 한 장 더 찍습니다, 라고 말할 때도
마찬가지였다. 사진을 찍고 내려와 친구에게 그녀가 어디로 갔
는지 물었다. 친구는 애써 인상이 구겨지지 않도록 노력하며 아
무 말도 하지 않았다. 녀석의 표정을 통해, 너 같은 놈은 친구
도 아니다, 혹시나 했는데 역시나 한 너의 행동에 이젠 정말 참
을 수가 없다, 오늘로써 너와 나는 절교를 하자, 라는 뜻을 읽었
다. 나 역시 바라던 바다, 라고 속으로 답해주었다.

식장을 둘러봤지만 그녀는 보이지 않았다. 피로연 자리도 마
찬가지였다. 참담한 기분으로 식장을 빠져나왔다. 그녀가 한 무

리의 사람들과 함께 엘리베이터를 타고 있었다. 서둘러 엘리베이터에 오르자 인원 초과 벨이 울렸다. 모른 척 가만히 있자 사람들이 눈치를 주며 투덜거렸다. 나는 구석에 있는 그녀의 이름을 대며 안녕하세요,라고 말했다. 그녀는 웃는 눈빛으로 네, 안녕하세요,라고 대답했다. 나는 더 안으로 비집고 들어가려고 애썼다. 누군가 내 몸을 밖으로 떠밀었다. 다시 타려고 하자 문이 닫히고 말았다. 계단을 밟고 내려갔지만 그녀는 이미 동료인 듯한 사람들과 방송국 로고가 붙어 있는 승합차에 타고 있었다. 그날 저녁 그녀는 뉴스에 나왔다. 처음이자 마지막으로 스포츠뉴스가 아닌 메인뉴스에 나온 것이다. 그녀가 탄 차가 고속도로에서 화물트럭과 충돌해 그 자리에서 즉사한 것이다. 뉴스 보도에 따르면 그녀와 무리들은 동료의 결혼식에 갔다가 지방으로 전지훈련을 가 있는 축구대표팀을 촬영하기 위해 과속으로 운전을 했다는 것이었다. 나는 더 이상 스포츠뉴스를 보지 않았고 이전보다 더 스포츠를 경멸할 수 있게 되었다. 그녀의 죽음은 몹시도 가슴 아팠지만, 한편으로는 그녀 때문에 지루한 스포츠를 매일같이 봐야 했던 지독하게 권태로운 작업을 그만둘 수 있어 홀가분하기도 했다.

친구의 아내는 다 지난 일이라 묻는 건데, 어떻게 그때 자신이 임신을 하고 있었다는 사실을 알고 있었냐고 물었다. 나는 물을 한 잔 더 마실 수 있겠냐고 물었다. 그녀가 물을 가져다주었다. 이전과 다른 꽃잎이 떠 있었다. 물을 마시려 하자 그녀가 말했다. 그건 먹으면 죽는 꽃이에요. 물을 마시고 꽃까지 씹어 먹었다. 글라디올러스보다 씁쓸한 맛이 목구멍 안으로 퍼져갔다. 그녀가 웃었다.

잠을 자고 있던 친구가 이불을 걷어차고 몸을 뒤척이더니 갑자기 뭐라고 중얼거리기 시작했다. 그것은 '이런웃지않을수없잖아' 같기도 했고, '이렇게웃을수있어서' 같기도 했고, '이제웃고있는것도'라고 들리기도 했다. 친구의 아내는 살며시 친구의 손을 잡았다. 이이는 지금 악몽을 꾸고 있는 거예요. 비가 오지 않는 날부터 가끔씩 이렇게 헛소리를 해요. 어쩔 때는 가위에 눌렸는지 으흐흐흐, 비명 소리를 내기도 해요. 그녀는 침대 위에 드리워진 커튼을 젖혔다. 식칼이 놓여 있었다. 날은 검게 그을려 있고, 많이 무뎌 보였다. 우리 엄마 말이 가위에 눌릴 때는 식칼을 머리맡에 두고 자면 괜찮대요. 하지만 여전히 악몽을 꾸고 있는 것 같은데요,라는 뜻으로 그녀를 쳐다보자 그녀는 자신도 알고 있다는 듯 고개를 끄덕였다. 하지만 도리가 없어요. 그렇다고 이제 와서 식칼을 없앤다면 왠지 더 불길한 일이 벌어질 것만 같아요. 그 식칼로는 어떤 악몽도 절단낼 수 없을 것만 같다고 말하고 싶었지만 그녀를 실망시키고 싶지 않은 생각이 더 강해 꾹 참았다. 그녀는 커튼을 내려 식칼을 감췄다. 그녀는 여전히 친구의 손을 잡고 있었다. 무디고 낡은 식칼로 친구의 손목을 힘겹게 절단낸 뒤 그 자리에 나의 손을 억지로 붙여놓고 싶은 충동을 느꼈다.

그녀가 목덜미를 어루만지며 말했다. 그 아이를 남편 몰래 지웠어요. 그건 남편의 아이 같기도 하고 다른 사람의 아이 같기도 했기 때문이었어요. 뭔가 불명확한 현실이 너무나 견디기 힘들었어요. 그 이후로 오늘까지 애가 생기고 있지 않아요. 당신은 어떻게 그 모든 것을 알고 있었나요. 술에 취한 친구처럼 그녀가 횡설수설하고 있다고 생각되었다. 처음엔 그저 들어줄 만했는데 더는 들어줄 수가 없을 정도였다. 조금 있으면 눈물이라도 흘릴 이상한 분위기가 어울리지 않는 옷을 걸친 것처럼 거북해 그만 가야겠다고 일어났다. 문을 열고 나가려 할 때 그녀는 들릴 듯 말 듯 중얼거렸다. 처음 볼 때부터 당신을…… 몹시 조갈이 났지만 또다시 물을 달라고 하면 그녀가 정말 먹으면 죽는 꽃을 띄워줄 것 같아 서둘러 밖으로 나갔다.

후터분한 새벽의 열풍이 등을 떠밀며 어서 가라고 재촉했으나, 이젠 제법 익숙해질 만도 한 건조한 기후에 저항이라도 하듯 최대한 느릿느릿 걸음을 걸었다. 예전에는 수영도 하고 고기도 잡던 천변가를 거닐었다. 다리 난간에 몸을 기댔다. 바닥이 보일 정도로 물이 말라 있었고 야심한 시각인데도 사람들이 돗자리를 깔고 널브러져 있는 모습이 목격되었다. 그들은 마치 폐사 직전의 물고기들처럼 광도가 낮은 전등불 밑에서 간헐적으로 몸을 꿈틀거리고 있었다. 무언가 골똘히 생각해내야 할 것이 있는 사람처럼 나는 한동안 그들의 모습을 지켜보았다. 그저 바라보고만 있었는데 생각이 귀찮게 따라붙었다.

친구를 처음 만난 것은 해변이었다. 나는 아버지의 손에 이끌려 바다를 보러 갔다. 한사코 집에 있겠다는 것을 아버지가 강제로 끌고 데려간 것이다. 처음으로 본 바다였다. 책이나 영화에서 보는 것처럼 푸른색은 아니었다. 바다의 빛깔은 회색에 가까웠고, 회색의 물 위에 떠 있는 사람들은 어디선가 떠밀려온 누런색의 고무인형들 같았다. 출렁이는 바다를 보는 것만으로 멀미가 날 지경이었다. 노란 고무튜브를 허리에 걸치고 물속에 들어가 소변을 보고 있을 때 아버지가 어떤 여자와 아이를 데리고 나타났다. 아버지는 내 이름을 부르며 손짓으로 자신에게 달려오기를 바라고 있었다. 물 밖으로 빠져나가면 영영 돌이킬 수 없는 상황에 빠질 것만 같은 예감이 들어 발가락에 힘을 주어 물을 움켜쥐려고 애썼다. 가능하다면 해초들이 나의 발목을 휘감아 물 밖으로 나가지 못하게 잡아주었으면 했다. 아버지가 다가와 나의 팔을 잡아 밖으로 끌어냈을 때 여자는 웃으며 말했다. 인상을 쓰는 모습이 아버지와 똑같구나. 옆에 서 있는 내 또래의 아이는 귀를 덮을 정도의 장발에 무슨 병이라도 걸린 것처럼 핏기 없는 창백한 얼굴을 하고 있었다. 이름도 비슷하구, 나이도 같으니까 친구하면 되겠다. 여자가 아이의 머리를 매만지며 말했다. 여자의 목 주변에는 작은 깨알 같은 점들이 나 있었다. 후에 나는 그것이 쥐젖이라는 학명을 가진 사마귀의 일종이라는 것을 알았다. 나의 시선이 자신의 목에 달라붙어 있는 것을 알고 여자는 손으로 연신 목을 쓰다듬었다. 자, 그럼 가서 헤엄치고 놀으렴. 여자가 나와 아이의 등을 동시에 떠밀었다. 나는 바다를 먼저 발견하고 그곳에 영역 표시를 해둔 사람마냥 앞장서 걸었다. 녀석은 쭈뼛거리며 뒤를 따랐다. 녀석도 나와 같은 노란 고무튜브를 허리에 끼고 물속으로 들어왔다. 주변을 둘러보니 아이들은 모두 같은 노란 고무튜브를 허리에 끼고 물 위에 둥둥 떠 있었다. 모두 세상으로부터의 구조를 포기한 사람들처럼 제멋대로 놀고 있었다.

모래사장에 있는 아버지와 여자를 바라보았다. 여자가 누워 있고 아버지가 여자의 몸에 모래를 덮어주고 있었다. 멀리서도 여자의 웃음소리가 들려오는 듯했다. 모래에 파묻힌 여자는 마치 무덤 밖으로 머리만 쑥 내민 꼴이었다. 다음은 아버지의 차례였다. 아버지는 여자 옆에 누워 자신의 몸에 모래를 뿌리기 시작했다. 나는 그들의 이해할 수 없는 행동에서 연민과 경멸을 동시에 느꼈다. 아버지는 어째서 나를 바다에 데리고 왔을까. 아버지가 어머니에게 어떠한 애정 표현을 하는 것을 한 번도 본 적이 없었다. 그렇다고 화를 내거나 격하게 싸움을 하는 경우도 없었다. 그들은 서로에게 존댓말을 썼으며, 가끔 어머니가 사소한 일로 토라지기도 했지만 더 큰 사건으로 확대되지는 않았다. 낯선 여자와 모래를 덮고 누워 있는 아버지가 너무나 낯설게 느껴지면서도 동경심이 생겼다. 그들의 몸은 모래를 빌미로 일체를 이루고 있었다. 모래 속에서 그들이 무슨 일을 벌이고 있는지 알 수 없었다. 평소 한 번도 본 적이 없는 아버지의 모습. 저

것이 진정한 아버지의 모습이라고 생각되자 가슴이 뭉클해지기까지 했다. 처음이자 마지막으로 아버지에 대한 존경심이 생겼던 순간이었다.

튜브를 타고 바다의 중심을 향해 나아갔다. 뒤에서 녀석이 끈질기게 따라붙었다. 다정하게 내 이름을 부르는 녀석의 목소리가 참으로 불쾌하게 들렸다. 녀석이 나를 따라오지 못할 정도로 빠르게 앞으로 헤엄쳐 갔지만 좌초된 선박처럼 그 자리에 멈춰서 있는 기분이었다. 문득 뒤를 돌아보았을 때 녀석의 모습이 보이지 않았다. 녀석의 것이 분명한 튜브만 둥둥 떠다니고 있었다. 무언가 엄청난 실수를 저지른 것만 같은 생각에 온몸이 부르르 떨려왔다. 녀석의 이름을 부르려는데 입 밖으로 소리가 나오지 않았다. 순간 주변이 온통 정적에 감싸이고 말았다. 사람들은 여전히 헤엄을 치며 놀이를 하고 있었지만 그들이 불러일으키는 요란한 소음들은 전혀 귀에 들리지 않았다. 다리에 힘이 빠지고 아찔한 현기증을 느꼈다. 물속에서 누군가 발목을 잡고 끌어당겼다. 나의 의지를 무화시키는 어떤 거부할 수 없는 힘이 눈을 감기고 육체를 잠수시켰다. 켁켁 거리며 물을 토해냈을 때 아버지의 입술과 나의 입술은 거의 맞닿아 있었다. 옆에 있는 여자가 괜찮냐고 묻자 아버지는 귀찮은 작업을 마친 인부처럼 손을 털고 일어나며 말했다. 이놈은 보기보다 약한 녀석이야. 심한 두통을 느끼며 상체를 일으키자 녀석이 나를 빤히 쳐다보고 있었다. 양쪽 손에 두 개의 고무튜브를 들고 있던 녀석의 시선에는 난 너의 비밀을 모두 알고 있어, 라는 뜻이 담겨 있다고 생각하기에 충분했다. 나는 더 이상 바다로 들어가지 않았고, 입을 굳게 다물었다. 나의 수치심을 지킬 수 있는 것은 오로지 침묵뿐이었다. 모래로 발을 덮고 앉아 있었다. 아버지는 열심히 수영을 하고, 여자와 아이는 각각 튜브를 타고 아버지 주위를 돌았다. 바다는 오로지 그들을 위해 존재하는 것만 같았다. 거대한 해일이 일어나 그들을 삼키거나, 상어 떼가 그들의 팔 다리를 물어뜯는 상상을 하며 점점 모래 속으로 빨려 들어갔다.

바다에서 돌아온 뒤 나는 중이염을 앓게 되었다. 물속에 빠져 있는 듯 모든 소리들이 멍하게 들리고 귀 밖으로 냄새나는 고름이 흘러나왔다. 치료가 끝나고 나서도 나는 중이염을 핑계로 아버지의 부름에 답을 하지 않아도 된 것에 스스로를 대견스러워했다. 빨리 아버지가 어머니와 헤어져 그 여자와 함께 살기를 바랐다. 삶이 전혀 예상치 못한 판국으로 치닫게 될 것에 대한 기대와 두려움으로 아버지의 결단을 애타게 기다렸다. 그러나 아버지는 끝내 어머니와 헤어지지 않았다. 나는 아버지가 나에게 여자를 소개시켜줄 때보다 더욱 심한 배신감을 느끼지 않을 수 없었다.

녀석과는 대학교 때 다시 만났다. 공교롭게도 우리는 같은 학과에 이름도 비슷한 쌍둥이 형제처럼 앞뒤 학번을 부여받았다. 한 학기가 끝나갈 무렵 우연히 녀석과 집안 얘기를 하다가 녀석이 그때의 그 녀석이란 것을 알게 된 것이다. 돌이키고 싶지 않는 유년의 기억이 다시금 되살아난 것에 기분이 몹시 불쾌했지만 녀석과 이미 친해질 대로 친해진 상태라 그대로 지낼 수밖에 없었다. 녀석의 어머니, 그러니까 목에 쥐젖이 있던 여자는 바다에서 만난 뒤 얼마 후에 지병으로 죽었다고 했다. 녀석은 모두 다 지난 일이야, 라고 말한 뒤 할 필요 없는 말을 무심코 하는 사람처럼 다음과 같은 말을 하곤 웃어버렸다. 너의 아버지가 나의 아버지일지도 몰라. 녀석은 나의 아버지 아니 자신의 아버지 장례식 날 오지 않았다. 나는 그것으로 녀석의 말을 신뢰할 수 있게 되었다.

　다리 난간에 기댔던 몸을 떼어냈을 때 옷에 검은 액체가 묻어났다. 만져보니 그것은 끈적끈적한 점성을 갖고 있었고 아무런 냄새도 맛도 없었다. 냄새와 맛이 휘발된 오일 찌꺼기 같은 것일지도 몰랐다. 그러나, 왜, 하필, 그것이, 내가 기댄 다리 난간에 묻어 있어야 했을까. 과거의 기억을 되살린 후 남은 것은 불필요한 시간의 매연, 불연소된 찌꺼기에 불과하다는 인식을 얻으며 나는 옷에 묻은 얼룩에 무리하게 의미를 부여했다.

　다리를 벗어나 또다시 지긋지긋한 대기의 후끈한 열기를 온몸으로 흡수하며 걸을 때 마주 오는 사람과 부딪쳤다. 어느 쪽의 부주의인지 판가름이 나지 않은 상황에서 사람과 나는 예의를 갖춰 거의 동시에 목례를 했다. 사람은 검은 우비를 입고 검은 장화를 신고 있었으며, 손에는 대여섯 개의 장우산이 들려 있었다. 우산은 모두 검은색이었고, 같은 제품으로 보였다. 사람은 이렇게 부딪힌 것도 인연인데 우산을 하나 사지 않겠냐고 물었다. 놀랄 정도로 검고 푸른 새벽인 데다가 머리 깊숙이 뒤집어 쓴 우비 때문에 사람의 얼굴은 잘 보이지 않았다. 다만 작은 체구와 구부러진 등, 그리고 천식을 앓는 자의 음성 같은 목소리에 사람을 대략 노인으로 추정할 수 있었다. 사람의 말에 하마터면 웃음을 터뜨릴 뻔했다. 우산은 이제 과거의 물건이 되었고, 우산이라는 단어조차 사람들의 입에서 사라져버린 지 오래이기 때문이다. 비를 기다리다 절망에 빠진 사람들은 여전히 집 안에서 우산을 폈다 접었다 하고 있을지도 모르지만 거리에서 우산을 만나기란 여간 힘든 일이 아니었다. 간혹 우산을 지팡이처럼 들고 다니거나 햇빛을 가리기 위해 양산 대용으로 쓰는 사람들도 있지만 말이다. 우산 장수입니까. 나의 물음에 사람은 잠시 어떻게 대답해야 할지 몰라 망설이다가 죄송합니다, 이래서는 안 되는 줄 알면서도 화려했던 과거의 기억을 떨치지 못해 그만 실수를 하고 말았습니다, 라고 말했다. 무슨 말인지 잘 알겠다고 나는 고개를 끄덕인 뒤 얼마냐고 물었다. 아닙니다. 이제 더 이상 우산을 팔아서는 안 되는 것을……, 그리고 이 우산은 우산이 아닌 투척용 무기입니다. 이제 남은 것은 이것들뿐입니다. 사람의 목소리는 점점 격양되어가고 있었다. 자신의 말에 도취된 자가 그러하듯 다소 목소리의 떨림이 느껴지기도 했다. 잘 보십시오. 우산의 끝을. 마치 독약이 묻어 있는 화살 같지 않습니까. 사람은 우산을 세워 우산 촉을 만졌다. 나는 이것들을 사포질하고 숫돌에 갈아 점점 더 뾰족하고 날카롭게 만듭니다. 이렇게 찌르면 사람의 몸도 관통할 수 있습니다, 하며 총검술을 하듯 우산으로 허공의 살점을 찔렀다. 사람의 말과 달리 우산 촉은 그다지 뾰족하거나 날카로워 보이지는 않았다. 도저히 견딜 수 없는 밤이면 나는 이렇게 우장을 갖추고 밖으로 뛰쳐나옵니다. 도시를 떠돌며 그 도시의 가장 높은 빌딩 옥상으로 올라가 하늘에 저주를 퍼부으며 우산을 힘껏 던지는 것입니다. 그러면 마음이 다소나마 후련해집니다. 제 마음을 이해하시겠습니까. 사람의 말은 이제 거의 횡설수설에 가까웠다. 사람의 말을 듣고 보니 얼마 전 뉴스에서 본 기사가 떠올랐다. 새벽에 거리를 걷던 행인이 우산에 찔린 사건이 벌어진 것이다. 행인은 간신히 목숨을 건졌지만 하늘에서 갑자기 떨어진 우산으로 인해 심각한 상처를 얻게 된 것이다. 그것은 미제의 사건으로 그 후 범인이 잡혔다는 보도나, 사건의 진위는 알려진 바가 없었다. 뉴스를 보며 오랜만에 우산이란 단어를 접한 것에 새삼스러운 기분을 느꼈던 것으로 기억한다. 자, 이 우산을 가지십시오. 그리고 당신도 저주받아 마땅한 저 빌어먹을 하늘에 던지십시오. 투척하십시오. 나는 그만 갑니다. 사람은 내가 그것을 거부하거나, 사양할 틈도 주지 않은 채 내 품에 우산 하나를 맡기고 서둘러 자리를 떠났다. 우비를 입고, 장화를 신고, 우산을 손에 들고, 우산걸음을 걷는 사람의 뒷모습은 우스꽝스럽기 그지없었고 지상에 마지막 남은 인간을 보는 것마냥 측은

한 마음마저 들었다.

　우산을 들고 집으로 돌아왔다. 세 시간이 넘게 걸어왔던 탓에 심신은 극도로 지쳐 있었다. 집에 도착했을 때는 목을 조를 정도로 푸른 미명만이 나를 반겼다. 문을 열고 들어가 우산을 현관에 던져두고 그대로 바닥에 쓰러져 잠들었다. 태양이 뜨고 지고 다시 뜰 때까지 잠을 잤다. 몇 번 일어나야지 하면서도 육체를 일으키려는 시도를 결코 하지 않았다. 꿈속에서 후드득거리는 빗소리를 들었다. 홈통을 타고 빗물이 흘러가고 있다, 라고 나는 중얼거렸던 것 같다. 그러나 나는 홈통이란 단어의 뜻도, 그것의 생김새도 정확히 모른다. 홈통을 타고 빗물이 흘러가고 있다. 이런 구절을 어느 책에서 읽었는지도 잘 떠오르지 않았다. 홈통을 타고 빗물이 흘러가고 있다. 일어났을 때는 몹시 조갈이 날 정도로 건조한 기후가 계속되고 있었다. 왠지 모르게 변함없는 세계에 안심을 했다. 여전히 비는 내리고 있지 않았다.

　친구는 일기예보 아나운서 대신 방송국 사무직으로 자리를 옮겼고, 처음의 우려와 달리 그 덕에 얼굴빛이 좋아지고 있었다. 최고의 아나운서가 되기를 갈망하던 녀석은 꿈이 좌절되고 예기치 않은 방향으로 자신의 인생이 진행되는 것에 그런대로 만족하고 있는 것처럼 보였다. 이전처럼 더 이상 외모에도 신경을 쓰지 않게 되어 녀석의 몸은 점점 불어나고 있었다.

　곧 나 아빠가 된다. 녀석은 고추장으로 버무린 닭발을 질경질경 씹어 먹으며 말했다. 녀석의 입술에는 붉은 양념이 지저분하게 묻었는데, 그것을 보며 자식이란 그렇게 입술에 지저분하게 묻어버린 양념 같은 존재에 불과하다고 말하는 대신 축하해줄 수밖에 없겠다, 라고 말해주었다. 접시에 담긴 닭발이 녀석의 냄새나는 위장에 담겨지고, 채 소화되지 못한 닭발의 잔여물이 위의 가스와 혼합되어 녀석의 식도를 다시 거슬러 올라와 트림으로 발산되고 났을 때 녀석은 다음과 같이 말했다. 네가 내 아이의 대부(代父)가 되어줘라. 나는 녀석이 자신의 결혼식 사회를 맡아달라고 부탁했을 때보다 더욱 당황스러운 기분이 들었다. 내가 어째서 네 자식의 대부가 되어주어야 하냐. 너에게 다시금 기회를 주는 거야. 녀석은 술 취한 목소리로 알 듯 모를 듯한 대답을 했다. 그건 어떻게 하는 건데. 언제나, 늘, 변함없이, 아이 뒤에서 후원해주면 돼. 자, 그럼 이제 우리 집으로 가자. 태어날 아기에게 이 기쁜 소식을 알려줘야지.

친구의 아내는 프릴이 달린 임신복을 입고 귀에 헤드폰을 낀 채 잠들어 있었다. 녀석이 살며시 다가가 헤드폰을 빼자 여자가 눈을 떴다. 임신을 한 그녀의 얼굴은 이전보다 더 창백하고, 약간 부기가 있어 보였다. 녀석이 냉장고를 뒤지다 술이 없음을 알고 밖으로 술을 사려고 나갔을 때 그녀는 정중하게 물을 한 잔 드시겠냐고 말했다. 나는 그러겠다고 고개를 끄덕였다. 물 위에는 여전히 꽃잎이 떠다니고 있었다. 꽃잎을 피해 물만 마시려 했지만 꽃잎이 목구멍으로 밀려 들어왔다. 아주 달았다. 찻잔을 내려놓았을 때 그녀는 그날에도 그랬지만 지금도 같은 기분이 든다고 말했다. 내가 무슨 말이냐고 묻자 그녀는 물을 마실 때 움직이는 당신의 목울대를 보면 이상한 충동이 느껴져요, 라고 말했다. 어떻게 이상하냐고 묻자 말로 설명할 수 없을 정도로 이상한 충동이고, 그것은 어쩌면 욕망과 관계 있는 것일지도 모른다고 말끝을 흐리며 대답했다. 나는 그녀의 욕망이 나를 죽이고 싶은 것인지, 나를 범하고 싶은 것인지 궁금했지만 둘다 결과는 마찬가지일 것이라고 잠정적으로 결론을 내렸다. 충분히 기다렸는데도 친구는 오지 않았다. 그녀는 배를 쓰다듬으면서 오랫동안 망설이던 말을 꺼내는 사람마냥 이 아기는 당신의 아기가 분명해요, 라고 말했다. 주기를 따져보았는데 틀림없이 그날 밤에 생긴 거예요. 나는 그녀의 말을 도무지 믿을 수가 없어 다른 화제로 말을 돌리려 애썼다. 녀석이 아직도 악몽을 꾸나요. 아니요, 그렇지 않아요. 식칼은, 하고 내가 침대 위에 드리워진 커튼을 바라보며 묻자 그녀는 눈을 한 번 깜빡이곤 당신이 아니라고 해도 소용없어요, 이미 이 아기는 그렇게 운명이 지어졌으니까, 라고 말했다. 나는 그만 자리에서 일어났다. 임신을 하면 여자들이 일시적인 정신착란이나 과대망상 증세를 보인다는 기사를 언젠가 읽은 기억이 났다. 심지어 어떤 여자는 연필을 과자처럼 씹어 먹기도 한다고 했다. 등 뒤로 웃음인지 울음인지 모를 그녀의 음성이 날카롭게 스며들어왔다. 대문을 열고 나가자 친구가 안으로 들어서고 있었다. 가게 문이 닫혀 저 밑에까지 내려갔다 왔어. 왜 가는 거야. 녀석을 밀치고 서둘러 밖으로 나갔다. 내 이름을 부르는 녀석의 목소리가 어두운 골목을 불쾌하게 쩌렁쩌렁 울려댔다. 나는 물속에 잠긴 듯 아무런 소리도 들리지 않는다고, 아무런 소리도 듣지 않겠다고 자신을 다스리려 애쓰며 빠르게 걸었다.

다음 날 시장에서 사포와 숫돌을 구입했다. 현관에 버려져 있는 우산을 들고 우산 촉을 갈기 시작한 것이다. 우선 사포질을 한 뒤 조금씩 물을 묻혀가며 숫돌에 갈았다. 어느새 그것은 나의 하루 일과 중 가장 중요한 작업이 되어가고 있었다. 친구의 아내의 배가 점점 부풀어 오를수록 우산 촉은 뾰족해지고 날카로워질 것이다. 언젠가 부풀 대로 부풀어 오른 그녀의 배와 뾰족할 대로 뾰족해지고, 날카로워질 대로 날카로워진 우산 촉이 만나게 될 것이다. 우산 촉이 아주 조금만 살에 닿아도 그녀의 배는 터져버리고 말 것이다. 그녀의 터진 뱃속에서 빠져나오는 피와 물과 점액과 쭈글쭈글한 살점들을 수습하는 내 자신의 모습을 그려보았다. 내가 너의 아버지다. 그쯤 되면 그렇게 말할 수 있을지도 모른다. 친구는 몇 번 나에게 전화를 걸어왔다. 나는 전화를 받자마자 끊어버렸다.

친구 아내의 산달이 다가올 무렵 이제 백지도 한 번에 뚫을 수 있을 정도가 된 우산을 들고 친구의 집을 찾았다. 초인종을 눌러보았지만 아무런 답이 없었다. 몇 번 누르자 집 안에서 개 짖는 소리가 들려왔다. 오랫동안 낯선 사람이 오면 짖어야지 마음을 먹고 있던 것처럼 개는 기회를 놓칠세라 아주 신경질적으로 짖고 있었다. 잠시 후 사람의 목소리가 들려왔다. 그만 조용히 하지 못해. 누구세요. 낯선 사람의 목소리에 나는 나 자신을 어떻게 소개해야 할지 망설였다. 누구시냐고요. 사람은 신경질적으로 재차 묻곤 문의 빗장을 열었다. 화장을 진하게 한 중년 여인이 나를 쳐다보며 다시 물었다. 무슨 일이에요. 누구세요. 여인에게 친구를 찾아왔다고 설명했다. 여인은 이사를 온 지 한 달이 넘었다고 말했다. 문을 닫으려 하다가 여인은 내 손에 들린 우산을 유심히 바라보았다. 그건 우산이……, 하고 중얼거린 뒤 마치 봐서는 안 될 것을 봐버린 사람처럼 차갑게 돌아서서 문을 꽝 닫았다.

전화를 받은 친구는 다짜고짜 화부터 냈다. 왜 이렇게 연락이 안 된 거야. 나는 중요한 작업 때문에 아주 바빴다고 대답했다. 사람 목숨보다 중요한 작업이 있어, 하고 친구는 억양을 높이며 말했다. 무슨 일이 있었냐는 물음에 친구는 아이가 태어나자마자 죽었다고 말했다. 친구의 아내의 뱃속에 있던 아이는 일명 태변(胎便)이라고 하는 자신의 배설물을 너무나 많이 삼켜 호흡 곤란을 일으키다가 죽은 것이었다. 일종의 자살이라고 할 수 있었다. 우울증에 빠진 아내를 위해 친구는 분위기를 바꿀 겸 다른 지역으로 이사를 했다고 말했다. 너, 여전히 악몽을 안 꾸고 있니, 하고 물었다. 친구는 아무런 대답이 없었다. 대신 옆의 동료와 말을 주고받는 소리가 수화기 저편으로부터 들려왔다. 식칼은, 하고 내가 입을 열자 친구는 아무래도 지금은 바쁘니 저녁에 거기서 만나자며 일방적으로 전화를 끊었다.

나는 천변의 다리 난간에 몸을 기댔다. 그나마 물이 있던 자리에는 이제 말라버린 토양이 흉물스럽게 속살을 드러내고 있었다. 쩍쩍 갈라진 땅 주변에는 제멋대로 자라다 검게 타 죽은 풀들과 쓰레기들이 가득했다. 사람들의 모습은 전혀 보이지 않았다. 그들은 수맥을 찾기 위해 좀더 깊이 땅속을 파고 들어갔는지도 모른다. 고개를 들어 하늘을 쳐다보았다. 이글거리는 태양이 저주받은 대지를 조롱하듯 맹렬하게 비웃고 있었다. 우산을 잡고 있던 팔을 들었다. 투척하라. 투척하라. 내 안에서 끊임없이 요동치는 명령에 긴장감을 느끼며 우산이 들린 팔을 부들부들 떨었다. 이내 팔을 내리고 말았다. 나의 힘은 저 하늘에 가닿지 않을 것이 분명하다.

누군가 나의 행동을 엿보았을 것만 같아 서둘러 천변의 다리를 건너가려고 했다. 그때였다. 다리를 막 건너려던 찰라 무언가 내 등으로 꽂히는 것이 느껴졌다. 그것은 순식간에 살 속 깊숙이 파고 들어왔다. 어떤 거대한 그림자가 길게 늘어졌다가 재빠르게 사라지는 것이 얼핏 느껴졌다. 팔을 뒤로해 등에 꽂힌 무언가를 잡아보려고 했다. 손이 닿지 않았다. 기형적으로 몸을 뒤틀며 몇 번이고 시도를 했지만 소용없었다. 그것이 미확인된다는 것에 더욱 심한 통증을 느끼지 않을 수 없었다. 흐느적거리는 몸을 이끌고, 우산을 지팡이 삼아 의지해 나아갔다. 심판의 날이 도래했다,라고 적힌 심령 대부흥회 전단이 덕지덕지 붙어 있는 담벼락에 비스듬히 몸을 기댄 채 숨을 몰아쉬었다. 등줄기를 타고 끈적끈적하고 찝찝한 액체가 흘러내리는 것이 느껴졌다. 땅에 질질 끌린 우산 촉은 이제 무뎌질 대로 무뎌져 있었다.

누가 내 등에 칼을 꽂았는가. 친구의 아내가 보여주었던 날이 무디고 낡은 식칼이 떠올랐지만, 등에 꽂혀 있는 것은 칼이 아닐지도 모른다는 생각이 들었다. 어쩌면 등에 꽂힌 것은 꽂힌 것이 아니라 스며든 것인지도 모른다. 그것이 무엇이든 간에 나를 해하려는 미지의 존재 역시 건기의 나날을 견디다견디다견딜 수없는 지경에 이른 것이다, 라고 나는 이해해야만 한다. 고통으로 점철되어 점점 무기력해지는 몸을 지키려 애썼다. 몸에 힘이 빠질수록 정신은 더 또렷해지고 맑아졌다. 이제야 비로소 모든 패륜과 불륜의 개인적인 기록에 종지부를 찍을 때가 온 것이다. 나는 희생자이다. 나를 볼모로 이 참혹한 풍경을 씻겨낼 수 있다면, 한 방울의 빗물이 대지를 적실 수 있다면, 희생자로서의 삶에 만족할 수 있다. 나는 이토록 건조한 세계에 최후로 저항하기 위해 있는 힘껏 담벼락에 등을 부딪치고부딪치고부딪쳤다.

풀밭 위의 돼지

그녀는 돼지의 불알을 걷어찼다. 보라색 슬리퍼가 벗겨지면서 때가 잔뜩 낀 발이 드러났다. 일조와 수분으로도 이제 어찌할 도리가 없는 고목처럼 그녀의 발은 앙상하게 말라 있다. 오래전부터 그녀의 발을 씻겨줘야지 마음먹고 있었지만 한 번도 실행에 옮긴 적은 없다. 돼지는 퀠,이라고 소리를 지르며 우리 안쪽으로 도망쳤다. 돼지가 도망친 곳에는 소주병이 굴러다니고 있다. 언젠가 내가 마시고 술김에 던진 것이다. 소주병은 정확히 돼지의 코에 맞았는데 그때도 돼지는 퀠,이라는 비명을 질렀다. 돼지의 퀠, 소리를 듣고 나 역시 퀠퀠퀠, 하고 웃었던 기억이 난다. 한동안 돼지는 소주병을 장난감 삼아 놀았다. 병 주둥이를 핥아보고, 라벨을 벗기려 애쓰고, 굴려보고, 머리로 받아보기도 하다가 소주병이 아무런 반응이 없자 제풀에 지쳐버린 것이다. 돼지는 뭔가 불만스러운지 뒤를 보인 채 흙을 파먹기 시작했다. 뒤돌아 선 돼지의 엉덩이 밑으로 검고 더러운 불알이 축 늘어져 있다.

그녀는 슬리퍼를 신고 몇 걸음 걷다가 손을 뒤로 해 허리를 꽁꽁 때리곤 하늘을 한 번 쳐다봤다. 몇 번 같은 동작을 반복하다가 슬리퍼를 힘겹게 질질 끌며 흐느적흐느적 걸었다. 풀밭에 이르러 긴 탄식의 숨을 내쉬며 쓰러졌다. 철퍼덕 깔아져버렸다는 표현이 더 정확할 것이다.

다섯 평 정도 되는 공간에 풀밭이 있다. 풀밭에는 그야말로 풀밖에 없고, 한동안 풀밭에 경의를 표하듯 가꾼 적이 있다. 이곳으로 이사를 오게 된 결정적인 계기도 풀밭 때문이다. 처음 집을 지은 주인이 조성해놓은 간이 정원이었을 테지만 집을 보러 왔을 때는 잡초가 무성해 가꾸지 않은 묘혈 주변을 연상시켰다. 나는 풀밭을 가꾸기 위해서라도 이 집으로 이사를 와야겠다고 결심했다. 그녀는 내키지 않으면서도 아무려나 당신의 고집을 어떻게 꺾겠어요, 라는 뜻이 담긴 표정을 지으며 나의 제안을 체념적으로 받아들였다. 이사를 오고 나서 그녀에게 풀밭을 가리키며 묘혈원(墓穴園)이라고 부르면 어떨까, 하고 물어보자 그녀는 아무려나 당신은 이미 그렇게 정해놓고 나한테 뭘 물어봐요, 라는 뜻으로 입을 삐죽 내밀었다. 그러나 나는 한 번도 풀밭을 묘혈원이라고 부른 적이 없다. 풀밭 따위에 이름을 부여하는 것이 우습다는 결론을 내렸다. 그녀가 그녀인 것처럼 풀밭은 단지 풀밭일 뿐이다. 처음에는 잡초도 뽑고, 잔디 깎기로 다듬기도 했지만 어느 순간 그대로 두는 것이 가장 풀밭답다, 라는 생각이 들었다. 이전 집주인도 나와 같은 과정을 겪은 후 풀밭을 자연스럽게 내버려두는 것으로, 풀밭을 가꾸지 않는 방식으로 가꾸어온 것이 틀림없을 것이다. 한동안 풀밭에 애정을 갖고 있던 내가 손을 놓은 것을 보고 그녀는 당신이 하는 일이 다 그렇지 뭐, 라고 말하지 않았다. 만약 그녀가 그렇게 말하면 풀밭을 내버려두는 것이 가장 풀밭에 애정을 쏟는 일이란 것을 깨닫고 말았어, 라고 대답할 준비를 하고 있었다. 그런 대답을 할 기회를 갖지 못한 것이 못내 아쉬웠다. 풀밭을 내버려두자 풀밭이 우리를 부르기 시작했다. 풀밭이 우리를 부르자 우리는 풀밭에 대한 진심어린 애정을 몸으로 증명하려 애썼다. 언젠가부터 우리 중 하나가 먼저 풀밭에 누우면 덩달아 눕는 습관이 생겼다. 어느 날 문득 그녀가 풀밭에 쓰러지자 돼지에게 먹이를 주고 있던 내가 밥그릇을 집어 던지고 그녀에게 달려가 옆에 누운 것이다. 몇 번 그런 과정이 반복되자 이제 습관이 된 놀이가 되었다. 풀밭 놀이에는 유쾌함만이 있는 것이 아니었다. 그것은 이제 그만 쉬고 싶다는 표현이고 내가 쉬고 있는 것을 옆에서 봐줘요, 라는 간절한 부탁의 의미가 숨어 있었다.

그녀 옆에 비스듬하게 누웠다. 하늘 저편에서 먹구름이 몰려오는 것이 보였다. 그것은 대열을 바꿔가며 날아가는 검은 새떼의 무리처럼 보였다. 멍하니 허공을 지켜보던 그녀가 몸을 돌려 나를 쳐다보았다. 눈에 물기가 조금 고였다가 사라졌다. 잠시 후 그녀가 아, 지겨워, 정말이야,라는 표정을 지으며 팔을 움직여 나의 발목을 만지기 시작했다. 발목에는 흉터가 있다. 그녀는 그 흉터를 만지는 것을 좋아했다. 흉터는 아주 오래전에 생긴 것이다. 이제 막 걸음마를 뗀 아이가 난로에 올려놓은 주전자를 건드리려는 것을 보고 달려가 아이를 붙잡다가 그만 주전자가 발목에 떨어진 것이다. 발목이 빨갛게 부어오르는 것을 보고 아이는 겁에 질려 소리 내 울었다. 그녀는 감자와 오이 그리고 수박 껍데기를 갈아 내 발목에 바르곤 기저귀천으로 감쌌다. 통증이 사라지고 새살이 돋아 이상한 문양의 흉터를 만들어냈을 때 그녀는 맨발로 있는 나를 보고 그 징그러운 꽃 좀 가려요,라고 타박하곤 양말을 꺼내 신겨주었다.

상처에 대한 기억이 사라졌을 무렵 그녀는 잠자리에서 느닷없는 소리를 냈다. 여기를 만지고 있으면 이상하게 몸이 뜨거워져요. 그녀는 애무를 하듯 상처 부위를 손으로 어루만지고 혀로 핥았다. 달거리 전 입술이 석류 빛으로 달아오르면 어김없이 나의 발목을 만지는 것으로 신호를 주었다. 나는 주전자가 사타구니에 떨어졌다면 어땠을까 하곤 상상했다. 폐경을 한참 지난 후에도 그녀는 어김없이 발목의 흉터를 만지는 것을 좋아했다. 그녀가 발목을 만지고 있으면 가끔 나도 모르게 성기 끝에서 미지근한 액체가 나와 속옷을 적시곤 했다.

그녀와 나는 서로의 몸을 반대로 해 상대편의 발을 머리 옆에 두고 누워 있다. 그녀는 나의 발목을 만지작거리고 나는 그녀의 발바닥을 간질인다. 그녀는 아무런 반응이 없다. 오랜 시간 퇴적되어 굳어버린 지층처럼 그녀의 발바닥은 굳은살투성이다. 발바닥을 간질이는 것이 노곤하게 진행되는 애무라도 되는 듯 그녀는 서서히 눈을 감더니 어느새 잠이 들었다. 붉은 꽃무늬가 프린트 된 더러운 치마 사이로 그녀의 다리가 보인다. 건기의 논바닥처럼 살결이 쩍쩍 갈라져 있다. 풀밭을 기어가는 개미 한 마리를 잡아 그녀의 종아리에 놓았다. 개미는 가랑이 사이에서 발산되는 군내를 맡았는지 그녀의 다리 위로 올라갔다. 개미가 치마 속으로 사라지자 나는 그만 일어나 앉았다. 개미가 자신의 주름진 속살 속을 파고들었는지도 모르는데 그녀는 아랑곳하지 않고 코까지 골며 자고 있다. 입가에는 허연 침 자국이 말라 있다. 그녀의 얼굴에 새겨진 주름을 하나씩 세어보았다. 스물세 개 혹은 스물네 개의 주름이 그녀의 얼굴을 그녀답게 만들어주고 있다.

언젠가 잠들어 있는 사이 손자가 내 얼굴에 낙서를 한 적이 있다. 잠결에 하나 둘 셋 넷 하는 소리를 들었는데 꿈속에서 울려 퍼지는 소리인 줄만 알았다. 눈을 뜨자 손자가 내 얼굴에 새겨진 주름을 하나씩 세어가며 볼펜으로 표시를 하고 있었던 것이다. 벌떡 일어나 화를 내며 볼펜을 뺏어 부러뜨리곤 손자의 바지를 벗겨 볼기짝을 때렸다. 며느리가 와서 말릴 때까지 나의 매질은 멈추지 않았다.

그녀의 얼굴을 보며 손자처럼 볼펜으로 주름의 선을 따라 낙서를 하고 싶은 충동을 느끼곤 퀠퀠,거리며 웃었다. 웃음소리가 이상하게 들렸는지 돼지가 내 쪽을 멍하니 바라보고 있다. 얘들처럼 주먹을 쥔 채 가운뎃손가락을 펴 보였다. 돼지가 그래봤자 별수 없다는 표정으로 고개를 설레설레 저었다.

돼지에게도 언어가 있을까. 언젠가 풀밭에 누워 그녀에게 물어본 적이 있다. 그녀는 아무런 대답도 하지 않고 피시시, 바람 빠지는 소리를 내며 웃었다. 장난삼아 퀠퀠퀠 퀠퀠,이라고 돼지 소리를 흉내 내보았다. 퀠퀠퀠퀠. 그녀도 나의 농을 받아치며 말했다. 퀠퀠. 퀠. 퀠퀠퀠퀠퀠퀠. 퀠퀠퀠 퀠퀠. 퀠퀠퀠퀠. 퀠. 퀠퀠퀠 퀠퀠 퀠. 퀠퀠퀠. 퀠 퀠퀠퀠퀠 퀠. 퀠퀠. 퀠. 퀠에에퀠. 우리는 한동안 돼지처럼 퀠퀠거리며 대화를 했다. 대화의 끝에서 나는 말했다. 퀠퀠 퀠퀠 퀠퀠퀠 퀠퀠퀠 퀠퀠퀠퀠(내가 먼저 죽거든 돼지랑 이야기해). 그녀도 내 말을 알아들었는지 다음과 같이 대답했다. 퀠.

돼지의 언어를 안다고 돼지의 삶까지 이해할 수 있을까. 문득 그런 생각이 들었고 돼지는 어쩌면 우리와 대화를 하기 싫어할지도 모르겠다는 생각도 들었다. 만약 내가 먼저 죽게 되면 그녀는 돼지 앞에서 퀠퀠퀠 퀠 퀠퀠퀠퀠(저리 가, 이 돼지새끼야)! 소리를 지를지도 모른다. 아마 그러면 돼지는 퀠퀠퀠, 하며 또 다른 언어로 무반응을 표시할 것이다.

내가 먼저 죽고 난 어느 날 밤 돼지가 우리를 뛰쳐나와 집 안으로 들어온다. 슬그머니 침대로 올라와 그녀의 사타구니에 코를 박고 퀠퀠,거리며 냄새를 맡는다. 그녀는 돼지의 시커먼 불알을 손으로 만지작거리며 퀠퀠퀠 퀠퀠(아이구 좋아),이라고 말한다. 그녀와 뜨거운 하룻밤을 보낸 돼지는 이제 떳떳하게 그녀의 남자 노릇을 한다. 한가로운 일상을 보내다가 갑자기 그녀가 풀밭에 철퍼덕 하고 쓰러지면 돼지는 불알을 덜렁덜렁 흔들며 달려가 그녀 옆에 발랑 누워버린다. 둘은 풀밭에 나란히 누워 저 구름은 어디서 흘러와서 어디로 흘러가는 것일까, 하는 식의 대화를 한다. 갑자기 돼지에게 참을 수 없는 질투를 느낀다. 실제로 불가능한 현실을 떠올릴수록 불가능성이 가능성으로 바뀌고 현재에도 그녀가 돼지와 나 몰래 그렇고 그런 행각을 벌이고 있을 거라는 생각에 다다른다.

온몸을 부르르 떨며 돼지에게 다가가 한 손으로 헐렁한 바지춤을 잡고 오줌을 갈기기 시작했다. 돼지는 입을 벌리고 단비를 맞은 듯 꿀떡꿀떡 오줌을 잘도 받아먹었다. 더 이상 나올 오줌이 없는데도 불알을 잡고 흔들며 오줌을 짜냈다. 돼지는 나의 불알을 쳐다보며 혀를 날름거린다. 돼지의 행동에 참을 수 없는 분노를 느꼈다. 돼지는 당신이 그래봤자 별수 없어. 이 늙은 오이야,라고 말하는 듯한 눈빛으로 퀠퀠,거린다. 이런 정말 돼지같은 돼지 녀석이! 돼지의 불알을 걷어차려고 발길질을 하다가 그만 넘어진다. 손으로 잡고 있던 바지가 아래로 내려가면서 나의 빈약한 엉덩이가 땅에 떨어진다. 한동안 맨 엉덩이를 땅에 붙이고 앉아 있었다. 땅의 찬 기운이 엉덩이로 스며들면서 금방이라도 돌덩이가 될 것만 같았다. 이렇게 굳은 채 죽어버리는 건 어떨까. 즐겁게 춤을 추다가 그대로 멈춰라,라는 노래를 부르다가 멈췄던 손자처럼 말이다. 돼지와의 대결에서 패배한 수치심을 보상하려는 심정으로 생각을 다른 곳으로 전이시키려 애썼다.

　나의 할아버지는 어릴 적 당신의 할아버지가 이상한 자세로 죽었다고 말해주었다. 아침상을 올리려고 하녀가 문을 열어보니 기생처럼 옆으로 무릎을 꿇고 앉아 죽어 있다는 것이었다. 반쯤 벌어진 입에서는 가느다란 침방울이 위태롭게 매달려 떨어지지 않으려 안간힘을 쓰고 있었고 눈에는 축축하게 물기가 고여 있었다고 했다. 아마 당시에 사진기가 있었다면 그 현장을 사진으로 남겨 대대손손 가보로 전하고, 『세계의 불가사의』란 책의 한 꼭지에 실렸을지 모른다고 할아버지는 믿기 힘든 집안의 고사를 열에 들떠 이야기해주었다. 에이, 그런 거짓말이 어디 있어, 하고 나는 입을 삐죽거렸는데 할아버지는 봐라, 틀림없이 나도 그렇게 죽을 거다, 나의 아버지를 건너뛰었으니까 이제 내 차례이고 아마도 내가 그렇게 죽는다면 너 역시 그렇게 죽을 운명에 처한 것이다,라고 말했다. 할아버지의 믿음은 곧 현실화되어 몸이 노쇠해지자 죽음에 대비해 마당에서 몸을 비틀며 이상한 자세를 연습하곤 했다. 할아버지는 웅크린 고양이가 되었다가 사지를 쫙 벌린 개구리가 되었다가 닭처럼 머리를 땅에 박았다가 담을 타고 넘어오는 구렁이처럼 담벼락에 몸을 걸치기도 했다. 주변 사람들은 노망이 들었다고 수군거렸지만 나는 할아버지의 다양한 자세를 흉내 내보면서 할아버지의 믿음을 나의 것으로 받아들였다. 그것은 참으로 멋지고 아름다운 죽음이었다. 모든 동작을 중단하고 갑자기 멈추는 것. 누구도 거역할 수 없는 죽음이라는 시간과 맞선 자의 고독한 비애 같은 것이 어렴풋하게나마 느껴지기도 했다.

그러나 내가 목격한 할아버지의 죽음은 결코 멋진 광경이 아니었다. 그것은 참혹과 수치 그 자체였다. 할아버지는 아무 데서나 똥을 싸 사방에 칠하고, 하녀를 자신의 방으로 불러 치마 속에 얼굴을 묻고 엄마, 나 죽기 싫어, 살려줘 엄마,라고 말하며 울곤 했다. 죽을 때도 아이처럼 울먹이다가 한 무더기의 똥을 이불에 싸곤 눈을 감았다. 임종 전 할아버지는 기염을 토하듯 천장을 보며 외쳤다. 그것은 할아버지가 살아온 지난 시절을 응집한 최후의 말이었다. 아, 똥이 나온다. 똥이. 똥물이 하얀 이불 아래로 번져갔다. 가족들은 침통한 표정을 짓다가 흡, 하고 코와 입을 틀어막았다. 그것은 내가 맡아본 냄새 중 가장 고약한 것이었다. 그러나 나는 입을 막지도 숨을 참지도 않았다. 그렇다고 울지도 않았다. 할아버지의 죽음을 똑바로 쳐다보았다. 똥 냄새가 온몸으로 스며들고 항문으로까지 파고드는 것 같아 엉덩이를 움찔움찔거렸다. 할아버지의 죽음에 대한 슬픔보다 일종의 배신감이 들었다. 어쩌면 할아버지의 할아버지 역시 그렇게 죽고 만 것이라는 두려운 생각이 들었다. 그렇다면 나역시 한 무더기의 똥으로 나의 죽음을 선포하고 말 것이다. 거역할 수 없는 운명의 소용돌이에 휘말린 나는 한동안 똥을 싸지못해 얼굴이 누렇게 떠서 지냈다. 보다 못한 어머니가 다시마를죽처럼 끓여 내 입에 쑤셔 넣었다. 그날 밤 온몸에 식은땀을 흘리며 녹색의 물똥을 싸댔다.

　나의 과거를 비웃기라도 하듯 돼지가 구석에서 똥을 싸기 시작한다. 똥이 바닥으로 떨어지며 척척 소리를 낸다. 돼지의 똥은 놈의 불알처럼 시커멓고 말랑말랑해 보인다. 엉덩이를 털고일어나 풀밭으로 가 그녀 옆에 다시 앉았다. 소박맞은 여편네처럼 쪼그리고 앉아 하늘을 올려다본다. 하늘 저편에서 몰려오던먹구름은 이제 하늘 이편에 당도해 자신의 정체를 가시화시키고, 대기가 불안정하다는 것을 증명하려 애쓴다. 요즘은 시시각각 변모하는 자연 현상에 자주 압도당한다. 저 불가항력의 자연을 넋 놓고 바라보고 있으면 이전까지의 삶이 모두 실패의 연속이었지 않나 하는 자괴감에 빠져든다. 자괴감은 자괴감으로 끝나지 않고 또 다른 생각으로 전이된다. 얼마 전부터 나는 생각에 대해 깊이 생각하고 있다. 나의 생각은 생각에 생각을 거듭하는 생각일 뿐이고 생각의 실체는 없다. 오로지 생각에서 생각으로 이동하는 생각의 우스꽝스러운 궤적만 있을 뿐이다. 나는되도록 생각하기 위해 애쓰면서 생각에 몰입하는 자신을 못 견뎌 한다. 생각을 하게 만드는 힘과 생각에 몰입하지 못하게 만드는 힘 사이에 존재하는 또 다른 힘에 대해 좀더 생각을 해야 한다. 나는 일평생을 생각 없이 살았다. 장사꾼이라는 직업 탓이기도 했지만 생각을 하기 싫어했고, 생각이 나면 생각을 하지 않으려 바쁜 척을 했다. 바쁘게 몸을 움직이고 있으면 생각이 끼어들 틈이 없었다. 이제 나이가 들어 내가 저만치 밀어두었던 생각이 다디단 잠처럼 밀려온다. 그러나 생각은 춘궁기에 먹던 보리밥처럼 꺼칠하기만 하다. 이제부터 죽기 전까지 생각만 하라는 운명이 주어졌다면 나는 그 운명을 받아들이는 동시에 거부하면서 근근이 삶을 지탱하고 있는 것이다. 생각만이 현재의 불쾌한 상태를 바꿀 수 있는 것이 아니라 생각 말고는 달리 도리가 없다,라는 말이 보다 정확할 것이다. 생각을 통해 그 어떤 것도 변화되기를 열망하지 않는다. 다만 생각할 시간이 조금 있을 뿐이고, 시간에 충실한 내 자신을 받아들이면서 밀어내고 싶은 것이다. 나는 종종 내가 무슨 생각을 하고 있었지, 하고 자신에게 되묻곤 한다. 그러나 대답하지 못한다. 아니 대답은 이미 무슨 생각을 하고 있었지, 하는 생각에 포함된 것이다. 생각의 결론은 다른 생각으로 자연스럽게 미루어진다. 현재 내가 하는 모든 행동들도 단지 앞으로의 생각을 위한 소재들일 뿐이다. 나는 끊임없이 생각하며 죽을 각오로 죽음을 향해 달려가고 있다.

풀밭 위에 잠들어 있는 그녀의 몸을 굴린다. 한 바퀴 돌아 그녀의 자세는 그대로다. 좀더 세게 그녀를 굴린다. 두 바퀴 돌아 그녀의 자세는 다시 그대로다. 풀밭의 끝에 그녀의 몸이 다다르자 다시 반대편으로 그녀의 몸을 굴린다. 이제 깨어날 만도 한데 그녀는 죽은 듯 꿈쩍도 하지 않는다. 무의미한 운동에 질서를 부여하는 흔들의자의 흔들리는 두 다리처럼 그녀의 몸을 저리로 굴렸다가 이리로 굴린다. 그녀의 몸이 풀밭 밖으로 벗어나기 전 반대편으로 굴리는 것이 이 운동의 규칙이라면 규칙이다. 한참을 그렇게 그녀를 굴리고 있으려니까 오래전 어느 겨울밤이 생각난다.

그녀와 나 그리고 우리의 다섯 살 된 아이가 이불 속에서 동치미 국물에 만 국수 한 그릇을 서로 나눠 먹고 있다. 아이는 이가 시리다며 왜 이렇게 추운 겨울날 찬 음식을 먹는 거냐고 물었다. 그녀는 옛말에 이한치한(以寒治寒)이라는 말이 있다며 아이에게 친절하게 설명해주려고 노력했다. 아이는 그렇다고 해도 자신은 잘 이해가 가지 않는다는 표정을 지었다. 그녀는 좀더 설명이 필요하지만 자신의 한계를 깨닫고 나를 쳐다보았다. 나는 쓸데없는 소리 하지 말고 어서 빨리 국수나 먹으라고 했다. 겨울 동치미 국수는 차가울 때 먹어야 제 맛이 나고 미지근해지면 맛이 없어진다고 덧붙였다. 아이와 그녀는 나의 말에 실망스러운 표정을 지으면서도 그릇에 젓가락을 꽂아 국수를 먹었다. 국수를 다 먹고 나서도 아이는 제 방으로 가려고 하지 않았다. 이불 위에 누워 몸을 이리저리 굴리며 어리광을 부렸다. 몸을 굴려 내 쪽으로 오자 나는 이불의 양쪽을 잡고 펄럭였다. 아이의 몸이 그녀 쪽으로 굴러갔다. 아이가 까르르 웃자 그녀도 나처럼 이불의 양쪽을 잡고 펄럭였다. 그렇게 그녀와 나는 아이를 우리의 이불 위에 올려놓고 굴렸다. 아이는 숨이 넘어갈 정도로 웃으며 좋아 미치겠다는 표정을 지었다. 아이를 정말 좋아 미쳐버리게 만들 작정으로 그녀에게 이불을 든 채로 일어나라고 했다. 그녀는 팔이 아프다며 이불을 들기 힘들다고 했다. 엄살 부리지 말고 빨리 일어나라고 재촉했다. 엄마가 돼가지고 아이를 기분 좋게 만드는 일에 소홀히 하면 되겠냐고, 나도 일을 하고 와서 힘든데 이렇게 아이를 재밌게 해주려고 노력하고 있지 않느냐고 하며 그녀를 강제로 일으켜 세웠다. 그녀가 어떻게 해요, 라고 묻자 나는 이렇게 해봐, 라며 이불을 힘껏 위로 흔들었다. 아이의 몸이 공중으로 솟아올랐다가 이불에 떨어졌다. 아이는 좋아 미치겠다는 표현으로는 설명이 안될 만큼 좋아 죽겠다고 환호를 냈다. 몇 번을 그렇게 하자 그녀는 도저히 힘이 들어서 안 되겠다고 그만하자고 했다. 나는 마지막으로 한 번만 더 하자며 이불을 아주 세게 펄럭였다. 아이의 몸이 천장에 닿을 정도로 높이 솟아올랐다. 다음 순간 나는 이불을 잡고 있던 손을 놓았다. 아이의 몸이 이불에 닿아 미끄러지면서 바닥으로 쿵, 하고 떨어졌다. 아이는 처음엔 어리둥절한 표정을 짓더니 이내 울음을 터뜨리고 말았다. 놀란 그녀는 아이를 일으켜 세워 머리를 만졌다. 나도 모르게 그만, 이라고 중얼거렸지만 애초에 나는 이불에서 손을 떼기로 마음먹고 있었고, 그것을 그대로 실행한 것에 불과했다. 아이의 뒤통수에는 커다란 혹이 생겼다. 그녀는 계란 하나를 가지고 와 아이의 머리를 문지르곤 웃옷을 걷어 아이의 입에 젖을 물렸다. 그제야 아이는 울음을 그쳤다. 다 큰 녀석에게 무슨 짓이냐고 다그쳤지만 그녀는 나를 쳐다보지도 않고 아이의 머리를 만져주기만 했다. 아이는 이제 더 이상 나올 젖이 없는데도 그녀의 유두를 힘차게 빨다가 잠이 들었다. 그날 밤 그녀는 나에게 왜 이불을 잡고 있던 손을 놓았냐고 물었다. 팔이 빠질 정도로 너무나 힘이 들었다고 둘러댔다. 그녀는 잠시 아무 말이 없다가 내 몸을 더듬기 시작했다. 나의 잠옷 바지를 내리곤 팬티 속으로 손을 집어넣어 불알을 만지작거리다가 입속에 넣었다. 혀로 불알을 굴리던 그녀는 어느 순간 그것을 콱 깨물었다. 나는 그녀가 부러 그랬다는걸 알면서도 어금니를 꽉 다물고 참았다.

후드득거리며 비가 내리기 시작했다. 돼지는 분주하게 왔다 갔다 하다가 지붕이 얹혀 있는 자신의 잠자리로 들어가버렸다. 비몽사몽하는 그녀의 겨드랑이에 팔을 끼워 넣은 뒤 질질 끌며 집으로 들어가 침대에 눕혔다. 잠이 든 채 안구가 움직이는 듯 그녀의 눈꺼풀이 바르르 떨려왔다. 그 미세한 떨림이 죽음 직전에 이른 자의 애원 어린 호소처럼 느껴져 고개를 돌려버렸다.

배가 고팠다. 아침에 그녀가 구워준 송이버섯 몇 개만 집어 먹었을 뿐이다. 부엌으로 가 냉장고를 열어보니 먹을 거라곤 야채와 과일밖에 없다. 그녀는 좀더 살고 싶다면 고기를 먹지 말라는 의사의 말을 곧이곧대로 듣고 야채만으로 음식을 만든다. 평소 육류보다 채식을 더 선호하긴 했지만 막상 육식을 하지 못한다고 하니 나의 식욕은 이상하게 육식으로 당기게 되었다. 돼지를 키우는 것도 이런 나의 욕구가 반영된 것이다.

상자에 구멍을 내 돼지를 넣으면 돼지의 코가 구멍 밖으로 삐져나온다. 칼로 돼지의 코를 잘라 프라이팬에 기름을 살짝 두르고 구워 먹는다. 며칠이 지나면 또다시 구멍 밖으로 돼지의 코가 자라나 있다. 그것을 또 잘라 구워 먹는다. 이렇게 몇 번이고 돼지의 코를 잘라 구워 먹는 상상을 종종 한다. 상상만으로도 육식의 포만감을 느낀다. 돼지의 코는 그렇게 구워 먹어도 좋을 만큼 너무나 오뚝한 동시에 납작하다.

껍질도 까지 않은 생고구마를 먹으며 흔들의자에 앉아 있다. 흔들의자는 흔들의자답게 삐꺼덕거리며 흔들리고 있다. 흔들의자는 아들이 사준 것이다. 한 손에는 고구마를 들고 한 손에는 책을 들고 있다. 책은 아들이 준 것이다. 그것은 아들이 쓴 책이기도 하다. 아들이 사준 흔들의자에 앉아 아들이 쓴 책을 읽고 있다. 아들의 책은 형편없다. 매일매일 아들이 쓴 형편없는 책을 펼쳐 들고 얼마나 더 형편없는지 두고 보자는 심정으로 차근차근히 읽고 있다. 아들은 인근의 지방 대학 철학 교수다. 얼마나 할 것이 없으면 철학 공부를 하냐고 아들에게 따지듯 물은 적이 있다. 사실은 철학이 무엇인지 알 길이 없는 나지만 나 같은 사람이 철학을 해야지 너처럼 어리석은 사람이 철학을 해서는 전혀 철학계에 도움이 되지 않는다고 말하고 싶었다. 아들은 내가 평생 장사꾼 소리를 들어가며 비굴하게 번 돈으로 철학 박사 학위를 따는 데 거의 다 탕진해버렸다. 그렇지만 녀석은 나에게 고맙다는 말을 제대로 한 적이 없다. 생각에 생각을 거듭하는 나의 삶을 이해하지도 못하면서 아들은 남들로부터 철학 교수라는 호칭을 들으며 고뇌에 찬 표정을 지으며 살아간다. 정말로 가증스러운 녀석이다. 아들이 준 책의 첫 장에는 어머니께 드립니다,라고 적혀 있다. 그렇다. 아들은 책을 나에게 준 것이 아니라 그녀에게 준 것이다. 서문에는 다음과 같은 글이 적혀 있다.

내가 처음 철학적 문제를 접하게 된 것은 다섯 살 때였다. 추운 겨울날 이불을 뒤집어쓰고 부모님과 동치미 국물에 국수를 말아 먹으면서 왜 이렇게 추운 날 차가운 음식을 먹느냐고 물어본 적이 있다. 어머니는 이한치한이라는 말로 설명을 해주려고 했지만 그 설명이 나에게는 잘 이해되지 않았다. 이한치한이라는 말은 나의 의문과 같은 뜻이 담겨 있을 뿐이고, 단지 언어만 바뀐 것이다. 나는 어른들이 어떤 현상과 단어의 뜻을 알지 못하기 때문에 또 다른 언어로 무지를 숨긴 채 도망치고 있다는 것을 깨달았다. 언어는 현상의 의미나 사건의 진실을 밝혀주는 것이 아닌 오히려 의미와 진실을 은폐시키기 위해 사용하는 도구에 불과할지도 모르겠다는 생각이 들었다. 그것이 최초의 철학적 물음이자 동기였고, 지금도 나는 그 문제에서 벗어나지 못하고 있다.

아들은 말 같지도 않은 말로 자신의 철학적 권위를 내세우려고 하고 있다. 또한 덧붙여서 다음과 같이 쓰고 있다.

그날 나는 이불 위에서 장난을 치다가 바닥에 머리를 박고 말았다. 울고 있는 나에게 어머니는 달걀로 머리를 문질러주었다. 머리에 혹이 났고 지금도 뒤통수를 만져보면 그 혹이 느껴지는 것 같다. 그 혹은 세상과 분리된 최초의 지점을 이루고, 내가 왜 나일 수밖에 없는가 하는 물음에 시달리게 만들었다. 그때 이후 철학적 문제에 봉착할 때마다 뒤통수를 만지는 습관이 생겼다. 나는 그 혹을 존재의 혹이라고 부른다.

존재의 혹이라니. 아들은 그녀가 이한치한이란 말로 무지를 숨기려 애썼듯 자신의 철학적 한계를 모호한 말로 위장하고 있는 것이다. 녀석이야말로 나에게 존재의 혹 같은 존재다.

꽃잎이 떨어져 지저분하게 날리는 벚나무 밑에서 그녀는 자신을 임신시켰으니 결혼을 해야 한다고 졸랐다. 당신의 뱃속에 있는 것이 내 자식인지 어떻게 증명할 수 있냐고 나는 따졌다. 그녀는 나 죽는 거 보고 싶어요, 라고 말하며 나의 바짓가랑이를 붙잡고 눈물을 흘리며 애원했다. 할 수 없이 그녀와 결혼했다.

애초에 결혼할 마음이 없던 것은 아니지만 그녀가 먼저 결혼 얘기를 꺼낸 것에 왠지 기분이 불쾌했던 것이다. 막상 아이가 태어나자 주변 사람들은 모두 나를 빼다 박았다고 떠들었다. 내가 봐도 그것은 사실이었다. 그러나 왠지 녀석이 마음에 들지 않았다. 커가면서 하는 행동 하나하나가 나와 닮았다는 그녀의 말에 더 기분이 나빠지지 않을 수 없었다. 혹시나 녀석이 나와 닮지 않았다면 나는 평생 그녀의 부정(不貞)을 의심하면서 억지로라도 녀석에게 애정을 쏟으려고 애를 썼을 것이다. 얼마의 시간이 지나자 그녀는 결혼 전 임신을 했다는 말은 사실이 아니라고 고백했다. 만약 그렇게 하지 않으면 내가 결혼을 해주지 않을 것 같다는 조바심에 어쩔 수 없었다고, 그렇게라도 결혼해서 똑똑한 자식도 낳고 이렇게 잘 살고 있으니 행복하지 않아요, 하고 그녀는 말했다. 그녀의 말에 더더욱 아들이 내 자식이 아닌 것처럼 느껴졌다. 그것은 아들의 잘못이 아닌데도 아들의 잘못처럼만 여겨졌다. 어느 순간 아들에게 나는 너의 아버지가 아니다,라고 선포할 날을 미루고 미루며 이 지경에 이른 것이다.

아들의 책은 형편없을뿐더러 지루하기까지 하다. 철학이란 이렇게 쓸데없이 장광설을 풀어놓는 쓸모없는 학문이구나, 하는 생각이 들자 아들이 나를 괴롭히기 위해 부러 철학을 택한 것이 아닌가 하는 괘씸한 생각마저 들었다. 책을 한 권도 읽지 않고도 철학적 사고를 할 수 있는 나와 달리 아들은 수십 권의 책을 읽은 티를 내며 글을 쓰고 있다. 어제처럼 아들의 책을 집어던지고 싶은 욕구를 간신히 참아내며 오늘도 첫 페이지를 넘겨 읽지 못한다. 아들의 책 대신 고구마를 집어던지고 흔들의자를 흔들며 눈을 감는다.

나는 돼지의 불알을 걷어찼다. 보라색 슬리퍼가 벗겨지면서 때가 잔뜩 낀 발이 드러났다. 돼지는 오늘도 어김없이 날이 밝았구나, 하는 것을 깨닫고 퀠, 소리를 내며 물러섰다. 멀리서 툴툴거리며 올라오는 자동차 소리가 들려온다. 자동차 소리는 점점 커지더니 이내 그 모습을 드러냈다. 사륜구동의 지프였다. 지프는 뒤로 흙먼지를 일으키며 집 앞에 정지했다. 문이 열리고 한 남자가 내렸다. 남자의 머리는 반백이었다. 어쩌자고 저 녀석은 머리를 염색하지 않는지 모르겠다. 반백의 머리가 무슨 상징이라도 되는 것처럼 녀석은 생각하는 모양이다. 자신이 대단한 철학자인 양 녀석은 행세하고 있다. 아들은 내 앞으로 다가와 말한다.

"돼지가 많이 컸네요. 근데 너무 더러운데요."

"이 시간에 니가 웬일이냐. 학교는 어쩌고."

나는 아들을 쳐다보지 않고 말했다.

"제가 들른다고 했잖아요. 그리고 오늘은 일요일이구요. 집사람과 아이도 같이 오려고 했는데 갑자기 일이 생겨서 못 왔어요."

아들이 구차스럽게 변명을 한다고 생각했다. 애초에 며느리와 손자는 나에게 오기를 꺼렸을 것이다. 녀석은 왜 솔직하게 말하지 못하는 걸까.

"아버지, 그건 생각해보셨어요?"

"뭘 말이냐?"

"이번 기회가 아니면 좀처럼 다시 가기가 힘들어요. 여기서 혼자 어떻게 지내시려고 그러세요."

"나는 도대체 니가 무슨 말을 하고 있는지 모르겠다."

"아버지가 계속 그렇게 고집을 피우시면 저도 어쩔 수가 없어요."

"나는 도대체 니가 무슨 말을 하고 있는지 모르겠다."

"몇 번을 설명 드려야 아시겠어요."

"그러니까 그 설명을 해보란 말이다."

"제가 외국에 교환교수로 가게 됐고, 제가 가면 아버지를 돌볼 사람이 없게 되잖아요."

언제 네가 나를 돌본 적이 있느냐, 라고 말하려다가 그만두었다. 아들은 답답한지 풀밭에 털썩 주저앉았다. 답답할 때 돼지의 불알을 걷어차면 기분이 조금 풀릴 거다, 라고 말하고 싶었다. 아들은 풀밭의 잡초를 움켜쥐었다. 녀석의 손은 평생 고된 일을 해본 적이 없어 살점이 두툼하고 반들거렸다.

"불과 두 달밖에 남지 않았어요. 이제 결정을 내리셔야지 정리를 하고 떠나죠."

아들은 거의 울부짖는 듯한 표정으로 말했다. 당장이라도 녀석이 풀밭에 누워 오래전 그 겨울밤처럼 어리광을 부릴 것만 같왔다. 왠지 녀석의 뒤통수를 만져보고 싶었다. 아직도 그 존재의 혹이란 게 달려 있는지.

"알았다. 알았어."

체념적인 대답에 이어 나는 돼지와 풀밭도 가져갈 수 있다면 이라는 말을 하고 싶었다. 아들은 반색을 보이며 일어났다. 다가와 내 손을 잡고 이 집은 자기가 알아서 정리하고 그럼 며칠 내로 다시 들르겠다고 말했다. 온기로 가득한 녀석의 손이 내 손을 잡고 있는 것이 불쾌해 손을 빼려 했지만 녀석은 쉽게 놓아주지 않았다.

"건강은 괜찮으신 거죠?"

"돼지 불알 찰 정도의 힘은 남아 있다."

"그럼 아버지의 답을 들었으니 전 이만 갈게요. 집사람이 같이 왔으면 좀더 있다 갈 텐데. 사실 정리할 게 많아서 요즘 너무 바쁘거든요. 며칠 내로 집사람과 다시 들를게요."

아들은 이미 모든 것을 결정하고 계획대로 준비를 하고 있으면서 나의 의사를 형식적으로 물어본 것이다. 나의 대답이 달라졌어도 녀석의 결정은 변경되지 않았을 것이다. 녀석은 반백의 머리를 손으로 넘기며 뒷걸음질 치려 했다. 나도 녀석이 좀더 있다 가려고 하면 어서 빨리 가라고 말할 작정이었지만, 녀석이 먼저 말을 꺼내 기분이 상했다. 아들도 나처럼 단 둘이 있는 것을 몹시 꺼려 한다. 녀석은 정말 나를 닮지 말아야 할 구석까지 닮았고, 나는 지금도 그것이 너무나 견딜 수가 없다. 녀석이 차

문을 열고 올라타려 할 때 내가 말했다.

"근데 니 엄마는 안 보고 가니?"

"아버지, 지금 그게 무슨 소리예요?"

"니 엄마는 매일같이 니 생각을 하면서 니가 쓴 책을 이해하지도 못하면서 읽고 있는데 너는 그렇게 매정하게 가버리기냐."

"저는 도대체 아버지가 무슨 말을 하고 있는지 모르겠어요."

"나는 어제도 니 엄마랑 풀밭에 누워 놀았다."

"그만 하세요 아버지. 농담이 지나치잖아요. 이젠 아버지의 그런 장난에 안 속아요."

아들은 그녀가 작년에 죽었다고 말했다. 아들의 말을 유심히 듣다 보니 그런 것도 같지만 나는 그런 것 같지 않다고 말했다. 내가 뭔가 다른 말을 하려고 하자 아들은 어딘가로 전화를 걸더니 나의 상태를 설명했다. 아마도 녀석의 친구이자 나의 주치의인 것 같았다. 무슨 이야기를 들었는지 내 표정을 살피다가 귀찮은 듯 알았다, 알았어, 라고 말한 뒤 전화를 끊었다. 아들은 그럼 며칠 내로 집사람과 다시 들르겠다는, 좀 전에 했던 말을 토씨 하나 안 틀리고 또다시 하곤 차에 올라타 시동을 걸었다. 핸들을 힘껏 돌려 도망치듯 급하게 차를 몰고 내려갔다. 아들의 차가 뿌연 먼지를 일으키며 사라졌다. 아들의 차가 일으킨 먼지가 고스란히 지상으로 가라앉자 이전보다 더 큰 적막이 주변을 감싸고 돌았다.

오늘도 나는 아들에게 나는 너의 아버지가 아니다, 라고 말하지 못했다. 흙 위에 새겨진 바퀴자국을 보면서 아들이 나를 홀로 남겨두고 몰래 가족과 외국으로 떠나기를 간절하게 바랐다. 아들이 그렇게 예고 없이 떠나버리면 나는 진심으로 녀석을 이해하고 동정하고 그리워하려고 노력하면서 남은 날들을 보낼 수 있을 것이다. 온몸에 힘이 빠지는 듯한 느낌을 받았다. 풀밭에 완전히 깔아져 누워버렸다. 밥 때가 지났는데 아직 밥을 주지 않아 화가 났는지 돼지가 이리저리 왔다 갔다 하며 꿸꿸, 소리를 냈다.

풀밭에 누워 하늘을 올려다보았다. 흰 구름이 같은 형태로 조각조각 나뉘어졌다가 모아졌다. 몇 번이고 구름은 그 자리에서 몸을 분열시켰다가 다시 합쳤다. 분열과 결합의 속도가 점점 빨라지고 있다. 구름이 지상으로 떨어져 산산조각날 것만 같았다. 몸에 경련이 일어남을 느꼈다. 통각(痛覺)이 없는데 제 몸에 고통이 가해지는 것을 목격하고 있는 생물처럼 몸이 떨려왔다.

풀밭 위에서 몸을 굴린다. 한 바퀴 돌아 나의 자세는 그대로다. 좀더 세게 굴린다. 두 바퀴 돌아 나의 자세는 그대로다. 어느 순간 저편으로 굴러갔던 몸은 다시 이편으로 굴러온다. 멈추려고 하지만 의지대로 되지 않는다. 누군가 내 몸을 굴리고 있다. 풀밭을 벗어나고 싶으나 풀밭 밖에서 누군가 막아서고 있다. 그 존재는 도대체 무엇일까, 생각해보았다. 생각에 생각을 거듭할수록 그 존재는 실체가 없어졌다. 오로지 거부할 수 없는 힘만 남았다. 내 몸을 굴리고 있는 이상한 힘에 저항하기 위해 몸을 부르르 떨며 힘을 주었다. 그러자 항문이 오므라들었다가 열리면서 한 무더기의 물컹한 액체가 쏟아져 나왔다.

　나는 지금 풀밭에 누워 있다. 몸 밖으로 빠져 나간 똥물이 다시 온몸에 파장을 일으키며 몸 안으로 스며들어온다. 더럽혀질 대로 더럽혀진 풀밭 위에 누워 발목의 흉터를 더듬는다. 멀고도 가까운 거리에서 퀠퀠,거리는 돼지 소리가 멀어졌다가 가까워졌다가 멀어졌다가 가까워지고 있다.

오른쪽에서 세번째 집

오른쪽에서 세번째 집에 아이가 살고 아이의 엄마가 살고 엄마의 정부가 살고 정부의 여동생이 살고 정부의 여동생이 애지중지하는 고양이 한 마리가 산다. 실은 아이의 아빠도 산다. 고양이의 이름은 돼지이다. 그 이름은 아이의 아빠가 지었다. 어느 날 고양이는 은근슬쩍 담을 넘어 집 안으로 들어왔다.

　저 녀석은 고양이답지 않고 돼지처럼 먹는군. 앞으로 저놈을 돼지라고 불러야겠다.

　아이의 아빠가 최초로 말했고 모두들 암묵적으로 그 말에 동의했다. 당시만 해도 아이의 아빠는 이 집의 권력자이자 폭군이었으며 그야말로 제 마음대로였다. 하지만 정부의 여동생은 뭔가 못마땅했다. 그래서 아이의 아빠가 집에 없으면 몰래 미미야, 미미야, 하고 불렀다. 돼지라는 이름의 고양이는 자신이 돼지라고 불리는 것에 익숙해졌는지, 아니면 원체 돼지처럼 게으른 본성을 타고났는지 정부의 여동생이 미미야, 하고 부르는 것에 들은 척도 하지 않았다. 할 수 없이 정부의 여동생도 돼지라는 이름을 받아들일 수밖에 없었다.

진실로 돼지인 것은 아이의 아빠였다. 아이의 아빠는 어느 날 닭칼국수를 먹다 목에 닭뼈가 걸려 켁켁거리다가 그 자리에서 숨을 거두고 말았다. 그가 마지막으로 내뱉은 말은 켁켁에 이어 꿀꿀이었다. 돼지가 아이의 아빠가 토해놓은 닭칼국수를 핥아 먹었다. 정부의 여동생은 그것 참 잘됐다는 표정으로 속으로 돼지, 돼지, 하고 중얼거렸다.

아이는 얼굴이 벌겋게 달아올라 있는 아빠를 보면서 죽을 놈이 죽었다는 생각을 했다. 평소 아빠가 자신의 연필을 가지고 귓구멍을 파는 것에 불만을 가지고 있던 것이다. 아이는 아빠가 귀를 판 연필을 깎으며 밤을 새우곤 했다. 뾰족해진 연필심을 혀로 핥으며 아이는 연필로 아빠의 귓구멍을 찌르는 상상을 했다. 책상 아래로 기어들어가 아이는 노트에 시를 썼다.

인생은 이렇게 지루한 것
밤새 연필을 깎고 또 깎는 것처럼
그래도 연필은 자꾸만 자라 아빠의 귓속으로 빨려 들어가네
그렇고 그런 사이처럼

엎드려 있는 아빠를 보고 아이의 엄마와 엄마의 정부는 처음에는 놀란 표정을 짓더니 자신들의 연기에 과장이 섞여 있음을 알고 이내 평정을 되찾았다.

두 시간 후 응급구조대가 왔다. 구조대 중 한 사람인 대머리는 정부의 여동생을 음흉하게 쳐다보았다. 프릴이 달린 잠옷을 입고 있던 정부의 여동생이 칼국수 국물이 묻어 있는 고양이의 수염을 닦아주기 위해 허리를 굽히자 대머리는 잠옷 사이로 보이는 정부의 여동생의 작은 가슴을 노골적으로 바라보았다. 혀를 내밀어 입술을 핥기까지 했다.

아이는 대머리의 정수리 부근에 붉은 반점이 그려져 있는 것을 보았다. 그리고 자신의 고추 밑에도 붉은 반점이 있음을 떠올렸다. 아이는 혹시 저 사람이 내 친아빠가 아닐까 하는 생각을 했다. 아빠란 족속은 대개가 비슷한지 아이의 아빠도 대머리처럼 정부의 여동생을 추잡스럽게 쳐다보곤 했었다.

아이는 아빠의 양복 안주머니에 정부의 여동생이 입던 팬티가 들어 있다는 것을 알고 있었다. 한동안 정부의 여동생은 어릴 적부터 아껴 입은 속옷을 잃어버렸다며 끼니도 거르고 베개를 눈물로 적시며 보냈다. 돼지가 옆으로 오자 발로 차버리기까지 했다. 아이는 자신이 알고 있는 비밀을 말해줄까 하다가 말해주지 않기로 결정했다. 언젠가 엄마의 정부가 한 말이 떠오른 것이다.

남자라면 죽을 때까지 비밀 한 가지 정도는 가슴에 품고 사는 법이다.

　아이는 엄마의 정부를 신뢰하지 않았지만 그 말 만큼은 멋지게 들려 가슴에 품고 지냈다.

　아이의 엄마가 정부의 여동생을 달래주려고 다양한 팬티를 사주었지만 정부의 여동생은 그것이 아니면 아무것도 아니라고 했다. 정부의 여동생은 팬티를 집어던지며 울부짖다가 밖으로 뛰쳐나갔다. 아이의 아빠는 신문에 실린 호주의 누드비치에 관한 기사를 읽고 있었고 아이는 스파게티 접시에 우유를 담아 고양이처럼 엎드려 혀로 핥아먹고 있었다. 엄마의 정부는 세탁기에서 빨래들을 꺼내 탁탁 털어 건조대에 널었다.

　정부의 여동생은 그날 밤 집에 돌아오지 않았다. 이불을 깔고 소등을 하자 가족들은 점점 걱정이 되기 시작했다. 그러나 누구 하나 먼저 말을 꺼내지 못했다. 그 시각 정부의 여동생은 거리에서 중년의 은행원을 만나고 있었다. 은행원은 자신과 함께 밥을 먹으면 돈을 주겠다고 했고 마침 배가 고프던 정부의 여동생은 그렇게 하기로 했다. 메뉴는 은행원이 정했다. 일식집으로 들어간 은행원은 초밥과 튀김우동을 시켰다. 정부의 여동생은 락교를 씹으며 열다섯 살은 락교와 같다고 생각했다. 초절임생강이 아닌 락교. 정부의 여동생은 그 차이를 명확히 구별할 수 없었지만 진실로 기분은 그랬다.

　초밥을 먹던 은행원은 갑자기 울기 시작했다. 그의 입에서 밥풀이 정신없이 튀어나왔다. 은행원은 아내와 딸을 교통사고로 잃었다고 했고 그래서 집에 들어가기가 겁난다고 말했다. 정부의 여동생은 냅킨을 뽑아 은행원에게 건넸다. 일식집을 나와 은행원은 정부의 여동생에게 돈을 주었다. 그러곤 자신과 밤을 보내면 돈을 더 주겠다고 했다. 은행원의 속셈을 눈치 챈 정부의 여동생은 이렇게 정처없이 거리를 걸으며 밤을 보내도 괜찮다면요,라고 말했다. 은행원이 정부의 여동생의 팔을 잡아끌었다. 정부의 여동생은 놀라 소리를 지르곤 도망쳤다.

정부의 여동생은 한참을 뛰다가 모텔로 들어갔다. 침대에 누워 손에 침을 묻혀가며 돈을 세었다. 확 저질러버릴 걸 그랬나, 하고 천장을 바라보며 중얼거렸다. 정부의 여동생은 열다섯 살이지만 아직 초경을 치르지 못한 자신을 동정녀 마리아쯤으로 생각하고 있었다. 언젠가 천사들이 내려와 자신에게 수태고지를 할 날만 기다렸다. 그날까지 자신의 몸을 아껴야 한다는 사실을 강박관념처럼 지니고 있었다.

아침이 되자 정부의 여동생은 모텔을 나와 편의점에서 사발면과 삼각김밥을 먹은 뒤 돼지가 좋아하는 꽁치통조림 두 개를 사서 집으로 돌아왔다. 그날은 마침 일요일이어서 모두 집에 있었다. 모두들 정부의 여동생을 본체만체했다. 그것은 돼지도 마찬가지였다. 그들은 옹기종기 모여 텔레비전에서 방영하는 「퀴즈만만세」를 보고 있었다. 정부의 여동생도 실은 그것 때문에 일찍 집으로 돌아온 것이라고 할 수 있다. 그 시간만큼은 그들이 진정 함께 사는 가족처럼 보였다.

「퀴즈만만세」가 끝나고 점심시간이 되자 정부의 여동생은 자신이 돈을 벌었다며 중국요리를 배달시켰다. 단무지를 씹던 정부의 여동생은 열다섯 살은 어쩌면 단무지일지도 몰라, 아니 락교와 단무지의 차이가 열다섯인지도 몰라, 하고 생각했다. 달리 설명할 수 없는 것들이 자신을 유일하게 설명할 수 있다고 믿었다. 열다섯 살, 아니 모든 인간의 삶이란 그런 거야. 정부의 여동생은 어느새 미니마우스가 그려진 팬티를 잊고 말았다.

아이의 아빠의 장례식은 교회장으로 치러졌다. 아이의 아빠의 아빠는 목사였다. 그러나 아이의 아빠는 자신의 아빠가 죽자 더 이상 교회에 나가지 않았다. 아이의 아빠는 십계명을 어기며 사는 것을 목표로 일생을 보냈다. 아이의 엄마에게 정부가 있다는 사실을 알고도 정부의 여동생까지 집안에 들인 것은 그의 관대함이라기보다는 자신의 삶의 목표와 관련이 있다고 할 수 있다. 아이의 아빠가 유언을 남길 수 있었다면 아마 절대 교회에 내 죽음을 알리지 마라, 정도가 됐을 것이다. 그러나 응급구조대가 돌아가고 나자 아이의 엄마는 즉시 교회에 전화를 걸었다. 무료로 장례를 치를 수 있기 때문이었다.

장례식 날 그들은 모두 검은색 옷을 입었다. 정부의 여동생은 돼지의 목에 검은 끈을 매달아 죽은 자에 대한 애도를 표하게 했다. 죽음이란 모든 것이 용서되고 새로운 화해가 성립되는 순간이라고 믿었다. 평소 아이의 아빠가 역겨웠지만 역겨운 존재가 사라지자 이상하게 슬픔이 밀려오기까지 했다.

목사가 추도문을 읽는 동안 교회에 모인 몇 안 되는 사람들은 꾸벅꾸벅 졸거나 옆 사람과 잡담을 했다. 아이의 엄마는 습관적으로 고개를 젖히고 눈에 생리식염수를 넣었다. 특별한 날이기에 안경 대신 렌즈를 낀 것이다. 엄마의 정부는 가죽점퍼를 입고 있었는데 팔짱을 끼고 졸다가 몇 번이고 고개를 떨어뜨렸다. 아이는 눈을 감으며 속으로 이렇게 외쳤다.

꼭꼭 숨어라. 머리카락 보일라.

아이는 술래잡기를 하고 싶은 생각이 간절했다. 아빠의 관 속에 숨어 있으면 아무도 찾지 못할 거야. 아마도 저 관 바닥에는 어딘가로 연결된 통로가 있을 거야. 아이는 관 뚜껑을 열고 아빠를 끄집어낸 다음 자신이 들어가 또 다른 세계를 맛보고 싶었다. 하지만 아빠가 먼저 행한 것을 또 따라해야 하는 것이 마음에 들지 않았다. 아빠가 수저를 들기 전에는 수저를 들 수 없듯 아빠가 관에 먼저 들어간 뒤에 자신이 들어가야 하는 사실을 아이는 견딜 수 없었다. 부당하다고 생각했다.

예배가 끝나고 교회 앞 공동묘지에서 하관을 했다. 교회에서 마련한 백합을 한 송이씩 들어 관 위에 던졌다. 관을 흙으로 덮고 모든 절차가 끝나자 엄마의 정부는 기사처럼 무릎을 꿇고 아이의 엄마에게 남은 백합을 건넸다. 아이의 엄마는 정부의 뺨을 때렸다.

그이의 죽음을 모독하지 말아요. 어쨌든 그는 내 남편이었어요.

아이의 엄마가 소리치자 엄마의 정부가 울상을 지었다. 돼지는 공동묘지를 제멋대로 밟으며 돌아다녔고 정부의 여동생은 소리를 지르며 돼지를 쫓아갔다. 아이는 갑자기 귀가 가려워 백합 줄기를 귓속에 넣고 후벼 팠다.

장례식이 끝나고 그들은 교회에서 준비한 떡과 음료수를 먹은 뒤 근처에 있는 동물원으로 갔다. 처음 동물원에 가자고 말한 것은 아이의 엄마였다. 엄마의 정부가 좀 전의 일로 뾰로통해 있자 기분을 풀어주기 위해 제안한 것이다. 처음엔 시큰둥하던 엄마의 정부는 아이의 엄마가 옆구리를 간질이자 자신도 모르게 웃음을 터뜨리며 알았다고 했다. 정부의 여동생은 이어폰을 끼고 요란한 음악을 듣고 있어 그들의 말을 들을 수 없었다. 원래 동물 따위에는 관심이 없는 아이는 어서 집에 가서 연필로 귀를 파고 싶었다. 그렇게 해야만 가려움증이 사라질 것만 같았다. 하지만 아이의 엄마는 막무가내로 아이를 잡아끌었다.

내가 너만 할 땐 사슴이 되는 게 꿈이었어. 너 사슴이 얼마나 예쁜지 알아?

아이는 귓불을 잡고 흔들었다. 도대체 귓속에 뭐가 들어간 걸까.

고양이는 데리고 들어갈 수 없습니다.

동물원 정문 앞에 서 있는 얼룩말 무늬 유니폼을 입은 동물원 관계자가 말했다.

이건 고양이가 아니라 돼지예요. 그리고 동물원에 동물을 못 데리고 들어간다는 게 말이 되나요.

아이의 엄마가 말했다. 동물원 관계자는 막무가내였다.

저는 위로부터 지시를 받는 것일 뿐 그 이유에 대해서는 설명할 수 없습니다. 모두들 그렇게 합니다. 이쪽으로 오시면 개들의 숙소가 있어요.

이건 개가 아니라 돼지란 말이에요.

화가 난 아이의 엄마가 소리를 질렀다. 엄마의 정부는 아이의 엄마의 팔을 잡고 진정하라고 말렸다. 하는 수 없이 돼지를 개들의 숙소인 개장에 넣을 수밖에 없었다. 처음에 요란하게 발광을 하던 돼지는 동물원 관계자가 개 사료를 주자 진정하고 그것을 먹기 시작했다.

돼지가 맞군요.

관계자가 말했다.

동물원은 교회처럼 한산했다. 기린은 기린처럼 목을 빼고 있었고 하마는 하마처럼 하품을 하고 원숭이는 원숭이처럼 이리저리 뛰어다녔다. 아이의 엄마와 엄마의 정부는 어느새 예전처럼 서로에게 다정하게 굴었다. 딸기아이스크림을 하나 사서 한 입씩 베어 물며 걸었다. 정부의 여동생은 풍선껌을 씹으며 여전히 이어폰으로 음악을 듣고 있었다. 아이는 귓속에 손가락을 찔러 넣은 채 고개를 비스듬히 기울이며 그들을 따라갔다.

먼저 사슴 우리에 도착한 아이의 엄마와 엄마의 정부는 눈이 휘둥그레졌다. 그들은 잠시 실랑이를 벌였다.

저런 광경을 내 자식에게 보여줄 수 없어요.

저건 정말 산지식이에요. 우리가 어디서 와서 어디로 가는지 알게 해주는 생생한 증거란 말이에요. 신이 있다면 지금 저들 곁에 있을 거예요.

결국 아이의 엄마는 엄마의 정부 말을 따르기로 했다. 사슴 우리에 도착한 아이와 정부의 여동생은 뚫어지게 사슴들을 쳐 다보았다. 두 마리의 사슴이 엉겨 붙어 있었다. 수사슴이 암사 슴의 뒤에서 몸을 비벼대고 있었다. 아이는 상체를 옆으로 기울 여 사슴의 성기가 움직이는 것을 지켜보았다. 사슴의 성기는 암 갈색이었고 성기 아래로 누런 액체가 끈적끈적하게 바닥으로 떨어지고 있었다. 정부의 여동생이 돌 하나를 주워 사슴을 맞혔 다. 놀란 두 사슴은 몸을 떼고 도망쳤다. 수사슴의 성기가 덜렁 거리며 액체를 뿌려댔다.

아이는 인간과 사슴이 별반 다르지 않다고 생각했다. 일전에 방에서 엄마와 엄마의 정부가 사슴과 비슷한 자세로 숨을 헐떡 이고 있는 광경을 목격한 적이 있다. 그날의 인상이 다소 충격 적이었으나 사슴도 그러는 것을 보고 이제 어느 정도 안심을 할 수 있게 되었다. 다들 저러고 사는구나. 아이는 중얼거렸다.

개장에 잠들어 있던 돼지를 품에 안고 그들은 다시 집으로 돌 아갔다. 집으로 가는 길에 아이는 엄마의 팔짱을 끼며 말했다.

엄마, 사슴은 정말 예뻤어요.

아이의 아빠의 옷들을 정리하다가 정부의 여동생의 팬티를 발견한 아이의 엄마는 어떻게 해야 할지 몰라 자신이 입어버렸다. 금방이라도 찢어질 것처럼 엉덩이와 아랫배를 조였지만 왠지 기분이 좋았다. 소녀가 된 느낌이었다. 아이의 엄마는 욕실에서 자신이 어릴 적 부르던 노래를 신이 나 불렀다.

문은 열렸어. 아빠는 잠들었어. 겁내지 말고 들어와. 우리 집 강아지만 조심하면 돼.

아이의 아빠의 방은 돼지의 차지가 되었다. 다들 방에 들어가기를 꺼려 했기에 돼지가 자신의 놀이터로 삼은 것이다. 자신만의 넓은 공간이 생긴 돼지는 방 안을 이리저리 왔다 갔다 하며 하루하루를 보냈다.

아이의 귓속 가려움증은 주기적으로 계속되었다. 연필로 귀를 팠지만 소용없었다. 증세가 점점 심해져 급기야 이상한 환청이 들리기 시작했다. 아이의 엄마는 아이를 데리고 병원에 갔다.

바람 소리가 들리면 말이 뛰어가요. 말이 뛰면 또 바람이 불어요.

아이는 의사에게 말했다. 의사는 아이의 귓속에 가느다란 침을 넣고 살펴보았다. 침 끝에는 확대경이 달려 있었다.

뭐가 들어 있네요. 엄청나게 큰데요.

아이는 곧바로 수술대 위에 누웠다. 주삿바늘이 아이의 가느다란 팔목에 꽂히고, 얼굴에는 플라스틱 마스크가 씌어졌다. 이

내 아이는 잠이 들었다. 아이의 엄마가 연락을 해서 엄마의 정부와 정부의 여동생 그리고 돼지가 병원으로 달려왔다. 수술실로는 들어갈 수 없기에 그들은 로비에서 자판기 커피를 뽑아 마시거나 잡지를 보거나 신체가 절단된 환자들을 쳐다보며 기다렸다. 수술은 반나절이나 걸렸다. 그사이 정부의 여동생은 돼지를 안고 집으로 가버렸다. 엄마의 정부도 집에 가 쉬고 싶었지만 아이의 엄마의 만류로 끝까지 남았다.

당신은 이제 아이의 아빠란 말이에요. 아빠의 본분을 지키세요.

귀찮은 일을 떠맡아야 하는 아빠보단 역시 무책임한 정부의 자리가 좋다고 엄마의 정부는 생각했다.

수술이 끝나고 아이가 마취에서 깰 동안 아이의 엄마와 엄마의 정부는 의사와 이야기를 나누었다.

아이의 귀에서 나온 것입니다.

의사는 커다란 녹색 병 하나를 주었다. 그것은 1.8리터짜리 콜라 병과 흡사했다.

이게 뭐예요?

열어보세요.

의사의 말대로 아이의 엄마는 병을 열었다. 안에서 소리가 들려왔다.

여보, 나야.

병에 든 것은 아이의 아빠였다. 통상적으로 영혼이라 부르는 것이지만 영혼과 육체의 중간단계에 속하는 물체로서, 사람 구실은 못하지만 그렇다고 부재하는 것은 아닌, 어쩔 수 없는 존재라고 할 수 있다고 의사가 말했다. 아이의 엄마는 의사에게 물었다.

이런 일이 종종 있나요?

가끔 있지요. 의학적으로는 규명이 안 됐지만 가족의 유대가 돈독해야 가능하다는 학설이 지배적입니다.

아이가 방귀를 끼고 마취에서 깨어나자 그들은 서둘러 병원을 떠났다. 집에 와 아이의 엄마는 즉각 가족회의를 소집했다. 녹색 병에 든 어쩔 수 없는 존재에 대한 처리 문제가 가족회의의 주제였다.

돼지가 앞발로 방 한가운데 놓여 있는 녹색 병을 만지작거렸다. 아이는 머리에 감아놓은 붕대 속으로 손가락을 넣어 긁어댔다. 정부의 여동생은 녹색 병에 든 것이 아이의 아빠라는 아이의 엄마의 말을 듣자 욕지기가 일었다. 정부의 여동생은 욕실로 달려갔다. 아이의 엄마는 정부의 여동생이 구역질 하는 소리를 들으며 엉덩이 사이에 끼인 팬티 라인을 한번 잡았다가 놓았다. 팬티를 벗어주면 정부의 여동생이 구역질을 멈출지도 몰라, 하고 생각했지만 오랜만에 찾아온 자신의 젊음을 쉽게 잃고 싶지 않아 잠자코 있었다. 정부의 여동생이 겨우 진정하고 나타나자 다시 가족회의가 이어졌다.

형님 이야기나 들어봅시다. 어쩔 수 없는 존재이지만 우리가 임의대로 어쩔 수는 없잖아요.

아이의 엄마는 엄마의 정부가 이전처럼 아이의 아빠를 개자식,이라고 부르는 것 대신에 형님,이라고 부르는 걸 보고 적잖이 놀랐다. 아이의 엄마는 그사이 아이의 아빠와 엄마의 정부 사이에 모종의 협약이 있었는지도 모른다는 의심을 했다. 사실 엄마의 정부는 아이의 아빠의 믿을 수 없는 물체로의 변이, 덜 떨어진 부활, 아무튼 어쩔 수 없는 존재로의 전환을 못내 반가워하고 있었다.

알았어요. 당신의 말을 존중하겠어요.

아이의 엄마는 아이와 정부의 여동생 그리고 돼지의 의사는 물어보지도 않고 결정해버렸다. 아이의 엄마가 녹색 병의 뚜껑을 열고 아이의 아빠를 불렀다. 아이의 아빠의 긴 하품 소리가 들렸다. 소리에서는 닭칼국수에 들어간 마늘 냄새가 났다.

우린 당신을 어떻게 해야 할지 모르겠어요. 당신이 우리의 입장이라면 당신을 어떻게 처리하겠어요?

녹색 병에 들어 있는 아이의 아빠의 한숨 소리가 들렸다.

정말 복잡하기 이를 데 없는 복잡한 문제군. 나의 아빠가 아무 죄도 없는 나를 교회 강단에 세워두고 신앙 간증을 시킬 때만큼 곤란한 상황이야.

돼지가 녹색 병의 주둥아리에 코를 박고 킁킁거렸다. 아이의 아빠가 소리를 빽 질렀다.

저리 가. 이 돼지새끼야!

돼지는 놀라 기겁을 하고 달아났다. 아이는 머리에 감아놓은 붕대를 풀어 얼굴 전체에 감고 미라처럼 팔을 앞으로 뻗고 집 안을 걸어 다녔다. 녹색 병에 든 아이의 아빠가 몇 번 헛기침을 한 뒤 다시 입을 열었다.

나의 결단력이 필요한 시기가 왔군. 비록 내가 어쩔 수 없는 존재이지만 난 이 집의 가장임이 틀림없어. 그건 나의 아빠가 읽던 성경 책의 무게가 쇠고기 두 근의 무게와 같은 것처럼 분명한 사실이야. 듣고들 있나? 난 가장이라고. 이 집을 떠날 수 없어. 나를 이 집의 가장 안전하고 아름다운 구석에 놓아둬. 그러곤 함께 식사를 할 때면 나에게 음식이 소화되는 소리를 들려주고, 일요일이면 「퀴즈만만세」도 보여줘. 그러니까 나를 이전처럼 대해주면 돼. 다만 보험금은 아무렇게나 써도 좋아.

아이의 아빠가 말한 보험금이라는 말에 모두들 귀를 기울었다.

보험금이라뇨?

아이의 엄마와 엄마의 정부가 동시에 물었다.

내가 사망보험에 들었다는 것을 모르고 있었단 말야? 가장으로서 그 정도는 당연한 거지.

고마워요. 여보.

아이의 엄마가 녹색 병을 들고 주둥아리에 연신 입을 맞췄다. 빨간 립스틱이 병에 지저분하게 묻어났다. 엄마의 정부가 아이의 엄마의 모습을 난처한 표정으로 바라보았다.

그만 해. 침이 떨어지잖아.

녹색 병에 든 아이의 아빠가 소리쳤다. 아이의 엄마는 마지막
으로 길게 입을 맞추곤 뚜껑을 닫았다.

아이의 엄마는 보험회사로 즉시 전화를 걸어 다음 날 집으로
찾아오겠다는 약속을 받았다. 그날 밤 아이는 붕대에 깨알 같은
글씨로 시를 썼다.

인생은 지루한 것
아빠가 녹색 병 속에서 살아가고 있지만
인생은 지루한 것
아빠가 녹색 병 속에서 미역처럼 녹색이 되어가고 있지만

시를 쓰는 것만큼 인생이 지루하다는 것을 알게 해주는 것은
없다고 생각하면서도 아이는 멈출 수 없었다. 불가항력이었다.
우리의 신체 조건도 때론 불가항력으로 우리를 못살게 군다. 아
이는 한 줄만 더 한 줄만 더 쓰자, 하고 자신의 작업을 방해하
는 신체 리듬을 잠재우려다가 결국 참지 못하고 일어났다. 오줌
보가 터질 것만 같았다.

욕실의 열린 문 틈으로 검은 물체가 보였다. 검은 물체는 엄
마의 정부였다. 엄마의 정부는 아이의 아빠가 들어 있는 녹색
병을 들고 이야기를 하고 있었다.

형님이 돌아와서 너무 기쁩니다. 하마터면 전 아빠가 될 뻔했
어요. 짧은 순간이었지만 정말 끔찍했답니다.

엄마의 정부의 솔직한 고백에 아이의 아빠는 자신도 사실 두렵다고 말했다.

하지만 좋은 것도 많아. 이를테면 내가 수저를 들기 전에는 아무도 수저를 들 수 없다는 것과 고양이를 내 맘대로 돼지라고 부를 수 있는 권리 같은 게 생기거든.

그게 다 무슨 소용이냐고, 엄마의 정부는 묻고 싶었지만 그만두었다. 이상하게 아이의 아빠의 기분을 상하게 만들고 싶지 않았던 것이다. 엄마의 정부는 녹색 병의 주둥아리를 쳐다보았다. 구멍을 들여다보고 있으니 문득 어린 시절이 떠올랐다. 사이다 병 속에 자신의 고추를 넣었다 뺐다 하다가 병 주둥아리에 걸린 적이 있다. 가족들이 병을 빼려고 애를 썼지만 소용없었다. 결국 망치로 병의 주둥아리를 내리쳤다. 순간 성기가 절단되는 공포를 느꼈고 그 후로 한동안 구멍이란 구멍은 모두 두려워하게 되었다. 유년의 슬픈 추억을 보상받으려는 심정으로 엄마의 정부는 바지 지퍼를 내리곤 자신의 성기를 끄집어내 녹색 병의 주둥아리에 넣었다. 한참을 넣었다 뺐다 하며 형님, 형님, 하고 중얼거렸다. 이제까지 느껴본 적 없는 쾌감이 온몸을 감싸고돌았다.

아이의 발밑은 이미 뜨뜻미지근한 오줌으로 척척해져 있었다. 모든 에너지가 높은 곳에서 낮은 곳을 향해 흐르듯 오줌은 흘러 흘러 집 안의 가장 낮은 곳에 위치한 정부의 여동생의 방까지 흘러들어갔다. 정부의 여동생은 어디서 구운 감자 냄새가 날까 생각하면서도 달콤한 잠에 빠져 일어날 수 없었다.

　다음 날 보험회사 직원이 왔다. 보험회사 직원은 머리에 포마드를 잔뜩 바르고 겨자색 넥타이를 매고 있었다. 그는 탁자에 서류 가방을 내려놓으며 말했다.
　저희 회사에서는 직원들에게 이 가방을 주지요. 아프리카 콩고에서 잡은 악어로 만든 겁니다. 믿을 수 있다는 거죠.
　보험회사 직원은 가방에서 서류를 꺼내 아이의 엄마에게 주었다. 직원은 아이의 엄마에게 몇 가지 질문을 했다.
　정말 죽은 게 맞나요? 요즘엔 가끔 살아나기도 해서요.
　아이의 엄마는 아이의 아빠가 틀림없이 죽었다고, 거듭 강조했다. 아이의 엄마는 혹시 몰라 녹색 병을 서랍에 넣고 열쇠로 잠가버렸다. 엄마의 정부가 냉장고에서 키위맛 주스를 한 잔 따라 보험회사 직원에게 주었다. 그는 그것을 마시고 돌아갔다. 보험회사 직원이 돌아가자 아이의 엄마는 안도의 한숨을 길게 내쉬었다. 다음 주면 아이의 엄마의 은행계좌로 보험금이 입금될 것이다.

　보험금이 나온 날 가족은 여행을 가기로 했다. 녹색 병은 엄마의 정부가 챙겼다. 그냥 두고 가자고 아이의 엄마가 말했지만 엄마의 정부는 이 여행은 형님이 아니면 불가능했을 거라며 아이의 엄마를 설득했다. 아이는 엄마에게 아빠와 엄마의 정부 사이의 은밀한 관계를 말해줄까 하다가 또다시 엄마의 정부의 말이 생각나 그만두었다. 두 가지의 비밀을 가슴에 품으면 더 멋진 사나이가 될 것이다.

그들은 비행기를 타고 지구 반대편으로 날아갔다. 이상기류로 비행기가 잠시 흔들렸지만 기내에서 제공하는 특별 요리를 먹느라 아무도 그것을 감지하지 못했다.

공항에 도착한 그들은 그곳의 전통 의상으로 갈아입었다. 옆선이 터진 차이나 칼라의 원피스였다. 저마다 색깔이 다를 뿐 너무나 화려해 오히려 촌스러워 보이는 꽃무늬 모양은 같았다. 그들은 선상호텔로 숙소를 정했다. 피곤한 그들은 갈매기 요리를 먹고 각자 방으로 들어갔다. 아이는 잠이 오지 않았다. 하루 사이에 자신이 낯선 곳에서 잠이 든다는 것이 묘한 기분을 느끼게 해주었다. 꿈을 꾸고 있는지도 몰라. 아이는 침대 밑으로 기어들어가 또다시 시를 썼다.

그래도 인생은 지루한 것
지구를 반 바퀴나 돌아 도착한 곳에 있어도
달라진 건 아무것도 없고
인생은 지루한 것

다음 날 그들은 그 나라의 고대 사원과 관광지를 둘러보았다. 가이드와 함께 동행했는데 그는 정부의 여동생에게 자꾸만 눈

길을 주었고, 그것은 정부의 여동생도 마찬가지였다. 가이드는 유학을 온 학생이었다. 그들과 같은 나라 사람인데도 이국적인 매력을 풍겼다. 마치 그곳의 원주민 같았다.

저녁에는 여장남자들이 춤을 추는 클럽에서 쇼를 구경하며 원숭이 골 요리를 먹었다. 아이의 엄마는 엄마의 정부가 먹기 싫다고 해도 자꾸만 입으로 원숭이 골을 넣었다. 아이는 태어나 이렇게 맛있는 음식은 처음 먹어본다며 정부의 여동생 몫까지 허겁지겁 먹었다.

정부의 여동생은 클럽을 빠져나와 가이드와 시내를 배회했다. 해변의 벤치에 앉자 가이드는 셔츠 단추를 두 개 풀었다. 복슬복슬한 가슴 털이 달빛을 받아 반짝거렸다. 가이드가 정부의 여동생의 손목을 잡고 그것을 만지게 했다. 정부의 여동생은 놀라 손을 뿌리치고 일어났다. 무작정 호텔방으로 달려간 여동생은 침대에 몸을 던지곤 이불을 뒤집어썼다. 왜 다들 그 모양일까. 정부의 여동생은 세상 모든 남자들을 증오했다. 돼지가 이불 속으로 들어오자 정부의 여동생이 돼지의 털을 잡아당겼다. 돼지는 놀라 이불 밖으로 달려나갔다.

그날 밤 아이는 침대에 원숭이 골을 토했다. 아이의 엄마와 엄마의 정부는 그들의 방에서 다투고 있었다. 엄마의 정부가 아이의 엄마를 거부한 것이다.

원숭이 골까지 먹어놓고 그러는 게 어디 있어요?

그래서 내가 안 먹는다고 했잖아요.

아이의 엄마는 얼마 전부터 잠자리를 거부하는 엄마의 정부를 용서할 수 없었다. 보험금이 나온 날 바로 여행을 떠난 것도 새로운 환경에서 무드를 잡아볼 요량이었다. 아이의 엄마가 아무리 애원을 해도 엄마의 정부는 아랑곳하지 않았다. 아이의 엄마는 화가 나 문을 열고 나가버렸다. 아이의 엄마가 나가자 엄마의 정부는 가방을 열어 녹색 병을 꺼냈다.

아이의 엄마는 호텔을 나와 해변을 거닐었다. 한 남자가 벤치에 앉아 울고 있었다. 자세히 보니 가이드였다. 아이의 엄마는 그 옆에 앉았다. 가이드는 처음으로 여자한테 딱지를 맞았다며 눈물을 글썽였다. 아이의 엄마는 가이드를 안아주고 그의 머리를 쓰다듬었다. 둘은 곧 손을 잡았고 해변을 걷다가 시내 모텔로 들어갔다. 아이의 엄마는 원숭이처럼 가이드의 가슴 털을 손으로 헤집으며 꼼꼼하게 살펴보았다.

다음 날 아침 아이의 엄마가 호텔로 돌아오니 녹색 병이 바닥을 굴러다니고 있었다. 엄마의 정부는 없었다. 잠들어 있는 아이와 정부의 여동생을 깨워 물어보았지만 엄마의 정부의 행방을 찾을 수는 없었다. 호텔 프런트에 물어보아도 마찬가지였다. 아이의 엄마는 가이드와 밤새 밀애를 나눴지만 그러고 나서 깨달은 것은 엄마의 정부에 대한 애정의 확신뿐이었다. 그 시간 엄마의 정부는 해변을 거닐고 있었다. 밤새 아이의 아빠가 든 녹색 병과 밀애를 나눴지만 그러고 나서 깨달은 것은 아이의 엄마에 대한 애정의 확신뿐이었다. 내가 지금 무슨 짓을 하고 있

는 거지. 이 모든 게 어쩔 수 없는 존재 때문이야. 엄마의 정부
는 자신의 뒤틀린 애정행각을 후회했다.

얼마 후 호텔에서 다시 만난 아이의 엄마와 엄마의 정부는 뜨
겁게 포옹을 했다. 서로 귓속말을 나누었다. 그들은 아이와 정
부의 여동생을 호텔 방에 남겨둔 채 녹색 병을 들고 해변으로
갔다. 둘은 해안절벽으로 올라가 녹색 병을 바다로 던져버렸다.

죄를 짓는 기분이에요.

누구나 죄를 짓잖아요. 이 정도는 아무것도 아니에요.

둘은 해안절벽에서 발견한 어느 동굴로 들어가 오랜만에 서
로를 끌어안았다. 동굴 속에서 울리는 교성이 해안절벽을 뒤흔
들었다.

그날 오후 그들은 짐을 싸 공항으로 갔다. 전통 의상을 벗어
던지고 원래 입던 옷을 입었다. 공항면세점에서 그 나라 특산물
을 몇 가지 산 뒤 비행기를 탔다.

집에 돌아오고 몇 개월이 지났을 무렵이다. 아이의 엄마의 배
가 점점 부풀어 오르기 시작했다. 집에서 빈둥거리던 엄마의 정
부는 일자리를 얻고 가장이 되기로 마음먹었다.

어느 날 초인종이 울려 현관으로 나가보니 택배기사가 소포
라며 박스를 건네주었다. 박스를 뜯자 그 안에서 녹색 병이 나
왔다. 아이의 엄마는 몹시 놀라 엄마의 정부에게 즉시 전화를
걸었다. 그날 저녁 그들은 또다시 녹색 병을 두고 가족회의를

했다. 차마 녹색 병의 뚜껑을 열어볼 엄두가 나지 않았다. 최종 결정은 집에 놓아두자는 것이었다.

밖에다 버렸는데 다시 돌아오면 더욱 감정이 상할 테니 그냥 둡시다.

이제 제법 아빠 흉내를 내는 엄마의 정부가 말했다. 모두들 고개를 끄덕였다. 가장의 말이기에 따를 수밖에 없었다. 한동안 엄마의 정부는 집 안 구석에 놓여 있는 녹색 병을 볼 때마다 감정이 동요되었지만 어금니를 꽉 깨물어 참았다.

산달이 두 달이나 남았는데 진통이 시작되었다. 아이의 엄마는 애가, 애가, 애가,라고 소리 지르며 바닥에 누워버렸다. 하는 수 없이 정부의 여동생이 뜨거운 물을 끓이고, 바닥에 이불을 깔았다. 엄마의 정부는 아이의 엄마의 가랑이 사이에서 나오는 아기를 보고 기절을 했다. 정부의 여동생이 아기를 받고 탯줄은 아이가 끊었다. 바닥에 떨어진 태반을 돼지가 덥석 물고 달아났다.

머리가 역삼각형꼴인것만 제외하면 아기는 준수한 편이었다. 가족 모두 새 식구를 환영했다. 아기를 보느라 아이는 더 이상 시를 쓸 시간이 없었다. 아이의 엄마가 피곤해 쓰러져 있으면 정부의 여동생이 자신의 젖을 물려 칭얼대는 아기를 달랬다. 엄마의 정부는 가끔 아기의 젖병을 몰래 빨아먹곤 했다.

아기의 가슴에 털이 자라나기 시작할 무렵 가족들은 집 안 어딘가에 있는 녹색 병을 잊고 말았다. 누구 하나 이야기하는 법이 없었다. 어쩌다 가끔씩 쩌렁쩌렁 병이 울리는 소리가 들렸지만 밖에서 바람이 부는 것이라 생각했다. 그렇다. 어느 집안에나 쓸모없는 물건 하나쯤은 있기 마련이다. 오른쪽에서 세번째 집이라고 예외일 수 없다. 오른쪽에서 두번째 집과 마찬가지로 오른쪽에서 세번째 집도 지극히 평범한 가정일 뿐이다.

유리방

나는 지금 유리를 통해 너를 보고 있다.

너는 유리방에 갇혀 있다. 아니 갇혀 있다, 라는 말은 틀렸는지도 모른다. 너는 유리방에 살고 있다. 벗어나려는 의지가 없다면 갇혀 있는 것이 아니다. 너의 모습이 그것을 말해주고 있다. 너는 아름답다. 유리의 필터를 통과한 너는 아름답다. 나는 너를 유리처럼 아름답다고 말할 수 있다. 그보다 더한 말을 할 수도 있다. 너를 묘사하는 것은 쉽다. 쉬운 만큼 또 어렵다. 네 앞에서는 아름답다, 라는 말도 제 언어의 의미를 잃는다. 너는 고귀하다. 너는 실루엣도 그림자도 없다. 존재 하나만으로 충분하다. 너와 유리방 그리고 너의 매혹적인 언어뿐이다. 나는 의자에 앉아 있다. 쿠션들을 다 뜯어낸 나무의자다. 네가 있는 곳이 유리방이라면 내가 있는 곳은 나무방이라고 해야 할지도 모르겠다. 나무의자와 나무탁자 그리고 너를 바라보는 곳을 제외하면 다른 면은 모두 적갈색의 나무로 되어 있다. 탁자 위에는 두루마리 휴지 한 개와 작은 생수병이 놓여 있다. 바닥에는 내던져진 재떨이가 있다. 나는 너를 볼 때 담배를 피우지 않는다. 모든 연기가 너에게로 가기 때문이다. 너는 나를 볼 수 없다. 그것이 너를 더욱 아름답게 만드는 것은 아닌지. 나는 생각한다. 너는 아직 움직임이 없다. 눈을 깜빡이지 않는 인형처럼 차가워 보인다. 유리방과 나무방 사이에는 작은 틈이 있다. 편지함 같은 그곳을 통해서만 너와 접촉할 수 있다. 주머니를 뒤져 지폐를 꺼낸다. 구겨진 것을 곱게 편다. 연필을 꺼내 거기에 쓴다. 나의 글은 스무 자를 넘은 적이 없다. 다 쓰고 나선 사인을 한다. 그것을 틈에 넣는다. 태엽이 감긴 인형처럼 너는 천천히 움직이기 시작한다. 편지를 받은 너는 미소를 짓고 옷을 벗는다. 너의 입술이 벌어지고 그 속에서 말들이 나온다. 들리지 않는다. 들리지 않는 소리가 나를 자극한다. 나는 바지 지퍼를 내리고 손을 쑥 집어넣는다. 너는 혀를 내밀어 허공을 핥는다. 또다시 너에게 편지를 보낸다. 너는 춤을 춘다. 너의 검고 반짝이는 음모가 유리에 달라붙는다. 거미처럼 기어 다닌다. 나는 바지를 내린다. 나무의자에 닿는 엉덩이가 차갑다. 말을 탄 것처럼 의자에 앉아 들썩거린다. 엉덩이에 시뻘건 나무 문양이 새겨질 때쯤 나는 자신조차 알아들을 수 없는 말로 기염을 토한다. 너는 윙크를 한다. 유리방에 빨간 조명이 꺼진다. 암흑이다. 너는 보이지 않는다. 이제 너는 어둠에 갇힌다. 문을 닫고 나오면 몇 개의 눈과 마주치게 된다. 그들은 모두 유리의 안구를 가지고 있다.

나는 유리방에 살고 있다. 갇혀 있는 것은 아니다. 누구도 나에게 그런 말을 할 수 없다. 나는 살고 있는 것이다. 아니 이렇게 생각해보면 어떨까. 내가 살고 있는 유리방이 세상을 가두고 있다고. 나는 유리를 통해 세상을 바라보고 조롱할 수 있다. 머리 위에는 빨간 조명이 돌아간다. 썩은 짐승의 살점 같은 빛이 하얀 살결 위에 뚝뚝 떨어진다. 나를 따뜻하게 채찍질하는 이 빨간빛이 좋다. 작은 디지털 알람시계가 있다. 숫자가 몸을 바꿀 때마다 나 역시 모습을 달리한다. 사실 나는 유리방에 살고 있지 않다. 내가 바라보는 것은 거울이다. 반대편에서 보면 투명한 유리지만 내 편에서는 적나라하게 나를 보여주는 거울일 뿐이다. 그렇다면 내가 있는 곳은 유리방이 아닌 거울방이라고 해야 할지도 모른다. 나는 거울을 보며 가장 아름다운 표정을 짓고 포즈를 취한다. 거울의 밑모서리 부분에는 작은 틈이 하나 있다. 그 안으로 지폐 한 장이 배달된다. 그것을 손에 쥔다. 적당한 온기가 느껴진다. 글씨가 씌어 있다. 이젠 글씨를 보고서도 누가 왔는지 알 수 있다. 너의 필체는 독특하다. 딱딱한 고딕체 같으면서도 어딘가 부드러운 선이 엿보인다. 글씨를 만져본다. 손에 연필 흑심이 묻는다. 너는 글을 쓰고 나서 꼭 사인을 한다. 아무리 찬찬히 뜯어보아도 어떤 글자인지 해독이 불가능하다. 어쩌면 아무 뜻도 없는 하나의 기호인지도 모르겠다. 마치 보이지 않는 너의 존재처럼. 너의 요구는 강하지만 표현은 정중하다. 너는 꼭 경어를 쓴다. 지폐가 부족해도 나는 너의 요구를 들어주고 싶다. 너는 나에게 말을 해달라고 부탁했다. 무슨 말인가에 대해서는 언급이 없다. 나는 중얼거린다. 무성영화 배우의 이해될 수 없는 제스처처럼 아무 말이나 중얼거린다. 옷을 벗고 춤을 춘다. 거울에 몸을 붙인다. 새벽 밀물 같은 소름이 돋는다. 가능하다면 나는 거울 속의 나를, 그리고 그 이면에 있는 너를 안아주고 싶다. 머릿속을 난타하는 단조로운 알람소리가 들린다. 나는 너에게 윙크를 한다. 빨간 조명이 꺼진다. 유리방에는 어둠이 머리를 풀고 눕는다. 그 위에 주저앉는다. 어둠을 한 움큼 건져 얼굴에 끼얹는다. 축축한 지하실의 습기가 느껴진다. 어둠 속에는 그 어둠보다 진한 눈이 있다. 검은 안구들이 차가운 나의 몸을 핥는다.

유리방을 나오면 나는 더 이상 유리방에 대해 생각하지 않는다. 이제 어디로 가야만 한다. 나는 길을 걷고 있는 것이다. 이제 아내와 딸이 있는 가정으로 돌아가야 한다. 오늘 직장에서 월급을 받았다. 한 달 동안 인사처럼 조간의 헤드라인을 말하고, 비슷비슷한 서류들을 정리하고, 상사의 잔소리를 듣고, 동료들의 음탕한 농담을 받아치며 여직원의 치마 속을 눈으로 만져본 대가로 받은 것이다. 월급봉투가 들어 있는 안주머니를 만져본다. 심장 부분에서 조금 아래에 위치한 그것. 아내에게 나의 심장을 꺼내 보여줄 수는 없을까. 마른 피딱지로 덮여 있는 바람 빠진 심장을. 나의 걸음을 따라 가등이 명멸한다. 사람들과 몇 번 어깨를 부딪친다. 그들은 대수롭지 않은 듯 빠르게 지나간다. 문득문득 걸음을 멈추고 그들의 뒷모습을 바라본다. 그런 나를 누군가 또다시 치고 간다. 그 누군가의 뒤를 쫓아가 목을 조르고 싶은 충동을 느낀다. 불쾌한 혀가 쑥 빠져 나오면 그 혀를 깨물어주어도 좋을 것이다. 며칠 전 아내와 상사가 같은 말을 했다. 둘이 몰래 만나 그렇게 하기로 약속한 것만 같았다. 무기력해. 죽지 못해 사는 사람 같군. 상사로부터 처음 그 말을 들었을 때는 농담 같아 비실비실 웃음까지 흘렸는데, 아내로부터 같은 말을 들었을 때는 서글픔이 밀려와 화장실에 틀어박혀 타일의 개수를 헤아리기까지 했다. 어느새 집 근처까지 걸어온 나를 발견한다. 아내의 말이 갑자기 떠오른다. 무언가 싱싱하고 시큼한 과일이 먹고 싶다는 말. 아내는 지금 둘째 아이를 임신 중이다. 과일가게에 들러 오렌지를 산다. 주인 말로는 아주 달다고 한다. 아주 신 것을 찾고 있다고 하자 이상한 눈으로 쳐다본다. 잡화점에 들러서는 종이인형이 든 알록달록 사탕을 산다. 딸애가 좋아하는 것이다. 딸애의 방에는 종이인형이 가득하다. 종이인형을 들고 뭐라고 중얼거리는 것을 종종 보았다. 휴일에는 종이인형 하나를 건네주며 자신이 말하면 무조건 네네, 하고 대답을 하라고 했다. 종이인형을 바라보았다. 꼽추노예였다. 나는 인상을 찌푸리며 종이를 구겼다. 딸애가 놀란 눈을 하고 입을 벌렸다. 곧 울음이 터질 것만 같아 이렇게 말했다. 꼽추는 등이 구부러져 있어야 제격이지. 딸애는 내 말을 듣고 깔깔거리며 웃었다. 나는 딸애의 얼굴을 후려치고픈 충동을 느꼈다. 그때 부엌에서 칼질을 하던 아내와 눈이 마주쳤다. 아내가 들고 있는 칼에는 생선의 피가 묻어 있었다. 초인종을 누르자 딸애의 목소리가 들린다. 문을 열고 들어가면 딸애가 안겨든다. 딸애를 안아 올린다. 얼굴을 비빈다. 딸애가 얼굴을 돌리며 따갑다고 소리친다. 아내는 과일봉투를 건네받고 딸애에게 사탕을 꺼내준다. 딸애가 춤을 춘다. 아내는 오렌지를 코밑에 대고 냄새를 맡아본다. 나는 안주머니에 손을 넣어 심장을 만지작거리다가 하얀 월급봉투를 꺼내고 만다. 식사를 하고 나선 거실에 앉아 드라마를 본다. 아내는 쉼 없이 오렌지를 까먹고 있다. 손끝에는 오렌지 물이 들어 있다. 딸애가 드라마 주인공의 대사를 따라 한다. 아내가 조용히 하라고 해도 소용이 없다. 나는 슬며시 일어나 방 쪽으로 간다. 텔레비전 속 누군가 말한다. 가족이 싫은 거야. 머뭇거리자 딸애가 말한다. 가족이 싫은 거야. 방으로 들어가 다락으로 올라간다. 다락에는 내 작업실이 있다. 처음이 집을 장만했을 때는 아내에게 꿈의 공작실이라고 말해주길 부탁한다고 했었다. 그러나 이젠 철 지난 옷과 그릇 세트를 보관하는 창고가 되어 있다. 곳곳에는 노끈으로 묶어놓은 책들이 가득하다. 책들마다 그 책의 무게만큼 먼지를 덮고 있다. 몸 하나 누일 수도 없는 좁은 공간에 웅크려 앉는다. 어디선가 사각사각거리는 소리가 들려온다. 쥐가 책을 갉아먹는 소리 같다. 쥐는 어느 책의 어느 활자를 갉아먹고 있을까. 다락 한 편에는 작은 창이 하나 있다. 창을 열면 목련나무가 보인다. 글이 써지거나 안 써지거나 목련나무를 바라보며 잠이 들곤 했다. 다락문을 열고 올라온 아내가 코끝을 간질이면 나는 게슴츠레하게 눈을 뜨고 아내를 안아주기도 했다. 언제부턴가 목련나무가 보이지 않게 되었다. 아니 분명 그 나무였으나 제철이 와도 목련이 피지 않았다. 대신 밤마다 검푸른 나방들만 목련나무 주위에 몰려들었다. 나는 더 이상 글을 쓰지 못한다. 직장 때문은 아니다. 가족 때문도 아니다. 목련나무 때문은 더더욱 아니다. 길을 걷다가 갑자기 창작욕이 일듯 어느 순간 나는 그것을 잃었다. 으레 그런 일들이 벌어지기에 아무렇지도 않게 생각했었는데 말 그대로 끝이었다. 내 속에 다른 누군가가 있어 그 동안 나의 손을 빌려 글을 썼다면 그가 죽은 것이다. 그를 만난 적도 말을 해본 적도 없기에 나는 그가 누구인지도, 그를 어떻게 다시 살려야 하는지도 모른다. 나는 끝난 것이다. 책 한 권 내지 못하고 끝난 것이다. 책들을 주먹으로 때리고 발로 차본다. 책들은 말이 없다. 누구보다 더 많은 언어를 가지고 있으면서도 말이 없다. 내일 이것들을 고서점에 팔아버릴 것이다. 이번엔 정말 그렇게 되길 바라며 묶인 책을 힘껏 움켜쥔다.

유리방을 나오면 나는 더 이상 유리방에 대해 생각하지 않는다. 주머니에는 지폐가 가득하다. 지폐들은 저마다 다른 냄새를 가지고 있다. 고급향수 냄새가 나기도 하고, 병원의 포르말린에 절어 있기도 하고, 어떤 것은 정액으로 범벅이 되어 있기도 하다. 나는 길을 걷고 있다. 사람들은 간혹 나의 어깨를 치며 간다. 몇 명은 고개를 숙이기도 하고, 몇 명은 잠시 동안 나를 쳐다보고 돌아서기도 한다. 잊어버린 사람을 우연히 만나기라도 한 듯 그들의 눈동자는 심하게 떨린다. 나는 그들의 시선을 차갑게 외면한다. 가야 할 곳이 있다. 오빠의 부탁이다. 오빠의 부탁을 거절한 적이 없다. 거절할 이유도 없다. 오빠의 부탁은 대수롭지 않은 것이다. 오빠의 두 다리가 되어주는 것. 그것은 내가 원하는 것이기도 하다. 오빠는 사고로 다리를 잃었다. 다리를 잃은 오빠는 더 이상 나를 범하지 못한다. 오빠가 불구가 되고 나서 나는 옷을 벗고 휠체어에 앉아 있는 오빠 위에 올라탔다. 오빠는 몸을 떨며 오줌을 쌌다. 울부짖으며 나를 밀쳐냈다. 나는 오빠의 책을 찢어 하녀처럼 무릎을 꿇고 바닥을 닦아냈다. 택시를 잡아 뒷자리에 앉는다. 기사가 힐끔거리며 쳐다본다. 어디서 나를 본 적이 있다고 말한다. 담배 피워도 되나요. 나는 이미 담배를 물고 불을 붙인 상태다. 기사가 창문을 열어준다. 날씨가 꽤 쌀쌀해졌지요. 나는 대꾸하지 않는다. 담배 연기가 어스레한 거리를 뚫고 나간다. 거리의 네온들에 눈이 부시다. 이제 네온이 없는 도시는 상상하기조차 힘들다. 말기 암환자의 호흡기처럼 도시는 네온을 통해 거친 숨을 내뱉고 있다. 제가 본 여자 중에서 가장 아름답게 담배를 피우는군요. 나는 피식 웃는다. 아마 나의 긴 손가락 탓일 것이다. 내가 피우는 가느다란 담배처럼 적당히 마른 손가락. 내 손가락을 한번 피워볼래요. 말을 한다면 기사는 급브레이크를 밟을 것이다. 앞차를 박고 뒤차에 받힐 것이다. 나는 머리를 찧고 피를 조금 흘려도 좋을 것이다. 담배를 휙 밖으로 집어던진다. 기사가 헛기침을 한다. 좀 전에 경찰차가 지나갔어요. 저도 봤어요. 기사의 입꼬리가 약간 올라간다. 나는 기사의 얼굴에서 들릴 듯 말 듯한 욕을 읽는다. 택시기사에게 정액이 묻은 지폐를 건네고 잔돈은 사양한 채 내린다. 뒷골목으로 접어든다. 유흥가 한구석에 찾는 곳이 있다. 그곳은 책방이다. 보통 책방은 아니고 고서점이다. 번쩍거리는 주변과 부조화를 이루는 낡은 공간이 야릇한 매력을 준다. 처음엔 냄새나고 퀴퀴한 공간이 온몸에 거슬렸지만 이젠 제법 익숙해졌다. 주인은 나를 알아보고 인사를 하지만 언제나 그렇듯 나는 대꾸하는 법이 없다. 주인은 오빠를 알고 있을까. 두 다리가 없어진 오빠에 대해 말해준다면 몇 권의 책을 덤으로 얹어주기라도 할까. 오빠는 이 서점만 고집한다. 한번은 다른 곳에서 책을 사가지고 가자 어떻게 알았는지 자신을 속였다고 욕을 하며 책을 나에게 집어던졌다. 환지통이라고 하나. 자신의 절단된 부위가 마치 있는 것처럼 가렵고 거기에 집중하게 되는. 오빠는 자신도 모르는 사이에 집중력이 강해지고 보이지 않는 것도 볼 수 있는 천리안 같은 것이 생긴 것일까. 나는 오빠가 이 서점만 고집하는 이유보다 어떻게 이곳의 책을 알아볼 수 있는지가 더 궁금했다. 더구나 헌책이라면 식별하기가 훨씬 어렵지 않을까. 곧 나의 궁금증은 너무나 어처구니없게 풀렸다. 책의 밑 부분에 연필로 기호를 그려놓은 것이다. 세모, 동그라미, 네모, 가위표, 물음표 등으로 말이다. 그것은 가격을 식별할 수 있는 표시일 뿐이다. 그 사실을 알았을 때 속으로 오빠를 얼마나 비웃어주었는지 모른다. 오빠 앞에서 훌렁훌렁 옷을 벗고 춤이라도 추고 싶을 지경이었다. 눈으로 훑어가며 책을 찾는다. 역시 쉽게 찾아지지 않는다. 서점 주인에게 물어보면 간단할 테지만 그러고 싶지 않다. 오빠가 고서점을 고집하는 것처럼 책을 내 손으로 찾는 것도 설명할 수 없는 고집인 것이다. 책 따위에는 원래 관심이 없었지만 책을 뒤적거리다 보니 몇 줄 읽기도 하고, 위험한 생각일지도 모르지만 요즘에는 글을 쓰고 싶어지기도 한다. 오빠는 책을 읽을 뿐 글을 쓰지 않는다. 아니 내가 모르는 곳에서 글을 쓰고 있을지도 모른다. 마치 식사는 마주 앉아 하면서 배설은 아무도 없는 곳에서 하듯이 말이다. 그래. 나는 글을 쓰고 싶다. 아직 한 번도 쓴 적이 없지만 글을 쓰고 싶은 것이다. 오빠 몰래 오빠의 책을 읽고, 오빠가 사오라는 책은 어느 순간부터 오빠보다 먼저 읽고 있다. 나도 이젠 오빠에게 책을 권해줄 수 있다. 글을 쓰면 책을 만들 것이다. 오빠에게 읽어보라고 던져줄 것이다. 오빠는 어떤 표정을 지을까. 어쩌면 두 팔마저 자르고 싶을 정도로 고통스러워할지 모른다. 책을 찾았다. 물음표가 되어 있다. 나는 사인이 있는 지폐를 주인에게 내민다.

　나는 고서점에 책을 모두 팔았다. 놀란 주인은 어찌된 일이냐고 재차 묻는다. 나는 밝게 웃으며 아저씨도 오늘이 마지막이에요라고 말한다. 더불어 가지고 간 드링크제 한 박스를 내민다. 이걸 마시고 정신을 차려야 할 사람은 당신이요. 주인이 버럭 소리를 지르며 사양한다. 그만두십시오. 저는 지금 아주 홀가분합니다. 더 이상 저에게 아무것도 요구하지 마세요. 책값만 적당히 쳐주세요. 형편없는 것들이긴 하지만요. 주인은 어쩔 수 없다는 듯 한숨을 내쉬며 서랍을 열어 돈을 세어 준다. 지폐 뭉치를 주머니에 쑤셔 넣고 밖으로 나온다. 주인이 뒤에서 중얼거린다. 불쌍한 인간. 주머니에 손을 넣어 지폐뭉치를 만지작거린다. 어차피 같은 종잇장일 뿐이다. 좀더 거슬러 올라가본다면 같은 나무로부터 비롯한 것일 수도 있다. 걸음을 빨리해서 걷는다. 사람들과 어깨를 부딪치면 내 쪽에서 먼저 인사를 한다. 그들이 이상하게 쳐다보아도 미소를 지어 보인다. 며칠 여행이라도 다녀오라는 아내 말도 있고 해서 직장에는 휴직서를 냈다. 다락에 있는 책을 정리해서 밖으로 내놓는 것만 해도 하루가 걸렸다. 아내는 팔짱을 끼고 나를 쳐다보기만 했다. 이건 내 짐이고 내 죄야. 누구도 도와줘서는 안 되지. 오랜만에 자신에 찬 어조로 말을 하는 나를 보고 아내는 순순히 뒤로 물러났다. 딸 애는 얼굴을 찡그린 채 먼지 먼지,라고 말하며 기침을 해댔다. 아내는 내심 걱정이 되는지 정말 괜찮은 거야. 좀더 생각해봐, 라고 말했지만 나는 미소를 지어 보일 뿐이었다. 공중전화 부스로 들어가 전화를 건다. 딸애가 받는다. 우리 예쁜 공주님, 왕비마마 좀 바꿔주렴. 엄마, 아빠가 이상해. 엄마 보고 왕비마마래. 아내는 다락을 정리하고 있다고, 갑자기 너무 텅 비어 허전하다고 한다. 어디로 갈 거야. 아직 모르겠어. 괜찮다면 집으로 그냥 들어와. 글쎄 거리를 좀 걸어보기라도 해야지. 정말 괜찮은 거야. 물론이야. 집에 갈 때 아주 싱싱하고 시큼한 오렌지 사 갈까. 아내가 피식거리며 웃는다. 나도 따라 웃자 내 웃음소리를 오랜만에 들어 좋다고 말한다. 이젠 얼마든지 웃어줄 수 있어. 아내가 다시 웃는다. 사람이 갑자기 바뀌면 이상하다는데. 부러 그럴 필요는 없어. 끊을게. 수화기를 내려놓고 밖으로 나온다. 내가 어디로 갈 수 있을까. 어디를 가도 그 끝은 마찬가지일 것이다. 오래전에 발을 끊은 술집으로 향한다. 술집은 주인이 바뀌어 있고 인테리어도 달라져 있다. 요란한 록음악이 울려 퍼지고 있다. 그냥 나갈까 하다가 구석에 자리를 잡고 앉는다. 위스키를 마신다. 석 잔을 단숨에 마시고 일어난다. 탁자위에 지폐를 올려놓고 나온다. 혀끝이 찌릿찌릿하다. 조금 걷다가 포장마차에 들어가 소주를 마신다. 시뻘건 꼼장어 안주가 눈

앞에서 춤을 춘다. 이가 빠진 노인처럼 웃음이 피시시시 새어 나온다. 주위에 있는 사람들의 목소리가 시끄럽다. 옆에 앉은 청년들이 문학에 대해 말하고 있다. 무엇을 읽었고, 그 작가의 사생활은 소설처럼 정말 더럽다고, 나는 새벽 두 시에 수음을 한 뒤 글을 쓰기 시작해. 이런 소리를 되는대로 지껄이고 있다. 갑자기 욕지기가 인다. 입 안에 담긴 소주가 바닥으로 토해져 나온다. 몇 사람이 뒤로 물러난다. 그러니까 소설은 허구일 뿐이야. 왜 자꾸만 그것을 잊어먹는 거야. 그들은 아랑곳없이 계속 떠들고 있다. 소주병을 들어 나머지를 마시고 바닥에 던져 버린다. 그제야 나를 쳐다본다. 그들 중의 한 명이 중얼거린다. 난 저런 사람을 꼭 소설에 쓰고 말 거야. 다가가 그놈의 멱살을 잡는다. 다른 녀석이 나를 걷어찬다. 나는 바닥에 엎어지고 몇 대 더 맞는다. 전혀 아프지가 않다. 더 때려줘, 더,라고 말하고 싶을 정도다. 슬금슬금 밖으로 기어 나온다. 옷을 털며 차도로 뛰어든다. 승용차 한 대가 급정거를 한다. 창문이 내려가고 안에서 욕이 쏟아져 나온다. 그 말을 채 다 듣기도 전에 차가 떠난다. 택시를 탄다. 어디로 가십니까. 유리방. 기사는 나를 쳐다보며 다시 묻는다. 유리방. 유리방이라 했잖소. 그런 데가 있단 말이요. 유리방, 여자, 유리방. 아, 알겠소. 알겠소. 기사가 손사래를 치곤 음흉하게 웃으며 핸들을 꺾는다. 잠시 잠이 들었나 보다. 기사가 나를 깨운다. 여기가 어디요. 어디긴 어디요. 유리방이지. 여긴 유리방이 아니요. 저것 봐요. 저 유리에 갇혀 몸을 꼬고 있는 색시들이 안 보이유. 여긴 아니야. 아니라고. 아니고말고 어서 내려요. 나는 머뭇거리다 주머니에서 지폐 한 장을 꺼내 내민다. 이게 뭐유. 더럽게 뭐라고 써 있잖소. 뭐요. 이것 봐요. 젠장, 이건 내 꺼야. 나는 지폐를 낚아채곤 다른 지폐를 던져준다. 문을 열고 나오려 할 때 기사가 중얼거린다. 미친 새끼. 기사의 말대로 유리방이 맞다. 내가 찾는 유리방은 아니지만 그쪽으로 걸음을 옮긴다. 혹시 그녀가 있을지도 모른다. 여자들이 팔을 잡고 귓속에 뜨거운 입김을 내뿜는다. 그녀는 나의 팔을 잡은 적이 없다. 이것들은 모두 가짜다. 유리방은 껍데기일 뿐이다. 나는 욕을 하며 여자들의 팔을 뿌리친다. 돌멩이를 주워 유리에 던진다. 유리가 깨진다. 여자들과 사내들이 몰려나온다. 도망친다. 얼마 달리지 못하고 무언가에 걸려 넘어진다. 고개를 들어보니 여자가 나를 내려다보고 있다. 흙을 입에 문 채 여자에게 말한다. 당신인가요. 그 순간 무엇인가 나의 머리를 내리친다. 여자의 웃음소리가 들린다.

오빠가 자살했다. 이것은 내 소설의 첫 문장이다. 고서점에서 책을 사 가지고 온 날 오빠는 휠체어에 앉은 채 죽어 있었다. 나는 오빠의 몸에다 내 소설의 첫 문장을 썼다. 오빠를 화장하고 나선 휠체어에 앉아 오빠가 읽던 책에 글을 쓰려고 했다. 하지만 첫 문장 이외엔 어떤 글도 쓸 수 없었다. 오빠의 책에는 오빠가 자살했다, 라는 문장으로 가득했다. 마치 오빠가 자살했다, 라는 모양의 지네가 기어 다니는 듯했다. 유리방과 고서점 그리고 휠체어가 내 삶의 전부를 말해주고 있다. 얼마 전 고서점에서 책을 한 권 샀다. 책의 첫 표지에는 글씨가 씌어 있었고, 사인이 되어 있었다. 책들을 뒤적거려보니 한두 권이 아니었다. 그날부터 책들을 펼쳐 사인이 있는 것들은 무조건 사들였다. 작자가 누구이고, 무슨 내용인지는 중요하지 않았다. 이제 방 안 한구석에는 그의 사인이 담긴 책이 탑처럼 쌓여 있다. 유리방에서도 나는 그의 책을 읽는다. 책을 읽으며 그를 기다린다. 사람들은 책을 들고 있는 나의 모습에 더한 매력을 느끼는 것 같다. 그전보다 지폐가 더 많이 들어온다. 누군가는 내가 펼치고 있는 책이 또 다른 음부 같다고 했다. 그 말을 들은 뒤 가끔씩 책을 음부에 비벼보기도 한다. 사람들은 얼마든지 돈을 줄 테니 그 책을 달라고 했지만 그런 적은 없다. 그의 책이다. 그는 오지 않는다. 요즘엔 부쩍 이런 생각이 든다. 어쩌면 그는 책이 아니었을까. 책 속의 인물들이 걸어 나와 나에게 사인을 한 지폐를 건넨 것이 아닌가. 나는 유리방에서 그를 기다린다. 고서점에서 그의 책을 찾는다. 휠체어에 앉아 오빠의 책과 그의 책에 번갈아 가며 글을 쓴다. 그렇다. 두번째 문장을 쓰기 시작했다. 그는 책이었다. 그리고 계속 쓰게 된 것이다. 오빠가 자살했다. 그는 책이었다. 오빠는 책에 손을 자주 베곤 했다. 오빠는 피를 책에 떨어뜨렸다. 피에 젖은 활자들이 스스로 일어나 움직이기 시작했다. 오빠가 잠든 사이 활자들은 서로의 몸을 걸고 책에서 나오려고 몸부림을 쳤다. 다음 날이면 활자들이 조금씩 여백으로 밀려 나와 있는 것이 보였다. 오빠는 눈치 채지 못하고 계속해서 책을 읽고 피를 흘렸다. 오빠가 책에 머리를 박고 잠든 어느 날 활자 하나가 책에서 튀어 올라 오빠의 입속으로 들어갔다. 곧 오빠의 기다란 혀가 책으로 떨어졌고, 활자들은 숲 속 난쟁이들처럼 아우성을 치며 오빠의 혀를 타고 입속으로 기어들어가기 시작했다. 오빠가 목이 막혀 켁켁거릴 때마다 활자들이 바닥으로 떨어져 몸을 비틀었다. 그날 밤 오빠는 숨이 막혀 죽었다. 사인은 스스로 목을 조른 자살로 판명되었다. 오빠를 화장하고 오빠의 책을 뒤져 활자들이 없어진 곳에 새로운 활자들을 새겨 넣기 시작했다. 도무지 끝날 것 같지 않은 작업이었다. 손의 지문이 닳아 없어질 정도였고 머리가 허옇게 세고 있었다. 이가 몇 개 빠지고 그 사이로 시린 바람이 들락거리며 안부를 물었다. 썩은 활자들이 몸을 파고들었다. 내 몸을 숙주 삼아 기형적인 활자들을 낳고 또 낳았다. 오빠의 책에서 탈각(脫却)된 활자들을 모두 적어 넣을 무렵 그가 찾아왔다. 그는 처음 보는 인간이었다. 아니 인간이 아닌 것처럼 보였다. 수많은 활자들로 이루어져 있던 그는 자기를 읽어보라고 했다. 어디서부터 읽어야 하는지 모른다고 하자 그는 그건 당신이 이미 알고 있다고 대답해주었다. 그를 보고 내가 처음 읽은 문장은 이러했다. 나는 지금 유리를 통해 너를 보고 있다.

나는 다시 유리를 통해 너를 보고 있다. 너무나 오랜만이라 황홀할 지경이다. 너는 그동안 많이 야윈 것 같다. 얼굴 윤곽에 음영이 진하게 드러나 있다. 나 역시 많이 야위었다. 한동안 혼수상태에 빠져 있었다. 아무 말도 하지 않았고 아무것도 먹지 않았다. 식물처럼 침묵을 지키며 최소량의 일조와 수분으로 살아갔다. 일어나 보니 처음 보는 여자와 조그만 계집아이가 근심 어린 눈으로 나를 쳐다보고 있었다. 아이의 손에는 침이 잔뜩 묻은 막대사탕이 들려 있었다. 여자는 손수건으로 눈을 콕콕 찍었고 그럴 때마다 눈물이 나왔다. 유산을 했다며 오렌지 오렌지라고 중얼거리기도 했다. 그들을 보고 내가 처음 한 말은 유리방이었다. 여자는 나에게 거울을 보여주었다. 봉두난발에 피골이 상접한 얼굴이 거울을 갈라지게 만들었다. 나는 거울을 집어 던졌다. 거울의 파열음과 동시에 아이의 울음소리가 터져 나왔다. 물론 나는 그들이 누구인지 잘 알고 있었다. 그러나 모른 척했다. 그들과는 다른 세계에 살고 있음을 몸으로 증명해보였다. 내 예상대로 얼마 후 그들은 나를 두고 사라져버렸다. 아니 내가 그들을 사라지게 했다. 나는 주머니에 지폐를 한 장 넣고 몇 날 며칠이고 유리방을 찾아 헤매었다. 유리방은 쉽게 찾아지지 않았다. 지금도 어떻게 유리방과 너를 찾아왔는지 모르겠다. 나는 한 가닥의 희망으로 꿈속에서 본 미로를 따라온 것일 뿐이다. 나는 지금 깨어 있는가. 깨어 있는 것은 내가 맞는가. 나는 지폐를 한 장 가지고 있다. 내가 언젠가 너에게 준 것이다. 너도 알고 있을 것이다. 그런데 어떻게 다시 내 손에 쥐어졌을까. 이런 확률은 잘 계산되지 않는다. 너는 책을 읽고 있다. 너는 변했다. 유리방에서 책을 읽고 있다니. 너의 손에서 뻗어 나온 줄기가 책이 된 듯 자연스러워 보이지만 일찍이 너의 그런 모습은 본 적이 없다. 상상조차 하지 않았다. 네가 들고 있는 책은 나도 잘 알고 있다. 읽은 기억이 있다. 책을 읽지 않은 지 꽤 오래되었지만 틀림없이 그 책을 읽은 기억이 있다. 너에게 말을 하고 싶다. 그건 별로 가치가 없다고. 세상에는 그것보다 가치 있는 책이 얼마든지 많다고. 그리고 책을 읽지 않을 때 세상은 더 가치를 발한다고. 너는 책을 읽으며 나의 지폐를 기다리는가. 나무의자에 앉아 너를 바라본다. 너는 정말 책을 읽고 있는가. 나는 지폐를 구깃거린다. 연필을 꺼내 쓴다. 손이 심하게 떨린다. 글을 써보는 것은 실로 오랜만이다. 내가 쓰는 활자들이 맞기나 한 걸까. 글을 다 쓰고 나선 사인을 한다. 틈에 넣는다.

나는 유리방에서 책을 읽고 있다. 책은 이제 손에서 자라난 또 다른 손 같다. 책의 활자들을 바라보며 내 운명을 읽는다. 이것 역시 너의 사인이 있는 책이다. 앞표지에 너는 이렇게 적고 있다. 이 책을 읽고 나는 연필을 부러뜨렸다. 연필 깎는 칼로 책상 모서리를 깎아대며 자책했다. 실로 아름다운 책이다. 이 책은 내 눈에서 빛을 거둬가고, 내 손의 지문을 지웠다. 나약한 나를 구원해준 것이 책이었다면 나를 더 나약하게 만든 것도 책이다. 이제 나는 글을 쓸 수 없을 것만 같다. 너의 글처럼 대단한 책은 아니다. 무엇 때문에 너는 이 책을 그렇게 찬양했을까. 벌써 세번째 읽고 있지만 읽을수록 그나마 있던 책의 가치가 떨어지고 있다. 나는 책을 높이 든다. 숲을 지키는 고목처럼 나는 딱딱하다. 오늘도 너는 오지 않는가. 알람시계가 나의 눈을 초조하게 한다. 지폐 한 장이 배달된다. 나는 책을 떨어뜨린다. 책 모서리에 발등이 찍힌다. 아픈 것도 잊은 채 지폐를 주워 든다. 너의 사인 위로 붉은 조명 빛이 눈을 모은다. 지폐에 적힌 너의 글을 읽는다. 읽고 또 읽는다. 손이 떨리고 심장 박동이 빨라진다. 너는 무슨 말을 이토록 하고 싶어 하면서도 하지 못하는가. 너는 그동안 너무나 많은 글을 써왔을 것이다. 아니 너는 한 번도 제대로 된 글을 쓰지 못했을 것이다. 두렵다는 너의 활자를 어루만진다. 나는 팬티를 벗고 지폐를 구겨 음부 속에 넣는다. 다리를 모은 채 책을 들어 앞표지를 찢는다. 네가 오기를 기다려 준비한 연필을 들고 거기에 글을 쓴다. 당신이 더 이상 글을 쓰지 못하게 된 순간 저는 글을 쓰기 시작했습니다. 이미 당신은 충분히 저를 바라보고 있으시겠죠. 제가 당신이 된 것인지, 당신이 제가 된 것인지는 모르겠습니다. 저는 언제나 저만 바라보고 살아왔습니다. 거울을 보면서 그 거울 이면에 있는 당신의 얼굴을 제 얼굴에 투영해보았지요. 이 거울은 아주 견고합니다. 하나의 딱딱한 서적처럼. 유리방에서 책을 읽을 때마다 그런 생각을 했습니다. 책을 읽는 것은 유리를 통

해 거울을 보는 것이다. 결국 책에서 자신을 찾고 있다는 말이
되겠죠. 물론 당신은 이미 잘 알고 있으실 겁니다. 그걸 깨닫는
순간 당신은 글을 쓸 수 없었고, 저는 글을 쓰기 시작했습니다.
엄청난 차이 같지만 사실 아무 의미가 없을지도 모릅니다. 그저
유리와 거울의 차이 정도겠죠. 그 무의미를 한없이 바라보게 만
드는 것은 무엇일까요. 나는 당신의 글이 좋습니다. 당신이 고
서점에 판 책들은 제가 모두 사들였습니다. 저는 책보다 당신의
글을 더 꼼꼼히 읽었습니다. 당신이 책에 대해 말을 하면 저는
당신이 적은 글을 외울 수도 있습니다. 저는 글을 통해 당신을
보았고, 당신은 당신의 글 속에서만 존재했습니다. 당신의 얼굴
을 만져보면 마른 책장 같은 느낌이 들 것이라고 믿었습니다.
당신을 안으면 몸에서 퀴퀴하고 따뜻한 고서 냄새가 날 것이라
고 믿었습니다. 당신을 볼 수 있다면 아, 당신을 볼 수 있다면,
당신의 글을 볼 수만 있다면 저는 글을 쓰지 않아도 행복할 것
입니다. 유리방처럼 투명해질 것입니다. 당신의 글을 읽고 싶습
니다. 당신 안에 갇힌 더 좋은 글을 읽고 싶습니다. 글을 쓰는
당신을 보고 싶습니다. 나는 너의 글을 읽고 아름다운 치욕을
느낀다. 너는 존재하고 있는가. 너도 이미 한 권의 책이 된 것
은 아닌가. 내가 현실의 문을 닫았을 때는 꿈의 문이 보였다.
꿈의 문을 열자 끝없이 환상의 문이 이어져 있었다. 나는 도망
쳤다. 그 수많은 문을 열 수가 없었다. 손을 대면 손이 없어지
고 달아나면 달아날수록 그 문은 내 앞에 더 가까이 놓여 있었

다. 그 경계에서는 활자들이 파수를 서고 있었다. 나는 좌절했고 모든 것을 믿을 수 없었다. 너는 여전히 유리방에 있다. 너의 다리 사이로 무언가 흘러내리고 있다. 조그만 벌레 같은 활자들이. 너는 내가 보이는가. 나의 존재를 믿는가. 유리방은 유리방이 맞는가. 종이를 구겨 입속에 넣고 씹어 먹는다. 무언가 딱딱한 것에 이가 부러진다. 침을 뱉자 '피'라는 활자가 바닥에 떨어진다. 그것을 발로 뭉개버린다. 몸을 날린다. 유리방에 몸을 던진다. 유리방은 생각보다 견고하다. 마치 딱딱한 하드커버의 고서 같다. 몇 번이고 유리방에 몸을 던진다. 몸이 산산조각 날 것만 같다. 거울이 깨졌다. 나의 아름다운 몸도 산산조각이 났다. 바닥에 떨어진 나의 파편을 주워 모은다. 하나하나 퍼즐을 맞춘다. 거울을 다 맞추고 그것을 들어 벽에 세운다. 유리방이다. 유리방에서 너는 글을 쓰고 있다.

나는 지금 유리를 통해 너를 보고 있다.

중력은 고마워

세계는 정말 농구공 같다.

그러니까 지금 그의 발밑에는 농구공이 있다. 그의 것은 아니다. 물론. 농구를 해본 적이 없다. 농구 경기가 몇 명씩 한 팀을 이루어 하는지, 경기 시간이 어떻게 되는지, 주심이 어떤 상황에서 호각을 불어야 하는지 모른다. 아니, 그는 농구 경기 규칙을 알고 있던 적이 있었다. 한동안 포켓용『농구대백과사전』을 탐독할 정도로 농구에 집착했었다.

그는 농구공을 두려워한다. 그의 초등학교 삼학년 생활기록부의 장래희망란에는 농구선수라고 적혀 있다. 그것은 정말 납득하기 힘든 사실이다. 당시를 떠올릴 때마다 자신의 추악한 과거의 한 단면을 보는 것만 같아 기분이 더러워지곤 한다. 기분이 더러워질 때면 이렇게 중얼거린다. 정말 농구공 같다. 정말 농구공 같은 시절의 시초는 다음과 같다.

초등학교 삼학년 어느 날 아침이다. 무대는 그의 집이고, 등장인물은 그와 그의 어머니 그리고 결막염에 걸린 시추 강아지다. 소품은 밥상이다. 밥상 위에는 꽁치통조림과 총각김치, 콩나물밥이 놓여 있다. 밥상 다리 하나가 부러져 있는데 그것은 그의 아버지가 집어던졌기 때문이다. 평소 술을 마시지 않는 아버지가 술을 마시고 온 날이었다. 아버지는 밥상을 들어 벽에 던졌다. 놀란 어머니가 왜 밥상을 던지냐고 따져 묻자 아버지는, 자신은 지금 간절하게 던질 것이 필요했고 우연히 손에 잡힌 것이 밥상이라고 말했다. 어머니는 밥상이 도대체 무슨 죄야, 하고 볼멘소리를 내며 부러진 밥상 다리에 녹색 테이프를 칭칭 감았다. 그날 이후 그는 밥상 다리에 감아놓은 녹색 테이프를 만지작거리는 버릇이 생겼다. 녹색 테이프의 안쪽 면에 발라져 있는 회색 접착물질이 손가락에 끈적끈적하게 달라붙었고 이상하게도 그 느낌이 좋았다. 어머니는 그의 버릇을 고쳐줄 심산으로 밥상을 좌우로 돌리곤 했다. 아버지는 그만두라고, 아이 때는 누구나 믿기 힘든 버릇이 한 가지씩 있다며, 그의 상태를 변호하는 동시에 방관했다.

그날 아침에도 그는 밥상 다리의 녹색 테이프를 만지작거리고 있었다. 준비물을 다 챙겼니. 어머니가 물었다. 끈적끈적한 손으로 콩나물밥에서 콩나물만 건져 먹으며 고개를 저었다. 무엇을 빠뜨렸니. 어머니가 다시 물었다. 그사이 시추가 꽁치통조림을 엎어 꽁치를 덥석 입에 물었다. 이 자식이 지금 해서는 안 될 짓을 하고 있어요. 큰 소리로 어머니에게 말했다. 그만둬라. 얼마 있으면 곧 죽을 텐데. 어머니는 무심하게 대꾸했다. 그는 어머니의 말에 적잖이 놀랐다. 하지만 죽음이란 단어를 입 밖에 내고 싶지 않아 더 이상 대화를 진전시키지 않았다. 얼마 전 그는 아버지는 언제 죽지요, 하고 밥상머리 앞에서 말을 꺼낸 적이 있다. 그건 아무도 모른다. 지금 밥을 먹다가 죽을 수도 있는 것이 인간의 삶이다. 아버지가 대답했다. 그리고 얼마 뒤 거짓말처럼 아버지가 죽었다. 그는 자신이 아버지를 죽였다고 생각했다. 아니 죽음이라는 단어가 주술을 발휘해 실제 죽음을 불러왔다고 믿었다. 그날부터 되도록 말을 아끼기로 마음먹었다. 가능하면 죽음이라는 단어를 머릿속에서 지워버리고 싶었다.

빨간 눈의 시추는 꽁치를 한입에 삼켰다. 시추가 불쌍하게 여겨져 꽁치통조림을 바닥에 내려놓았다. 그렇다고 그렇게 관대하게 굴어서는 안 된다. 자꾸 그러면 버릇이 나빠진다. 넌 어디까지나 개의 주인이란 사실을 잊지 마라. 어머니가 표정을 바꿔 말했다. 다시 꽁치통조림을 밥상 위에 올려놓았다. 시추가 고개를 돌린 뒤 구석으로 가 시무룩하게 얼굴을 바닥에 묻었다. 저 녀석이 또 물걸레가 되었어요. 그는 아버지를 떠올리며 말했다. 아버지는 시추가 바닥에 깔아져 있는 것을 보고 저 녀석이 저러고 있는 걸 보면 꼭 물걸레 같아, 하지만 저 녀석은 저 때가 가장 저 녀석다워, 라고 말하곤 했다.

근데 좀 전에 우리가 무슨 이야기를 했었니. 그의 말은 못 들은 척하고 어머니가 물었다. 준비물은 챙겼니, 하고 어머니가 묻자 제가 고개를 저었고, 그러자 무엇을 빠뜨렸니,라고 어머니가 다시 물었어요. 그래, 무엇을 빠뜨렸니. 어머니가 그의 말을 받아 물었다. 아직 결정을 못했어요. 어젯밤부터 내내 고민하고 있는데 답이 나오지 않아요. 어머니가 의아하다는 표정으로 그를 바라보았다. 어머니가 의아하다는 표정을 지을 때는 눈썹이 살짝 올라간다. 어머니의 눈썹 밑에는 사마귀 같은 점이 나 있다. 그는 그 점이 어머니를 어머니답게 만든다고 생각했다. 어머니는 가끔 화장대 거울을 보며 점을 빼고 싶다고 투덜댔다. 그는 속으로 어머니가 점을 빼면 더 이상 어머니라고 부르지 말아야겠다고 다짐했다. 어머니가 끝내 점을 빼지 않아 그는 계속해서 어머니를 어머니라고 부를 수밖에 없었다. 의아한 표정을 짓고 있는 어머니를 안심시키기 위해 말을 하기 시작했다. 오늘 학교에서 장래 희망에 대해 이야기하기로 했어요. 하지만 아무리 생각해봐도 되고 싶은 것이 없어요. 다른 애들과 같은 것은 하고 싶지 않고, 애들이 안 하는 것을 하고 싶어요. 그렇다고 제가 시추나 꽁치통조림 같은 게 될 순 없잖아요. 어머니는 한숨을 내쉬었다. 그래, 정말 고심해봐야 할 문제다. 그렇지만, 얘야, 나는 네가 의사가 되었으면 좋겠구나. 너의 아버지를 죽인 돌팔이 의사가 아닌 진정한 의사가 말이다. 그는 어머니가 뭔가 착각을 하고 있다고 생각했다. 아버지가 죽은 것은 병이

116

이미 손을 쓸 수 없는 치명적인 단계에 있었기 때문이었다. 대답을 하지 못하고 있자 어머니는 그의 팔목을 잡고 간절하게 말했다. 나의 유언이라고 생각해라. 그 순간 어머니가 폭삭 늙어버려 죽음에 임박한 노인이 된 것만 같은 느낌이 들었다. 어머니의 임종 전 유언을 받아들인다는 표시로 고개를 끄덕이곤 콩나물을 하나 건져 먹었다.

학교로 가서 그는 한 사람씩 앞으로 나가 장래 희망에 대해 이야기하는 것을 초조하게 듣고 있었다. 나는 의사다, 나는 의사다, 나는 의사다, 라고 중얼거렸다. 일종의 자기 최면이었다. 서서히 차례가 다가오자 긴장이 극에 달해 폭발할 지경이었다. 그러나 모든 것이 한순간에 무너지고 말았다. 그의 앞 차례인 아이가 앞으로 나가 자신은 의사가 될 것이라고 말했다. 아이의 말은 유창했고, 초등학교 삼학년답지 않게 의학 용어들을 중간 중간 끼워 넣기도 했다. 더구나 아이는 이렇게 말하기까지 했다. 저는 모든 의사가 부정한 짓을 해도 세상에 하나뿐인 진정한 의사로 살아갈 겁니다. 우리 아빠처럼 말예요. 아이의 말은 어머니가 그에게 부여한 유언이었다. 그것은 신탁과 같은 무게를 갖고 있었다. 지금 다른 아이가 그의 신탁을 가로채버린 것이다. 선생님과 아이들이 박수를 쳤다. 드디어 차례가 되었을 때 눈앞이 깜깜해져옴을 느꼈다. 자신의 비밀이 들통 난 것 같은 수치심에 얼굴이 붉어졌다. 자신이 어떻게 교탁 앞까지 걸어 갔는지도 모를 지경이었다. 한동안 멍하니 서 있었다. 그의 등

뒤 칠판에는 커다랗게 '나의 장래 희망'이라고 씌어 있었다. 선생님과 아이들이 그의 말을 기다리고 있었다. 곧 주변에서 웅성거리기 시작했다. 선생님이 이름을 호명하며 어서 말해보라고 다그쳤다. 그는 교탁을 잡고 있는 손을 부들부들 떨었다. 아무것도 되고 싶은 게 없어요. 계속 그대로 있으면 전봇대가 되고 싶은 걸로 간주하겠어요. 아이들이 책상을 치며 웃었다. 그는 더 이상 참을 수 없어 큰 소리로 외쳤다. 전 농구 선수가 될 거예요. 그의 목소리는 궁지에 몰린 자의 최후의 비명 같았다. 그의 말에 교실이 일순간 조용해졌다. 놀란 선생님은 이렇게 말했다. 그래요. 키가 크니 농구 선수가 될 수 있을 거예요.

자신이 어째서 농구 선수라는 말을 했는지 알 수 없었다. 충격에 휩싸여 한동안 입을 다물고 살았다. 아버지 사건보다 괴로웠다. 죽음은 오로지 아버지의 몫이지만, 농구 선수는 자신이 책임져야 할 엄청난 짐이었다. 언어란 정말 몹쓸 것이며, 악덕의 근원이라고 생각했다. 말이란 한 번 뱉고 나면 농구공처럼 퉁겨져 다시 이쪽으로 날아온다. 그것을 피할 수는 없다. 피하면 피하는 대로 날아오는 것이 말의 속성이다. 그는 자신이 감지하지 못한 언어의 비밀을 농구 선수라는 단어를 통해 깨우친 것이다. 물론 어린 나이에 언어의 심각성에 대한 고민을 깊이 있게 해보지 못했다. 당시로서는 농구에 대한 과도한 과민반응에 시달렸을 뿐이다. 그날 이후 한동안 농구공을 껴안고 자야만 했다. 아침에 일어나면 농구공이 저만치 굴러가 있었다. 믿을 수 없었다. 농구공이 어째서 저만치 굴러가 있는지, 그리고 왜 다시 자신한테로 굴러오지 않는지. 그는 농구공을 마치 수박 자르듯 식칼로 자르는 시늉을 하기도 하고, 농구공 표면의 깨알 같은 돌기들의 개수를 헤아리기도 했다. 그것은 매번 틀렸다. 언젠가 농구공 표면의 돌기들이 자신의 얼굴을 뒤덮고 말 것이라는 망상에 시달렸다.

어머니는 어머니대로 농구 선수가 되겠다는 그의 장래 희망에 낙담했다. 문제는 그였다. 어머니가 너는 아직 어리니 장래 희망은 얼마든지 수정이 가능하고, 또 살다 보면 자기가 원하는 일을 하지 못하게 되고, 자기가 원하지 않는 일을 하게 되는 경우가 다반사라고 설명했지만 그는 농구 선수가 될 운명에 처했고, 그것을 벗어날 수 없다는 뜻으로 입을 굳게 다물었다. 침묵으로 일관하는 그를 보고 화가 난 어머니가 농구공을 집어던졌다. 농구공은 시추의 옆구리를 강타했다. 시추는 단말마의 비명을 지르고 그대로 쓰러졌다. 며칠 동안 비실거리던 시추는 결국 바닥에 깔아져 딱딱한 물걸레가 되고 말았다. 꽁치통조림과 함께 시추를 뒷산에 묻어주고 돌아온 그는 더 이상 어머니와 대화를 하지 않겠다고 다짐했다. 어머니는 그것은 누구의 탓도 아닌 녀석 삶의 한계였다고 설명했지만 그는 받아들이지 않았다.

동네 서점에서 포켓용 『농구대백과사전』을 샀다. 방과 후 농구공을 발밑에 두고 학교 운동장 벤치에 앉아 읽었다. 운동장 한 구석에서는 아이들이 열심히 농구를 하고 있었다. 아이들의 농구를 지켜보면서 이론과 실제의 괴리를 체득했다. 『농구대백과사전』과 농구 경기는 아무런 관련이 없었다. 농구공은 사람의 손을 벗어나 전혀 예상치 못한 방향으로 튕겨 나갔다. 그는 어렴풋하게나마 살아간다는 것은 결국 이런 것이구나, 하고 생각했다.

농구는 그의 삶이었다. 어느 날 아이 하나가 다가와 같이 농구를 하자고 말했다. 그는 고개를 저어 거절했다. 그러면 그 농구공 좀 빌려줄 수 있니. 아이가 웃으며 물었다. 처음부터 아이가 노린 것은 그가 아닌 농구공이었다는 사실에 배신감을 느꼈다. 침묵으로 거절의 뜻을 전달했다. 아이는 쉽게 포기하지 않았다. 비굴한 표정을 지으며 농구공을 얻어내기 위해 애썼다. 넌 농구를 하고 있지 않잖아. 아이가 소리를 지르자 그는 다음과 같이 대답했다. 농구를 하지 않는다고 해서 농구공이 필요 없는 것은 아니야. 나는 지금 농구에 대해 생각하고 있고, 그것만으로도 농구공이 필요한 충분한 이유라고 봐. 아이는 어디 두고 보자고 말한 뒤 씩씩거리며 돌아갔다. 땅거미가 지고 어둠이 운동장을 잠식해들어가자 아이들이 하나 둘씩 떠났다. 운동장에 홀로 남겨졌을 때 일어나 농구공을 들고 농구대 앞으로 갔다. 자유투 라인에 서서 농구공을 던졌다. 바스켓 근처에도 가지 못하고 떨어졌다. 농구공을 주워 다시 던졌지만 역시 마찬가지였다. 열 번만 더 하자고 마음먹고 나서 마흔여섯 번을 실패했다. 손바닥이 얼얼하고 겨드랑이에 땀이 찼다. 농구공을 바라보며 분노를 느꼈다. 농구공은 가만히 있는데 자신만 정신없이 움직인 듯했다. 농구공이 자신을 가지고 통통 퉁기다가 던져버린 것만 같았다. 그는 바스켓 그물에 위태롭게 걸려 있는 자신의 몸뚱이를 상상하다가 바닥에 침을 뱉고 돌아섰다. 농구공을 들고 교문 앞으로 갔다. 정문 앞 수위 아저씨가 그를 보며 말했다. 언젠가는 꼭 성공할 거다. 포기하지 말고 매일 연습을 해라. 어깨를 토닥여주는 수위 아저씨의 얼굴에 농구공을 던지고 싶은 충동을 간신히 참아냈다.

다음 날 그는 토끼장이 있는 학교 뒤편으로 끌려가 아이들에게 둘러싸이게 되었다. 어제 농구공을 빌려달라고 말했던 아이의 무리였다. 아이들은 강제로 농구공을 빼앗았다. 그는 농구공을 빼앗기지 않으려고 달려들었지만 여기저기서 주먹과 발이 날아와 견뎌낼 수 없었다. 그는 완전히 바닥에 깔아졌다. 침을 뱉었다. 피가 섞인 침이 땅바닥에서 부글부글 끓고 있었다. 아이들은 농구공을 주고받으며 떠났다. 그는 멀어져가는 농구공을 보며 자신의 머리통이 통통 퉁겨져 사라지는 것만 같은 환각에 시달렸다. 바닥에 누워 끙끙거리는 자신의 모습을 토끼장의 토끼가 쳐다보고 있음을 발견하자 참을 수 없는 치욕을 느꼈다. 욱신거리는 몸을 애써 일으켜 토끼장 앞으로 걸어갔다. 두 손으로 토끼장의 쇠그물을 붙잡고 미친 듯이 흔들어댔다. 놀란 토끼는 숨을 곳을 찾아 이리저리 왔다 갔다 했다. 손에는 토끼장의 쇠그물 자국이 벌겋게 새겨졌다. 그것은 마치 바스켓의 그물을 연상시켰다. 그는 토끼장에서 토끼를 꺼내 바스켓 위에 매달아 놓고 싶은 충동을 느꼈다. 그러곤 토끼 대신 자신이 토끼장에 들어가 아무런 구속 없이 세상에서 벌어지는 일들을 관찰하고 싶었다.

엉망이 된 몰골로 집에 돌아왔을 때 어머니는 어디서 싸움질을 하고 왔냐고 타박을 했다. 타박이 끝났을 땐 중대 발표가 이어졌다. 너에게 새아버지가 생길 거다. 너도 잘 알고 있는 분이니 낯설어할 필요는 없을 거다. 어머니의 말이 마치 꿈속처럼만 느껴졌다. 어머니가 말한 새아버지는 아버지의 친구였다. 가끔 함께 여행을 떠나 그도 잘 알고 있었다. 여행을 가서는 항상 아버지와 둘이 팔씨름을 했고, 매번 아버지가 졌다. 지고 나면 아버지는 말했다. 자네도 결혼을 하면 팔 힘이 약해질 거야. 그러면 친구는 이렇게 대꾸했다. 하지만 자네는 어릴 적부터 나에게 한 번도 이긴 적이 없잖아. 아버지는 머쓱하게 웃으며 그건 그래, 하고 대답하곤 했다. 어머니의 중대 발표를 듣고 그는 방으로 들어가 그대로 바닥에 누웠다. 어쩐지 이 모든 것이 농구공 때문에 벌어진 것만 같았다. 농구공은 분란만 일으킨다. 전쟁 같은 농구공. 개 같은 농구공. 머리통 같은 농구공. 아버지 같은 농구공. 어머니 같은 농구공. 아버지의 친구 같은 농구공. 토끼 같은 농구공. 농구공 같은 농구공. 그는 농구공처럼 동그랗게 몸을 말고 되는대로 중얼거렸다. 중얼거림 끝에서 한 줄기 눈물을 흘렸다.

며칠 뒤 새아버지가 될 사람이 집으로 찾아왔다. 머리는 포마드를 발라 번들거렸고, 스킨 냄새가 지독하게 풍겼다. 커서 어떤 사람이 될 거냐고 물었을 때, 그는 아무 대답도 하지 않았다. 어머니가 갈수록 말이 없어져서 큰일이에요, 하고 말했다. 그는 이미 장래 희망에 미련을 버린 상태였다. 농구공을 아이들에게 빼앗기자 장래 희망도 함께 사라져버린 것이다. 농구 선수가 아니라면 그 무엇이 되어도 상관없다고 생각했다. 설사 농구공 자체가 되어도 농구 선수보다는 나을 것 같았다. 그 후로 그는 습관적으로 기분이 더러워질 때면 정말 농구공 같다, 라고 중얼거리게 되었다. 농구에 대해 더 이상 생각하지 않게 되자 그의 성장도 더디게 진행되었다. 중학생이 되었을 때는 앞에서 세번째 줄에 앉았고, 고등학교에 진학해서는 맨 앞자리에 앉게 되었다. 어느 누구도 그가 어릴 적 농구 선수가 꿈이었다는 사실을 알지 못했다.

그가 다시 농구에 대해 생각하게 된 것은 고등학교 이학년 여름 방학 때였다. 그는 서점에서 책을 고르고 있었다. 새아버지는 술을 마시고 돌아오면 그의 책들을 집어던졌다. 책만 읽지 말고, 자신과 팔씨름을 해서 이겨보라고 소리를 질렀다. 새아버지가 손을 내밀 때마다 손바닥에 땀이 나 허벅지에 쓱쓱 문질러야만 했다. 새아버지는 조금도 봐주지 않고 그의 손등을 책상에 쿵 내려치곤 그의 머리를 헝클어뜨린 뒤 돌아갔다. 새아버지를 위해 책을 샀다. 이전의 아버지가 밥상을 던진 것처럼 아버지들은 던질 것이 필요하고, 새아버지에게는 그것이 책이라고 생각했다. 한 번 던져진 책들은 의미가 없어진다,는 설명할 수 없는 맹신으로 책을 사 모으기 시작했다. 새아버지가 술을 마시고 돌아올 조짐이 있는 밤이면 은근슬쩍 책상에 새 책을 올려놓곤 했다.

서점의 책장 맨 꼭대기를 쳐다보고 있었다. 발돋움을 해서도 닿지 않는 높이에 있는 책이 눈을 끌었다. 물론 그것은 그가 읽고 싶은 책이기도 했다. 그러나 집을 수 없었다. 서점 주인에게 부탁하면 의자나 사다리를 갖다 주겠지만 그렇게 하지 않았다. 가지고 싶은 것이 가질 수 없는 위치에 놓여 있는 심정이 묘한 쾌감을 불러일으켰다. 책은 쉽게 던져질 수 있지만 결코 쉽게 소유되어서는 안 되는 것이라고 그는 믿고 있었다. 바라보는 것을 시작으로 책의 첫 페이지를 펼쳐 문장을 읽어내고 있다고 생각했다. 그러다 보면 어느 순간 책이 스스로 몸을 밀어내고 손바닥 위에 떨어질 것이다.

책에 대한 사유에 빠져 있을 때 길고 거대한 팔이 위로 쑥 솟아올라 그가 바라보고 있던 책을 꺼내들었다. 그는 놀라 고개를 옆으로 돌렸다. 그의 시선으로 처음 들어온 것은 누군가의 겨드랑이였다. 녹색의 반팔 셔츠 사이로 보이는 겨드랑이가 거대한 구멍의 입구처럼 보였다. 곧 구멍의 문은 닫혔다. 태어나서 그렇게 키가 큰 여자는 처음 보았다. 기린 한 마리가 자신의 옆에 서 있는 것만 같았다. 여자의 머리카락은 말꼬리처럼 뒤로 질끈 동여매어져 있었고, 눈 밑에는 기미가 가득했다. 여자는 책을 흔들며 큰 걸음으로 카운터로 갔다. 여자의 손에 들린 책이 고목에 위태롭게 매달린 낙엽처럼 보였다. 책을 내밀고 여자는 색이 바랜 청바지에서 구겨진 지폐를 꺼냈다. 계산을 하고 나가는 여자를 무작정 따라갔다. 그는 바닥에 질질 끌리는 여자의 청바지 밑단을 바라보고 있었다. 세상의 더러운 것을 모두 쓸어버리겠다, 혹은 세상을 좀더 더럽혀보겠다는 심산이라고 생각했다. 여자는 분식집 앞에 멈췄다. 빨간색 플라스틱 의자에 앉아 몸을 잔뜩 구부린 채 떡볶이를 먹었다. 그것은 정말 맛이 없어 보였다. 여자는 자신의 신체처럼 길고 지루하게 먹고 있었다. 그는 전봇대 뒤에 숨어 여자가 입술에 묻은 떡볶이 국물을 팔로 쓱쓱 훔치는 것을 목격했다. 새로 산 책에도 뻘건 국물이 떨어졌지만 여자는 개의치 않았다. 여자의 모습은 이제 막 동물원을 탈출한 기린처럼 막막하기 그지없었다. 여자가 일어나 걷기 시작하자 그도 따라 걸었다. 여자가 갑자기 걸음을 멈추고 뒤를 돌아보았다. 그는 놀라 뒤로 물러섰다. 꼬마야, 왜 자꾸 날 따라오는 거야. 여자의 말을 듣고 그만 그 자리에서 기절할 뻔했다. 그는 자신이 좀더 심약했으면 아마 기절을 했을지도 모르겠다고 후에 여자에게 고백하기도 했다. 여자의 목소리는 너무나 가냘팠다. 그것은 무척이나 귀에 거슬리는 소리였다. 손톱으로 칠판이나 유리창을 긁는 것만 같은, 여자의 신체 조건과 전혀 어울리지 않는, 아직 미성숙의 발성이었다. 그는 잠시 동안 정지 상태를 유지했다. 여자가 똑같은 말을 뒤풀이해서 물었다. 다시 한

번 여자의 목소리에 놀라면서도 호기심을 가졌다. 그는 자신은 따라가는 것이 아니라 자신이 가야 할 길을 당신이 먼저 가고 있다고 말했다. 넌 아주 맹랑하구나. 그는 속으로 나는 명랑하고 싶지 맹랑하다는 말은 듣고 싶지 않아요, 라고 생각했다. 그와 여자는 몇 마디를 더 나누었다.

어느새 둘은 비둘기 똥이 가득한 더러운 공원 벤치에 앉게 되었다. 왜 그 책을 집었어요, 하는 물음에 여자는 내 팔이 그것을 집을 수 있을까 하고 한 번 시험해본 것뿐이야, 라고 대답했다. 여자의 말에 그는 호감을 느꼈다. 난 실업팀 농구 선수야. 여자는 하지 말아야 될 말을 하는 것처럼 쑥스럽게 말했다. 그는 자신도 모르게 중얼거렸다. 정말 농구공 같다. 그 후로 그와 여자는 정말 농구공 같은 연애를 하게 되었다. 여자는 그보다 네 살이 많았다. 여자는 그가 귀엽다며 그의 머리를 농구공처럼 만져주곤 했다. 처음이자 마지막으로 그는 실내체육관에서 여자가 경기를 하는 장면을 본 적이 있다. 여자는 오지 말라고 했지만, 당신을 보러 가는 것이 아니라 농구 경기를 어떻게 하는지 궁금해서 가는 것이라고 말했다. 넌 정말 맹랑한 녀석이야. 여자는 말했다. 그는 나는 명랑하고 싶지 맹랑하고 싶지 않아요, 라고 또 말하지 못했다. 그는 플라스틱 조화를 사 가지고 체육관 의자에 앉아 있었다. 농구 경기를 관람하는 사람은 농구 경기를 하는 선수보다 적었다. 막상 농구 경기를 지켜보니 여자가 농구 선수치고는 키가 작은 편이라는 생각이 들어 다소 실망하기도 했다. 여자는 골을 한 번도 넣지 못했다. 오히려 상대팀을 뒤에서 밀고 심판에게 새된 음성으로 욕을 해 퇴장을 당하기까지 했다. 여자는 벤치에 앉아 수건으로 겨드랑이의 땀을 닦았다. 그 모습이 무척이나 선정적으로 보여 당장이라도 여자에게 달려가고픈 충동을 느꼈다.

여자가 뛰거나 그렇지 않거나 농구 경기는 지루하기만 했다. 그는 이 지루함을 어떻게 극복할까 고심하다가 농구공이 움직이는 곳에 시선을 두며 농구공을 지우려 했다. 농구공이 사라지자 사람들의 움직임이 우스꽝스럽게 보였다. 있지도 않은 뭔가를 쫓아 분주하게 움직이는 것이 참으로 보기 좋았다. 농구공이 없는 농구 경기라면 자신이 누구보다 잘할 자신이 있다고 확신했다. 그러나 농구공이 없는 농구 경기도 곧 익숙해지자 다시금 지루함이 밀려왔다. 여자가 그를 향해 손을 살짝 들어 보였다. 시선을 피한 뒤 그는 조화의 꽃잎을 하나씩 떼어 바닥에 버렸다. 경기가 끝나고 여자는 농구 팀 회식에 참석하지 않고 그를 데리고 자신의 자취방으로 갔다. 사람들에게는 고향에서 친척 동생이 찾아왔다고 둘러댔다. 거짓말을 할 때 그녀의 입술이 미세하게 떨리는 것을 그는 감지했다.

그날 밤 여자는 울었다. 자신은 농구 선수이지만 농구 선수로서의 자질을 갖추고 있지 않다고 자책했다. 어릴 적부터 남보다 키가 커 농구 선수가 되었지만 그것은 결코 자신의 의지에 의한 선택이 아니었다고, 어느 날 자고 일어나 보니 농구 코트에서 농구공을 드리블하고 있었다고, 하지만 한 번도 뛰어난 농구 선수가 되기 위해 노력을 한 적도, 그럴 능력도 없다고 말했다. 그는 여자의 지리멸렬한 말을 들으며 세상의 모든 농구 선수가 모두 농구를 잘한다면 그건 정말 재미없는 농구 경기가 될 거라고 여자를 위로하는 척하며 말을 잘랐다. 여자가 울먹이는 채로 웃으며 말했다. 너는 정말 맹랑한 녀석이야. 난 정말 맹랑이 아닌 명랑하고 싶어요,라고 그는 말할 수 없었다. 이리 와, 널 안아줄게. 둘 다 피골이 상접할 정도로 마른 몸이라 관계가 끝나고 나서 여기저기 벌겋게 긁힌 자국이 남아 있었다. 여자는 피곤한지 잠이 들었다. 그는 화장실에서 소변을 볼 때 귀두 끝에서 한 방울의 멀건 피가 떨어지는 것을 고통스럽게 바라보았다. 고환을 움켜쥐며 중얼거렸다. 정말 농구공 같다. 여자는 양팔을 위로 뻗고 잠들어 있었다. 그는 겨드랑이에 주목했다. 최초에 여자를 발견한 것이 겨드랑이였다는 사실이 무척 낯설게 느껴졌다. 여자와 겨드랑이는 전혀 별개의 것만 같았다. 여자의 겨드랑이에는 면도를 한 자국이 남아 있었다. 그것은 마치 농구공 표면의 돌기들 같았다. 혀로 여자의 겨드랑이를 핥았다. 혓바닥 표면에 촘촘하게 털이 돋아나는 듯했다. 여자가 뒤척이며 엎드렸다. 여자의 빈약한 엉덩이는 바람이 빠진 농구공처럼 탄력이 없었다. 만약 엉덩이 살이 농구공처럼 탄력적이라면 여자가 농구를 더 잘할지도 모르겠다는 엉뚱한 생각을 했다. 그렇게 힘들면 농구 따위는 하지 말아요,라는 심정으로 여자의 엉덩이에 농구공을 그려놓았다. 여자의 농구화를 신고 문을 열고 나왔다. 처음 여자를 만났을 때의 자신처럼 여자가 쫓아올지도 모른다는 생각에 걸음을 서둘렀다. 큰 농구화 때문에 걸음이 빨리 걸어지지 않았다. 그렇다고 다시 여자 집으로 가 신발을 갈아 신을 수도 없었다. 농구화를 질질 끌면서 오락실로 갔다. 농구공을 들고 바스킷에 넣는 게임을 했다. 참으로 오랜만에 농구공을 잡아보았다고 생각했다. 농구공의 무게가 볼링공처럼 느껴졌다. 그는 힘없이, 귀찮다는 듯이, 정말 내가 왜 이러고 있을까 하는 심정으로 농구공을 바스킷에 던졌다. 농구공은 결코 바스킷에 들어가지 못했다. 농구공을 던질수록 바스킷은 그녀의 겨드랑이가 되고 농구공은 자신이 머리통이 되는 것만 같았다. 바스킷의 둘레는 점점 작아지고 농구공은 점점 커진다. 그는 여자를 처음 만났을 때를 생각하는 동시에 여자를 다시 만나지 않기로 결심하며 마지막으로 농구공을 힘껏 던졌다. 바스킷에 퉁겨 농구공이 다시 그에게로 날아왔다. 정말 농구공 같다. 중얼거린 뒤 차례를 기다리고 있는 다음 사람에게 농구공을 주고 돌아섰다.

며칠 뒤 신발장을 정리하던 어머니가 못 보던 신발이라고 농구화를 꺼내들었다. 혹시 이 괴물 같은 신발 니가 들고 왔니. 어머니가 묻자 여자 깡패들한테 둘러싸여 신발을 빼앗겼고 그들 중 하나가 신고 있던 신발을 받았다고 둘러댔다. 어머니는 앓느니 죽지, 라는 뜻이 담긴 표정을 짓다가 고개를 저었다.

여자의 농구화에 발이 익숙해질 무렵 텔레비전 연예프로에서 모델이 된 여자를 발견했다. 전직 실업팀 농구 선수의 이력을 가지고 있는 여자는 몇 번의 성형 수술 끝에 모델이 되었다. 사람들은 농구 선수 시절 사진과 현재의 사진을 비교하며 그녀를 입방아에 올렸다. 그는 아마도 자신과 마지막으로 만난 이후 여자가 농구 선수를 그만두었을 거라는 생각에 왠지 기분이 더러워졌다. 한 인간이 또 다른 인간에게 영향을 줄 수 있다는 것이 그에게는 참으로 믿기 힘든 일이었다. 인간은 각각 별개의 농구공일 수밖에 없지 않을까. 여자의 인상이 뇌리에서 사라질 때까지 다시 농구공에 집착하게 되었다. 대학에 「농구공의 이해」 과목이 신설되고, 사람들이 아침마다 농구공을 드리블하며 출근한다. 아이들은 농구공에 앉아 구구단을 외우고, 집안일을 하는 사람은 농구공을 개수대에 던지곤 한다. 농구공 가면을 얼굴에 쓰고, 농구공에 구멍을 내 성적 욕구를 해소한다. 신발처럼 항상 농구공을 몸에 지닐 수는 없을까. 그는 생각했다. 농구공이 너무 싫어 농구공을 가지고 농구 말고 전혀 다른 일을, 가능하다면 세상의 모든 짓을 해보고 싶은 마음이 들었다. 그것은 그가 세계를 증오하는 방식이었다.

그러니까 지금 그의 발밑에는 농구공이 있다. 어째서 또다시 농구공이 발밑으로 굴러왔는지 의아하기만 하다. 살다 보면 여전히 종종 기분이 더러워지곤 했지만, 그는 농구공에 대해서 더이상 추억할 게 없는 지극히 평범한 삶을 살고 있던 중이었다.

겨드랑이에 털이 나지 않는 여자와 결혼했고, 토끼처럼 멍하게 생긴 사내아이도 만들었다. 그렇다. 아이와 그는 집 앞의 공원에서 공놀이를 하고 있었다. 공은 일명 탱탱볼이라고 하는 야광색의 유아용 놀이공이었다. 공놀이에 지친 아이는 엄마의 품에 안겨 잠들었고, 그는 탱탱볼을 혼자 탱탱 퉁겨보다가 멀리 던졌다. 아이 엄마는 놀라며 왜 그런 짓을 했냐고 물었다. 자신은 지금 간절히 던질 것이 필요했고, 마침 탱탱볼을 가지고 있어 그런 것뿐이라고 설명했다. 덧붙여 탱탱볼을 던지고 나니 기분이 정말 좋아졌다고 솔직하게 고백했다. 당신은 종종 이상한 말을 하고 저는 그게 싫지 않지만 우리 아이가 당신의 이상한 습관을 따라 할까 봐 종종 염려가 돼요. 사람은 누구나 자기 몫의 습관과 재주를 가졌고 그것을 억지로 바꾸려고 시도를 한다는 것은 정말 불가능한 일이라고, 또다시 이상한 말을 하고 싶었지만 아이 엄마가 곡해할까 염려되어 그만두었다.

그때 마침 그의 발밑으로 농구공이 굴러왔다. 그것은 정말 순식간이었다. 공원 저편 멀리서 날아오더니 바닥에 퉁겨지다가 탄성과 관성을 동시에 잃고 발밑으로 굴러온 것이다. 농구공의 모습을 지켜보면서 그는 농구공이 자신에게 올지도 모른다는 위협을 느끼기도 했지만 이상하게 와주었으면 하는 바람도 동시에 일어났다. 농구공은 정확히 발밑에서 멈췄다. 마치 오래전부터 그곳에 있던, 그의 소유물인 것처럼. 그것은 하나의 치밀한 작전 같았다. 너무나 놀랐다. 침착하지 못했다면 아마 소리를 질렀을 것이다. 그 소리에 아이는 울음을 터뜨리며 잠을 깼을 것이고, 아이 엄마는 그를 타박했을 것이다. 다행히 아이 엄마는 그가 농구공을 보고 놀란 것을 눈치 채지 못했다. 다만 이렇게 말했다. 어머, 농구공이 당신한테 왔어요. 잠시 동안 그는 농구공을 바라보며 농구공 같은 지난 시절을 회상했다. 회상이 가속화될수록 더러운 기분은 점점 농도가 짙어졌고, 치욕감에 온몸이 달아올랐다. 아이 엄마가 왜 그렇게 땀을 흘리냐고 물었다. 그런가, 난 아무것도 못 느끼겠는데. 그렇게 말하고 있는 순간에도 땀방울이 관자놀이를 타고 흘러 내려가고 있었다. 당신 몸이 좋지 않은가 봐요. 그만 들어가요. 아이도 가서 더 재워야겠고. 그는 망설이다가 부탁이니 아이를 데리고 먼저 들어가 달라고 말했다. 당신 도대체 왜 그래요? 다행히 아이 엄마는 그렇게 묻지 않았다. 친절하게도 그럼 조금만 더 있다 들어와요, 당신 좋아하는 꽁치통조림찌개 끓여 놓을게요, 아 참 그리고 오늘 약속한 거 있잖아요,라고 말한 뒤 아이를 안은 채 일어났다. 아이 엄마의 말을 듣고 무슨 약속을 말하는 것이냐고 되묻고 싶었지만 참았다. 또다시 말을 했다가는 계속해서 대화를 해야 하고 그것이 자신을 괴롭힐 것만 같았다.

발밑에 있는 농구공은 어디로 움직일 기미가 보이지 않았다. 그렇다고 그가 일어날 수 있는 힘이 있는 것도 아니었다. 농구공은 족쇄처럼 그의 발목을 부여잡고 있었다. 몸에 돋아난 땀방울이 어디선가 불어오는 미풍에 말라갈 무렵 어떤 노인이 종종 걸음으로 그에게 다가왔다. 노인의 품에는 작은 시추 강아지가 안겨 있었고 다른 손에는 탱탱볼이 우악스럽게 잡혀 있었다. 노인은 무엇에 화가 났는지 씩씩거렸다. 혹시 이 공을 당신이 저쪽으로 던졌소. 그는 아니라고 고개를 저었다. 그러면 이 공을 누군가 던지는 걸 보지 못했소. 그는 여전히 고개를 저었다. 도대체, 왜, 누가, 이런 일을 벌인 거야. 이 빌어먹을 공에 우리 아기가 맞았단 말이야. 노인은 탱탱볼을 바닥에 던지고 애처롭게 시추의 머리를 쓰다듬었다. 그는 강아지가 참 강아지답게 생겼고, 자신도 한번 강아지의 머리를 쓰다듬어도 괜찮냐고 물었다. 물론이오, 하지만 공에 맞아 지금 신경이 곤두서 있으니 당신의 손을 물을지도 몰라. 조심스럽게 시추의 머리를 매만졌다. 시추는 숨이 끊긴 것처럼 아무런 미동도 없었다. 혹시 죽은 게 아닌가 하고 의심이 들 정도였다. 노인이 그의 발밑을 내려다보며 물었다. 그 농구공은 당신 것이오. 그는 잠시 동안 생각했다. 이것은 내 것이 아니면서도 내 것처럼만 느껴지는 나의 소유물입니다. 노인은 그게 무슨 말이냐고, 되물었다. 그는 노인이 계속 귀찮게 물어올 것 같아 여러 정황을 고려해서 자신의 것이 아니라고 말했다. 그렇다면 누구의 것이냐고 또다시 노인이 물었다. 이 농구공의 임자는 없습니다. 아니, 원래의 임자가 있었을 테지만 지금 현재로서는 도무지 그 사람이 누구인지 대답을 할 수 없습니다. 대답을 할 수 없는 거요, 가르쳐주기 싫은 거요. 노인이 끈질기고도 신경질적으로 물고 늘어졌다. 그는 노인의 말에 답하지 않고 왜 그러냐고 물었다. 그제야 노인은 표정이 환해지면서 자신은 한때 농구 선수였고 농구공을 보니 새삼스럽게 젊은 시절이 떠올라 농구공을 한 번 퉁겨보고 싶다고 말했다. 노인의 키는 불과 160센티미터도 되지 않을 단신이었다. 노인의 말이 사실일까 의심이 들면서도 그렇다면 이 농구공을 가져가 어디 한번 퉁겨보라고 말했다. 노인은 반색을 보이며 발로 툭 농구공을 찼다. 농구공은 그대로 있었다. 다시 한번 툭툭 찼지만 여전히 움직이지 않았다. 그도 의아한 생각이들어 발로 차보려고 했지만 말을 듣지 않았다. 아무리 움직이려애를 써도 양쪽 발 모두 굳어버린 것처럼 꿈쩍도 하지 않았다. 등을 구부려 손으로 농구공을 집으려 해도 마찬가지였다. 노인도 같이 합세를 했지만 소용없었다. 노인과 그는 인상을 일그러뜨리며 농구공을 움직이려 애썼다. 노인은 화를 내며 팔에 안긴시추를 바닥에 내동댕이쳤다. 시추는 힘없이 바닥에 깔아져버렸다. 애초에 죽어 있던 것처럼 아무런 움직임이 없었다. 노인과 그는 시추는 아랑곳하지 않고 농구공을 움직이려 애썼다. 얼굴이 붉어지고 목과 팔뚝의 혈관들이 튀어나올 것만 같았다.

  날은 점점 저물고 있었다. 곧이어 저녁 산책을 나온 사람들이노인과 그의 우스꽝스러운 모습을 보고 몰려들었다. 대부분의사람들은 대수롭지 않다는 듯 지나쳤지만, 몇 사람은 호기심을가지고 물어보았다. 이 빌어먹을 농구공을 움직일 수 있도록 도와주시오. 노인은 애원조로 간절하게 말했다. 그는 자신의 발도 좀 움직일 수 있도록 도와달라고 말하고 싶었으나 지금으로서는 농구공을 움직이는 게 급선무 같아 좀더 참기로 했다. 몇 사람들이 쪼그려 앉아 안간힘을 쓰며 농구공을 움직이려 했다. 어느새 날은 어두워졌고 공원은 완전히 어둠에 잠식당했다. 사람들은 포기하지 않고 농구공을 움직이려고 온 힘을 쏟았다. 그는 허리가 너무 아파 손을 놓고 등을 폈다. 자신의 발밑에 모여 있는 사람들의 모습이 변종의 기이한 생물 덩어리 같은 느낌이 들었다. 마치 왕이 된 기분이었다. 발밑에 있는 사람들은 그의 충실한 부하들이었다. 하지만 이 사람들은 도대체 어디서 온 것인가. 그리고 왜 이런 헛된 일에 힘을 쏟고 있는가. 왠지 쨍한 기분을 느꼈다.

세상에 혼자뿐이 아니라는 생각이 들었다.

마음 한구석에는 농구공이 제발, 움직이지 말아주었으면 하는 생각도 들었다.

자신의 발밑에 모여 있는 사람들은 한낱 일개미들에 불과하고 농구공은 설탕덩어리일 뿐이라는 생각도 들었다.

만약 농구공이 움직이면 지금 이 사람들과 농구 경기를 해도 좋겠다는 생각도 들었다.

그러나 모든 결과가 돌이킬 수 없는 상황으로 매듭이 지어지기는 마찬가지일 거라는 두려운 생각이 결론이었다. 고개를 들었다. 멀리 공원 저편 하늘에서 검은 구름이 지상에 야유를 보내듯 몰려오는 것이 보였다. 그는 언제까지, 이대로, 있어야,

하는 자신의 처지를 위로하듯 중얼거렸다.

세계는 정말 농구공 같다.

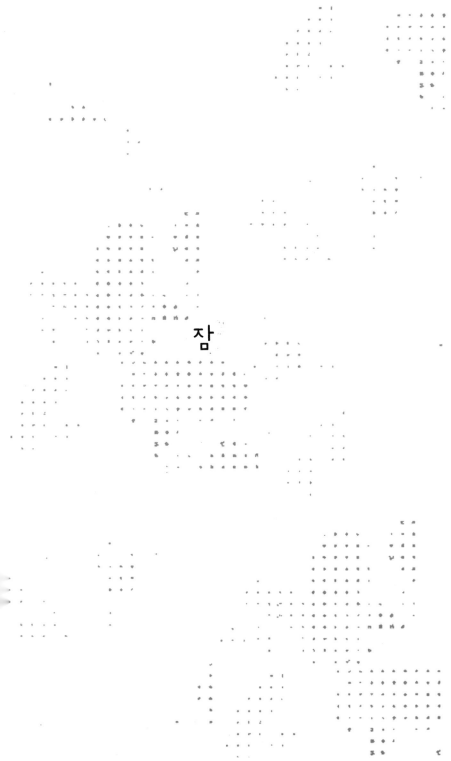

잠

먹으면 잠든다고 했다. 먹었고 잠들지 않았다. 먹으면 잠든다는 말에 또다시 속은 것이다. 수면이 아닌 각성 작용을 하는 것처럼 정신이 더 또렷해지고 예민해졌다. 잠을 자야 한다고 끊임없이 자기 최면을 걸었다. 정신과 육체의 괴리를 다시금 경험하면서 과도하게 의식을 집중한 탓에 두통이 일었다. 왜 잠을 이루지 못하는가. 무엇이 나를 불면의 구렁텅이에 처박아버렸는가. 어쩌면 나는 너무도 쉽게 잠들 수 있는 인간이다. 쉽게 잠들기 싫어 나를 학대하고 있는지도 모른다. 정말. 그런지도. 모른다. 깨어 있어야 한다고. 깨어 있어야 하는 인간이라고 자신을 설득시키고 있는지도. 잠이 들 때까지 깨어 있어야만 한다. 누구도 나를 잠재워서는 안 된다.

수면과 불면의 팽팽한 긴장 사이에 놓여 있는 나를 무책임하게 내버려둘 수 없어 관자놀이를 지압하다가 간편한 차림으로 집을 나섰다.

내가 돌아왔을 때 집 안의 유리창이라는 유리창은 모조리 깨져 있었다. 놀라지 않았다면 거짓말이지만 예상치 못한 상황을 지켜보면서 어쩌면 나는 이런 예상치 못한 상황을 은연중에 예상하고 있던 것이 아닌가 하는 생각에 빠져들었다. 집으로 돌아오면서 뭔가 석연치 않은 기분에 휩싸인 것도 그런 비슷한 이유에서였을 것이다. 이 사이에 낀 고기 살점을 빼기 위해 무리하게 혀를 놀리는 것처럼 의식의 더듬이를 곧추세워 미궁에 빠진 상황을 정리해보려 노력했다. 노력을 하면 할수록 나의 노력을 비웃기라도 하듯 상황은 점점 더 미궁에 빠지고 말았다. 도대체, 왜, 누가, 이런 일을 벌이고 만 것인가. 구두를 신은 채로 갈기갈기 찢긴 짐승의 살점 같은 깨진 유릿조각 중의 하나를 골라 밟았다. 쩌억, 소리를 내며 깨진 유릿조각이 다시금 깨지고 말았다. 그 순간 나의 몸도 쩌억, 금이 가면서 몇 개로 분열되는 것만 같았다.

경찰관은 언제 돌아왔냐고 물었다. 어제 돌아왔다고 말하자 왜 이제야 신고를 했냐고 따졌다. 깨진 유릿조각들의 형태가 뭔가를 상징하는 것만 같았고, 그 상징을 풀면 어느 순간부터 엉켜버린 내 인생의 실마리가 풀릴지 모르겠다는 생각의 소용돌이에 휘말려 뒤늦게 신고를 하게 됐다고 말하지 못했다. 아마도 그렇게 말을 하면 경찰관은 유리창을 부러 깨놓고 장난으로 신고를 한 것이 아니냐는 경멸과 불신의 시선을 던지며 나를 쳐다보았을 것이다. 사사롭지만 몇 가지 중요한 일을 처리하느라 뒤늦게 신고를 했다고 말했다. 신고를 하고 나서 이렇게 빨리 경찰관이 들이닥칠지 몰랐다고 덧붙였다. 경찰관은 나의 시선을 애써 피하는 태도를 보이곤 우리는 예전과 다르다고 억지웃음을 지으며 대답했다. 경찰관은 깨진 유릿조각을 밟지 않기 위해 몸을 이리저리 피하면서 자신의 주어진 임무에 충실하려는 듯, 경찰관답게 집 안 곳곳을 천천히 경찰했다.

"무엇이 없어졌습니까?"

"무엇이 없어졌나고요?"

"없어진 것이 없습니까?"

"아무것도 없어지지 않았습니다."

"없어진 것이 없다고요?"

"없어진 것은 아무것도 없습니다."

"정말로 없어진 것이 아무것도 없습니까?"

"정말로 맹세코 아무것도 없어지지 않았습니다."

"잘 찾아보시면 분명 없어진 것이 있을 것입니다."

"아무리 그래도 없어진 것이 없는 현실이 달라지지 않을 것입니다."

"그렇더라도 저를 위해서 없어진 것이 없나 다시금 잘 생각해
보세요. 곰곰이 생각해보면 분명 없어진 것이 있을 것입니다."

"물론 곰곰이 생각해보면 분명 없어진 것이 있을지도 모르겠
네요. 하지만 없어진 것이 설령 있다고 해도 없어진 것이 무엇
인지 알 수 없다면 없어진 것이 없다는 결론이 나는 거겠지요."

"없어진 것이 꼭 있을 것만 같은 상황이 분명 벌어졌는데도
없어진 것이 없다는 것은 상황을 더 악화시키는 것입니다."

"상황이 더 악화되는 것을 막기 위해 없어진 것이 없는데도
없어진 것이 있다고 말을 한다는 것은 당장 도움이 될지 모르겠
지만 결국에는 상황을 완전히 파국으로 몰고 갈 것입니다."

"……"

경찰관과 나는 이와 비슷한 대화를 주고받아야만 했다. 경찰
관은 왜 없어진 것이 아무것도 없는 거지, 하는 허탈한 표정으
로 뒤통수를 긁적였다. 그러곤 최근 한 달 사이에 벌어진 미궁
에 빠진 연쇄살인사건을 들먹이며 자신이 비슷한 무게의 사건
에 휘말려버렸고, 그 중심에 놓여 있다는 것에 자긍심을 드러내
듯 미간을 잔뜩 찌푸렸다. 경찰관은 조만간 다시 들르거나 필요
에 따라서는 경찰서로 직접 방문을 해야 될지도 모른다고 경고
를 한 뒤 사건의 진위를 좀더 면밀하게 파악하기 위해 증거물들
을 그대로 두라고, 바닥에 널린 깨진 유릿조각들을 바라보며 말

했다. 깨진 유릿조각들은 의문으로 가득한 경찰관의 시선을 비웃기라도 하듯 자신이 빨아들일 수 있는 빛은 전부 빨아들여 반짝거리고 있었다. 경찰관은 벽에 걸린 거울을 보며 모자를 한번 벗었다 고쳐서 다시 썼다. 임무를 마칠 때는 으레 그러는 것처럼 경찰관의 모습은 너무나 자연스러워 오히려 낯설어 보였다. 집을 나가기 전 경찰관은 내가 제발 들어주었으면 하는 뜻으로 억양에 힘을 주며 중얼거렸다. 젠장, 왜 없어진 게 아무것도 없는데.

경찰관이 나가고 다시금 혼자가 되자 정말로 내 인생에서 뭔가가 없어져버리고 말았다는 생각에 사로잡혔다. 젠장, 왜 없어진 게 아무것도 없는데,라고 경찰관의 말투를 흉내 내보았다. 내 삶에서 분명 뭔가가 없어져버렸는데, 없어진 것이 무엇인가, 찾으려고 애를 쓸수록, 없어진 것이 있다는 확고한 신념을 배반하듯, 없어진 것의 궁금증만 더해갈 뿐, 없어진 것의 실체는 점점 희미해지고 있다고, 실체를 가장한 무형의 실체가 해체되어가고 있다고, 울음을 터뜨리며 아무에게라도 고백하고 싶었다.

창밖으로부터 쏟아지는 햇살을 받아 유릿조각들이 반짝거리고 있었다. 유릿조각들이 팔딱거리는 물고기의 가시 돋친 비늘처럼 시야를 어지럽혔다. 침낭 속에서 머리만 내밀고 있던 나는 얼굴에 유리파편이 잔뜩 꽂힌 것처럼 인상을 쓰며 반짝거림에 저항하려고 시도했다. 빛의 각도와 방향이 달라지자 반짝거림의 강도와 빛깔도 조금씩 변모되었다. 유릿조각들이 스스로 빛을 거둬들일 때까지 기다려야만 하는가. 조금만 더, 조금만 더, 라고 중얼거리며 무리로부터 이탈한 한 마리 송충이처럼 침낭 속에서 몸을 꿈틀거렸다.

언젠가부터 침낭 속이 아니면 잠을 자려는 시도조차 하지 못한다. 침낭 속이면 그나마 겨우겨우 잠을 청할 수 있다. 잠을 청한다고 해도 언제나 잠이 드는 것은 아니었다. 침낭은 잠의 세계로 어렵게 들어가기 위한 축축하고 비좁은 통로다. 침낭을 사용하기 전까지 나의 불면증을 염려하는 척하는 주변 사람들이 몇 가지 처방을 내려주었다. 처방은 어김없이 빗나갔고, 처방이 소용없자 그들이 애초에 나를 골려줄 심산으로 엉뚱한 처방을 내린 것이 아닌가 하는 의심이 들어 나의 불면증은 더욱 심해졌다.

그들 중 하나는 율마라는 이름의 허브를 머리맡에 두고 자라고 말해주었다. 율마의 은근한 향이 몸을 나른하게 하면서 수면욕을 불러일으킬 것이라고 했다. 율마라는 이름이 마음에 들어 율마를 머리맡에 두고 율마, 라고 불러보곤 했다. 율마, 라고 부르자 율마가 정말 율마처럼 느껴졌고 이제 율마가 아닌 다른 이름은 결코 어울리지 않겠구나, 라는 생각에 빠져들었다. 율마의 이름을 불러보면서 율마를 바라보고 있다 보면 어느새 밤을 새 버리기 일쑤였다. 새벽녘이 되어서야 겨우 율마, 라고 말한 뒤 얕은 잠에 빠져들었다. 다정하게 이름을 불러주고 주기적으로 수분과 광합성을 공급해주었지만 율마는 일주일도 지나지 않아 시들어 온몸이 검게 타 죽어버리고 말았다. 내가 잠들 때까지 기다리며 나의 잠을 유도하려다 지친 율마는 결국 스스로 영원 한 잠에 빠지고 만 것이다. 죽은 율마를 데리고 뒷산으로 갔다. 모종삽으로 땅을 판 뒤 그 안에 율마를 눕혔다. 흉물스러운 율 마의 시체가 어서 자기를 묻어달라고 애원하는 것만 같아 서둘 러 흙을 덮었다. 율마의 무덤을 발로 두어 번 밟으며 의식을 치 른 뒤 뒷산을 내려오면서 자신의 신체 일부를 절단할 수 없어 남의 신체 일부를 절단 내 그것을 아무도 모르는 곳에 묻어두고 돌아오는 자의 내면을 떠올렸다. 절단된 신체가 땅속에서 기형 적으로 자라나는 환영에 사로잡힌 그는 또다시 타인의 신체 일 부를 절단해야 하는 숙명에 처하게 될 것이다. 이것이 거역할 수 없는 나의 운명이다. 그가 그렇게 말할 수 있는 자라면 더없 이 좋을 것이다. 율마가 살아 있을 때는 율마에게 애정을 쏟느 라 잠을 이루지 못했던 나는 율마가 죽자 상실감에 빠져 잠을 이루지 못했다. 새로운 율마를 사볼까 생각도 했지만 같은 일이 반복될 것만 같아 그만두었다. 어쩌면 나에겐 무작정 나만 바라 보다가 제풀에 지쳐 시들어버리는 율마 같은 사람이 필요할지 도 모르겠다는 쓸모없는 생각이 불면을 더욱 가속화시켰다.

나는 침낭 속에서밖에 잘 수 없는 인간이다. 누군가 당신은 어떤 사람인가요, 하고 묻는다면 너무도 쉽게 자신의 치부를 드러내는 사람처럼 그렇게 고백해야지 하고 마음먹고 있다. 침낭이라는 물건은 침낭의 이미지로부터 비롯되었다. 여전히 나는 침낭보다 침낭의 이미지에 애착을 갖고 있다. 침낭을 소유하고 있어도 침낭의 이미지는 소유하지 못한다. 내가 떠올린 이미지를 내가 소유할 수 없는 한계와 무능 때문에 자괴감에 빠지곤 한다. 침낭의 이미지에 사로잡힌 것은 영원히 잠을 자지 못하고 말 것이라는, 수면 부족으로 임종 전까지 붉게 충혈된 눈으로, 잠들고 싶다고, 중얼거리게 될 것이라는, 절망적인 기분에 휩싸여 대낮에 밖으로 뛰쳐나가 몽유병자처럼 거리를 헤매고 있을 때였다. 갈 곳이 분명히 있는데도 갈 곳으로 갈 수 없는 사람마냥 갈 곳에서 그리 멀지 않은 거리를 무작정 걷다가 갈 곳을 찾아 아파트 단지로 들어가게 되었다. 경비원이 수상한 사람을 보면 던질 것만 같은 시선을 나에게 던지며 경계했다. 경비원이 다가와 당신은 누구고 무엇 때문에 이곳을 어슬렁거리고 있냐고, 질문하기를 간절하게 바라며 벤치에 주저앉았다. 나는 누군가의 신체 일부를 절단 내기 위해 그 누군가를 기다리고 있다고 말할 각오를 갖고 경비원을 기다렸다. 나의 마음을 읽었는지 경비원은 주변을 어슬렁거리다가 상체를 구부려 바닥에 떨어진 뭔가를 줍더니 그것을 주머니에 넣고 서둘러 경비실로 들어가고 말았다. 벤치에 앉아 불면증의 원인을 규명하려고 언제나처럼 무리한 시도를 했다. 시도를 하는 순간 실패의 쓴맛을 맛보기만 한 지난 이력을 떠올리며 어쩌면 다시금 실패를 맛보기 위해 시도를 하는 것이 아닌가, 하는 생각이 들었다.

나를 한동안 당신,이라고 부른 당신을 떠올렸다. 당신이 내뱉은 언어들과 당신이 구현해낸 이미지들은 언제나 시간과 공간을 해체시켜 나에게 당도한다. 처음 당신과 잠자리를 했을 때 당신은 나에게 당신은 왜 잠을 자지 못하는 거지요,라고 묻더니 마지막으로 잠자리를 했을 때는 당신은 앞으로 잠을 잘 수 없을 거예요,라고 말했다. 당신은 내 몸 위에 올라타 하체에 힘을 실어 나를 짓누르며 당신, 당신,이라고 소리를 질렀다. 당신이라는 사람이 아무에게나 당신이라고 부르는 것이 몹시 불쾌했다. 나는 당신으로부터 당신이라고 불릴 만한 인간이 아니다. 당신은 나를 모르고 있다. 단지 당신과 잠자리를 할 수밖에 없었던 비루한 욕망 덩어리에 불과했던 나를 당신의 당신으로 등극시킨 것은 당신의 철저한 오류다. 당신이 나를 당신이라고 부른 것은 나에 대한 애정의 전락, 관계의 파국을 미리 예고한 것일지도 모른다. 당신이 나를 당신이라고 부른 순간 이미 모든 것의 종말을 선언한 것이라고, 나는 믿고 싶다. 당신은 나를 재워주겠다고 잠결에 말하곤 곯아떨어졌다. 나를 재워주고 싶은 간절한 마음과 재워줄 수 없는 피로한 육체의 한계 사이에서 나는 당신의 진실을 엿보았다. 내가 당신을 재워주지 못해서 나를 떠나겠다는 건가요,라고 당신은 묻지 않았다. 당신의 물음을 기다리다가 지친 나는 결국 당신을 떠나야만 했다. 당신은 당신 자신을 인질로 삼아 나를 협박했다. 당신은 가위를 들고 당신의 손목을 자를 준비를 하고 있었다. 나는 만약 당신의 손이 바닥에 떨어지면 그것을 주워야 할지 말지를 놓고 우유부단하게 망설이고 말 것이다,라는 생각에 빠져 있었다. 당신을 떠나고 나서 당신과 당신의 손목과 당신이 들고 있던 가위가 어떤 관계로 정립이 되었는지 나는 알 길이 없다. 당신을 다시 찾아가겠다고 마음먹었을 때는 이미 당신의 집 문이 굳게 잠겨 있을 것이라는 예감에 사로잡혀 있었다. 신문을 사절하듯 당신은 나를 사절할 것이다. 아니 당신의 마음이 꼭 그렇지 않더라도 나는 당신으로부터 사절을 당해야만 한다. 한동안 당신은 나의 각성과 수면 사이에서 존재했지만 이제 나의 불면으로 채워진 밤을 지키는 미운한 파수병이 되었다.

당신이 살고 있던 아파트 베란다를 올려다본다. 순간 뭔가가 내 목덜미를 간질이는 것이 느껴졌다. 손을 대보니 작고 물컹한 것이 만져졌다. 손바닥에는 작은 송충이 한 마리가 놓여 있었다. 송충이는 몸을 꿈틀대는 것이 자신이 존재하는 유일한 증거라도 되는 양 잠시도 쉬지 않고 몸을 꿈틀거렸다. 송충이의 모습을 지켜보면서 왜 하필 이 순간 송충이가 내 몸에 달라붙었나

하는 의문에 빠졌다. 내 몸에서 송충이를 유혹하는 호르몬이 발산될지도 모른다는 생각과 동시에 송충이를 당신으로 불러보고 싶은 충동에 사로잡혔다.

당신은 언제나 내 몸에 달라붙어서 꿈틀거리기만 하는군요. 내 몸이 싫증 나면 내 의식 안으로 밀려들어와 불필요한 사고의 분비물과 언어의 찌꺼기들을 섭취하면서 몸을 부풀리겠군요. 결국 나를 한 마리 송충이로 변모시키고 나면 당신은 그제야 할 일을 다 했다는 듯 최후로 몸을 꿈틀거리며 임종을 맞이하겠군요. 오래전 당신이 당신으로 불리기 전에도 당신은 내 몸에 달라붙었었지요. 무수히 많은 당신이 과거의 나와 나의 과거를 능멸했지요. 당신이 존재하기 전부터 당신은 이미 당신이었지요. 나는 당신에게 어울리는 당신이라는 적절한 단어를 찾지 못해 우왕좌왕하다가 어쩌면 당신이 아니었을지도 모를 당신을 만나 인생을 탕진하고 만 것이지요. 내가 진정으로 원했던 당신은 내가 한 번도 당신이라고 불러본 적 없는 또 다른 당신일지도 모르지요.

처음부터 그럴 생각은 아니었다. 당시에는 좌측 통행이 엄격하게 지켜지고 있었다. 초등학생인 나로서는 인간이 왜 좌측으로 통행을 해야 하는지에 대해 회의를 갖고 싶어도 그럴 수 없었다. 뇌의 주름이 아직 덜 잡힌 상태였기에 나는 굴욕적이라고

까지 말할 수는 없지만 엄격한 규칙이라면 규칙이라는 이름하에 무조건적으로 복종을 할 수밖에 없었다. 그날 아침에는 달랐다. 인간은, 나는 왜 좌측 통행을 해야 하는가에 대해 스스로 물음을 던진 것이다. 그 물음에 깊이 빠져 있던 터라 좌측 통행을 잊고 우측으로 걸어가고 있었다. 좌측 통행을 지시하기 위해 서 있는 상급생 하나가 나를 불렀다. 좌측 통행을 명령하는 그에게 단호하게 대답했다. 나는 이 학교 학생이 아니야. 상급생은 자신보다 어린 하급생의 반말에 불쾌감을 감추지 못하면서도 자신의 통제 밖에 있음을 깨닫고 더욱 불쾌한 표정을 드러냈다. 교문 앞을 지나치려는데 누군가 내 이름을 부르는 소리가 들렸다. 목소리의 임자가 누구인지 돌아보지 않아도 알 수 있었다. 내가 아니라고 부정을 해도 남들 눈에는 나랑 제법 친하게 지내고 있던 급우였다. 그 자리에 멈춰 서거나 뒤를 돌아보면, 인생의 한 전환점이 될지도 모를 중요한 기회를 영영 놓치고 말 것이라는 예감에 걸음을 재촉했다. 급우의 다급한 목소리가 귀를 쩌렁쩌렁 울렸다.

"더 이상 내 이름을 부르지 마. 너는 내 이름을 불러서는 안 돼. 나는 너를 능멸하고 너와 절교하기 위해 길을 떠나야만 해. 너를 다시 보고 싶지 않아. 너를 봐서는 안 돼. 그 더러운 입으로 나를 부르지 마. 내가 제발 돌아보지 않게 나를 도와줘."

목구멍 깊숙이 들어찬 말들이 서로의 어깨를 걸고 나를 괴롭히기로 모의를 하고 있었다. 다시 학교로 돌아간다고 해도 급우와 이전처럼 친하게 지낼 수 없겠구나,라는 생각에 빠진 나는 애초에 급우와 어떤 식으로든 멀어질 기회를 노리고 있던 것이 아닐까 하는 의문을 더불어 갖기도 했다.

더 이상 좌측 통행을 하지 않아도 되는 거리를 걷고 있을 때 알 수 없는 두려움에 사로잡혔다. 어디로든 갈 수 있는 상황이 되자 어디로든 갈 수 없는 혼란에 빠진 것이다. 행인들과 몇 번 몸을 부딪치고 나서야 뒤늦게 후회를 하기 시작했다. 내가 어디로든 갈 수 있다고 생각하기에는 나의 어깨가 아직 약하고 내 의식이 성숙하지 못했던 것이다. 나는 스스로 길을 만들며 떠나지 못해 무작정 버스에 올라탔다. 버스 안에 앉아 있는 사람들은 오전인데도 피로한 기색이 역력했다. 마치 누가 더 피로한 삶의 한가운데 떨어져 인생을 더 깊고 무겁게 저주하는지 내기라도 하는 것 같았다. 버스의 맨 뒷자리에 앉아 창밖을 내다보면서 누군가 나에게 이 시간에 넌 어디를 가고 있니,라고 물어주기를 바랐다. 그 누군가의 물음에 서슴지 않고 당신이 가야 할 곳을 나도 함께 따라가겠다고 말하고 싶었다. 시내를 관통한 버스는 도시의 변두리에 접어들자 몸을 부르르 떨더니 멈추고 말았다. 버스 기사가 몇 번이고 시동을 다시 걸어보려고 시도를 했지만 시도를 비웃듯 버스는 꼼짝하지 않았다. 기사는 자신이 내뱉을 수 있는 온갖 욕을 내뱉으며 핸들을 주먹으로 내리쳤다. 버스는 검은 연기를 내뿜으며 자신의 불쾌한 심정을 여과 없이 표출했다. 버스가 고장이 났으니 어서들 내리라는 말에 무표정하게 앉아 있던 승객들의 얼굴이 더욱 무표정하게 굳었다. 그들의 인상을 통해 내 삶은 항상 이렇단 말이야, 다시금 마음을 다잡고 뭔가 해보려고 시도를 하면 주변에서 이렇게 나를 괴롭힌단 말이지, 라는 절망에 빠진 심정을 무리 없이 읽어냈다. 버스 고장으로 인해 나는 이 어처구니없는 사태가 우연을 가장한 필연일지도 모르겠다고 확대 해석을 하는 데 주저하지 않았다. 버스 기사가 의심스러운 눈초리로 마지막으로 내리는 나를 쳐다보았다. 다 네 녀석 때문이야. 버스 기사의 눈빛이 그렇게 말하고 있는 것만 같아 서둘러 내려야만 했다. 버스가 내뿜는 검은 연기를 힘껏 들이마시곤 다음 버스를 기다리는 사람들을 뒤로 하고 앞으로 나아갔다. 앞으로 나아갈수록 낯선 거리가 이상하게도 편안한 느낌을 주었고, 예전에도 이곳을 이렇게 걸어가고 있던 것이 아닌가 하는 생각이 들었다. 시간이 흐른 뒤 언젠가 이 길을 다시 거닐면서 비슷한 생각을 할지도 모르겠다는 생각을 더불어 했다. 어쩌면 나는 매일 밤 몽유병에 시달리는 사람처럼 이곳을 찾아와 목적 없이 떠돌다가 집으로 돌아가는지도 몰랐다.

개천의 다리 난간에 서 있었다. 시궁창 냄새가 진동했지만 후각이 과도하게 발달된 어린 짐승처럼 콧구멍을 벌름거렸다. 벗어나야지 하면서도 벗어날 수 없는 곤란한 지경에 처한 사람의 심정으로 개천의 난간에 위태롭게 기대 고개를 숙였다. 애초에 나는 시궁창에 살았던 기형적인 생물이 아니었을까. 오염된 폐수 속에서도 끈질기게 살아남기 위해 몇 번이고 신체를 뒤틀어 형태를 바꾼 것이 아닌가. 나의 야비하고 굴욕적인 변모에 동족의 생물들이 모두 떠나고 혼자 더러운 시궁창의 생태를 경고하기 위해 간신히 생존하고 있는 것이 아닌가. 자가수분을 하고 자가생식을 하면서 나보다 더 기형적인 자손들을 퍼뜨리며 시궁창의 왕이 되어야 하는 운명을 받아들이고 결국 자손들의 부패한 먹이가 되는 운명 역시 받아들여야 하지 않은가.

당시 나의 머릿속은 말로 표현할 수 없을 정도로 의식의 한계를 넘어선 왜곡된 언어들로 가득 찼다. 내가 체득하지 못한 언어들을 발설하고픈 욕구에 시달렸다. 발설되지 못한 언어들은 내 안에서 요동치다가 의미를 잃은 기괴한 형태로 변모되었다. 발설하지 못한 언어들로 인해 그날 이후 나의 삶은 냉소와 비하로 얼룩지게 되었다.

누군가 다가와 나를 번쩍 들어 개천 속으로 내던져버렸으면 했다. 아무 일도 일어나지 않았다. 아무도 나에게 해를 가하지 않았다. 그것이 견딜 수 없었다. 더러웠다. 너무나 평화로운 세계가. 그날의 풍경은 나에게 더러움 그 이상도 이하도 아니었다. 더러운 풍경의 한가운데서 감각을 열고 있는 나 역시 더럽게 존재하고 있던 것이다. 인간은 왜 좌측으로 통행해야 하는가, 따위의 현실적인 물음들은 더 이상 내게 중요하지 않았다. 좌측 통행의 허위를 벗어났을 때 밀려오는 공허감을 극복하고 스스로 자신의 무겁고 혼란스러운 삶을 감당할 수 있는가.

반나절 만에 백발이 되고 허리가 굽은 노인이 된 것만 같았다. 나는 너무나 오래 살았고 이대로 지상에서 사라져도 후회하지 않을 자신이 있었다. 맛보지 말아야 할 것을 맛보고, 생각하지 말아야 할 것을 생각하고, 말하지 말아야 할 것을 말한 대가로 나는 생식기가 퇴화하고 머리만 비대해진 생물이 되고 말았다. 세계의 참 풍경을 마주하고선 더 이상 앞으로 돌진하지 못하고 뒷걸음질 치듯 길을 더듬어 버스를 타고 다시 학교로 갔다. 학교 뒷담을 몰래 넘어 운동장 뒤편의 등나무 아래로 가 급우가 잠들어 있던 벤치에 앉았다. 애초에 등나무 아래로 오기 위해 멀리 길을 돌아온 것인지도 몰랐다. 아무도 나를 찾지 못했다. 너무나 찾기 쉬운 곳에 있는 나를 아무도 찾으려 하지 않았다. 등나무를 타고 등나무 위로 올라가 등나무처럼 몸을 비틀며 살아가고 싶었다. 계절이 몇 번 지나면 나의 몸에도 거추장스러운 기억 같은 등나무 잎이 날 것이고, 등나무의 언어와 등나무의 욕망을 학습한 나는 병충해에 육체와 정신이 천천히 썩어가기를 기다릴 것이다.

등나무 아래 누워 등나무의 삶을 꿈꾸고 있으니 잠이 쏟아졌다. 급우가 누워 있던 자세를 흉내 내며 벤치에 지친 몸을 맡겼다. 눈을 감았다 떴을 때는 이미 노을이 지고 있었다. 인생의 한 막이 끝나고 또 다른 막이 시작하려는 찰나 다른 막은 없으니 어서 퇴장을 하라고 고함을 치는, 분노의 노을이었다. 눈이 멀어도 좋겠다. 더 이상 아무것도 학습하지 않고, 그 누구와도 인사를 나누지 않으며 스스로 유배시킨 어둠의 나라를 지배하는, 어려서 왕이 되자마자 노쇠해버린 왕이 되어도 좋겠다, 라고 생각하는 순간 머리 위로 뭔가가 우두둑 떨어지는 느낌이 들었다. 머리를 매만지자 손안에 가득 송충이들이 달라붙었다. 너무나 놀란 나머지 아무런 행동도 취할 수 없었다. 공포가 극에 이르면 공포의 감정 또한 공포에 녹아버린다는 것을 그때 알았다. 손을 털어내도 송충이는 줄어들지 않았다. 등나무를 꿈꾸는 순간 어쩌면 이미 나는 한 그루의 등나무가 된 것이 아닌가. 내 뇌 속은 송충이로 가득 찬 것이 아닌가. 뇌의 주름 속에 숨어 있는 송충이들은 길고 지루한 잠에 빠져 있지 않을까. 이럴 바에야 송충이를 내 몸속에 키워야 마땅하지 않은가. 나는 아주 오랜 후 성인이 되었을 때 오늘의 나를 기억하고 말 것이라는 충격적인 예감에 사로잡혔다.

다음 날 등교를 하자 선생은 다음부터 결석하지 마라,라는 한
마디를 던질 뿐 더 이상 아무것도 묻지 않았다. 아이들 역시 나
의 무단결석에 대해 물어오지 않았다. 급우는 다른 아이들과 뭔
가 거대하고 음흉한 음모를 꾸미는 듯 머리를 맞대고 속닥거리
고 있어 나를 쳐다보지 않았다. 아니, 나의 시선을 피하려고 부
러 그러고 있는지도 몰랐다. 내가 바라던 대로 급우와의 사이가
이유 없이 틀어져버렸다는 것에 안심을 하지 못하는 나를 용서
할 수 없었다. 내가 잠시 세상 밖으로 나가 세계의 참 풍경을
엿보고 있는 사이 모든 사람들이 작당을 하고 나를 골려주기로
결심한 것만 같았다. 사람들의 무표정한 시선 속에 감춰진 야비
한 비웃음을 찾으려 애를 쓰다 포기한 나는, 어쩌면 나는 누군
가가 꾸고 있는 악몽의 등장인물이 아닐까 생각했다. 주변에 아
무런 영향을 끼치지 않는 먼지 같은 인물. 그러나 그 인물이 없
으면 악몽이 완성되지 않는. 너무나 쓸모가 없어서 오히려 쓸모
없음의 존재로 자신을 부각시키는 인물. 나는 등나무를 기어 다
니는 송충이의 거대한 잠의 일부다,라고 정의 내리면서 뒤틀려
버린 나의 망상을 보상받고자 노력하느라 그날 이후부터 제대
로 잠을 이루지 못한 것이 아닐까.

어쩌면 그때의 송충이가 지금의 송충이인지도 모르겠다는 생
각에 빠진 나는 송충이의 공포로부터 벗어나기 위해 침낭을 떠
올릴 수밖에 없었다. 송충이를 두려워해 송충이 흉내를 내지 않

고서는 잠을 이루지 못하는 인간. 침낭 속으로 들어가 한 마리의 송충이가 되기 위해 과도한 수면을 취해야만 하는 운명. 송충이의 이미지는 과거의 시간을 순식간에 휘감아버리고 나에게 축축한 침낭의 이미지로 치환되었다. 송충이를 너무나 두려워한 나머지 스스로 송충이가 될 수밖에 없는 인간의 헛된 환각이 불러온 명징한 이미지. 그것이 침낭이다.

나는 침낭 속에서 잠을 청할 수밖에 없는 인간이다. 당신은 내 침낭으로 들어오기를 거부했다. 아니, 내가 나의 침낭으로 당신이 들어오는 것을 사절했다. 당신과 함께 침낭 속에서 몸을 꿈틀거리고 나면 정말로 침낭 속에 무수히 많은 송충이들이 꿈틀거릴 것만 같았다. 당신은 침낭을 편협하고 탐욕으로 가득 찬 나만의 세계라고 오해했다. 내가 없는 사이 당신이 내 삶의 비밀을 몰래 엿보듯 침낭 속에 들어가 잠들어 있는 것을 보고 당신을 짓밟아버리려고 했다. 터진 육체에서 쏟아져 나오는 분비물들이 침낭을 적시는 광경을 똑똑히 바라보고 싶었다. 당신은 나의 잠의 영역을 침범해서는 안 된다. 나는 쉽게 잠들 수 없는 인간이다. 누구도 나를 잠재우려고 애쓰지 마라.

경찰서로부터는 아무런 연락이 없었다. 안부라도 물을 겸 전화를 걸어볼까 생각했다. 침낭 속에 몸을 숨긴 채 그대로 몸을 굴려보았다. 유릿조각들의 근처까지 갔다가 다시 굴러 제자리로 돌아왔다. 유릿조각들이 널린 바닥은 또 다른 세계였다. 누가 유리창을 깨버렸는가. 나에게 또 다른 세계를 보여주려고 하는가. 세계의 광경을 무책임하게 엿보듯 유릿조각을 하나씩 깨물어 먹으며 지난 과거를 참회하고 눈물을 흘려야 할지도 모른다. 내가 가담하지 않은 세계의 진실이 나를 향하고 있다는 것을 받아들여야 할지도. 유릿조각들이 몸을 나눠 서로의 빛을 공유하는 것처럼 내 몸을 조각조각내고 싶은 충동에 사로잡혀 침낭 안에 가둔 몸을 쪼개기 위해 몸을 부르르 떨었다. 몸을 움직일 때마다 살점이 떨어져 나가는, 치명적인 질병에 걸린 짐승처럼 망각의 저편으로 사라진 기억들과 아직 도래하지 않은 미래의 풍경들이 토막토막 떨어져 나갔다.

유리 가게 주인은 스펀지가 터져 나온 낡은 소파에 널브러져 잠들어 있었다. 러닝셔츠 차림인 그의 겨드랑이 사이로 몇 가닥의 털이 삐져나와 보였다. 소파 옆에 있는 낡은 선풍기가 회전할 때마다 가게 안의 공기가 더 후덥지근해지는 것만 같았다. 파리 한 마리가 끈질기게 그의 주변을 윙윙거리며 날고 있었지만, 간혹 깨진 유릿조각을 씹는 것만 같은 표정을 지을 뿐 전혀 깨어날 기미를 보이지 않았다. 그를 깨워야 할지 말아야 할지 망설이면서 가게 안을 둘러보았다. 유리 가게에는 유리가 천장까지 쌓여 있었다. 과연 유리 가게답구나, 하는 감탄이 절로 나오지는 않았지만 충분히 감탄해도 좋을 광경이었다. 유리의 단면을 곱게 가는 기계와 사포를 덧댄 나무판도 보였다. 작업대에 있는 유리 자르는 칼을 만지작거렸다. 손목을 자르는 시늉을 해보다가 바닥에 떨어진 유릿조각을 집어 들어 더 이상 조각을 낼 수 없을 때까지 조각조각냈다. 누군가도 지금의 나처럼 내 집의 유리창을 깨뜨린 것이 아니라 유리 자르는 칼로 의도적으로, 정교하게, 계획대로, 잘라낸 것이 아닌가 하는 생각이 들었다. 그렇다면 깨진 유릿조각들은 예상한 대로 어떠한 상징을 내포하고 있고, 그 상징을 풀면 뒤엉켜버린 인생의 실마리가 풀릴지도 모르겠다는 불길한 희망에 사로잡혔다.

한 달 전 당신과 함께 유리 가게에 들렀을 때였다. 당신은 탁자에 유리를 깔기 원했다. 유리를 깔게 되면 언젠가는 그 유리를 기필코 깨버리고 마는 일이 벌어질 거라고 당신을 말렸지만 당신은, 당신이라는 사람은 언제나 귀찮은 일이 있으면 이유 같지도 않은 이유를 대면서 어떻게 해서든 도망치려고 애쓰는 사람이지요, 라고 말했다. 폭과 너비를 재서 유리를 재단하는 유리 가게 주인의 손놀림은 자신만큼 이 일을 잘할 수 있는 사람은 없다는 듯 보였다. 여유롭게 휘파람을 불기까지 했다. 당신은 어머, 휘파람을 정말 잘 부시네요, 라고 아양을 떨었다. 그러곤 유리 값을 터무니없이 깎아달라고 요구했다. 유리 가게 주인은 수염이 지저분하게 돋은 턱을 긁으며 그럴 수 없다고 단호하게 말했다.

"이깟 유리 하나가 뭐 이렇게 비싸요?"

"지금 이깟 유리라고 했어?"

"했어, 라는 말은 반말 같은데요."

"이깟 유리나 팔고 있는 사람이 반말이라도 해야 하지 않겠어!"

"아저씨는 내가 아무리 애원해도 받아주지 않을 거지요? 이깟 유리나 팔고 있으니."

"자꾸 이깟 이깟 하지 마!"

"이깟 유리나 평생 파세요!"

"당신한테는 이깟 유리를 팔지 않겠어. 이깟 유리라 해도 나에겐 당신이 상상할 수 없을 만큼 소중한 유리란 말이야."

"자꾸 반말을 하시면 나 역시 가만 있지 않을 거예요."

"이깟이라는 말 속에는 이미 나의 직업과 나의 유리에 대한 경멸이 들어 있다고 생각하는데. 이미 당신은 반말보다 더 심한 하대를 하고 나에게 감당할 수 없는 욕을 퍼부은 거야. 알고나 있어."

"……"

그의 이는 유리 가루가 잔뜩 묻어 있는 듯 반짝거렸고, 당신은 왜 나의 얼굴은 이렇게밖에 더러워질 수 없는가, 하는 뜻이 담길 정도로 인상을 구겼다. 둘의 목소리와 숨소리가 점점 거칠어졌다. 나는 그와 당신과 무관한 제삼자처럼, 유리 가게에 놓여 있는 금이 간 유리처럼, 그 어떤 상황이 닥쳐도 아무런 도움이 되지 못하는 불필요한 이깟 인간처럼, 입을 꾹 다물고 있었다. 유리 파편 같은 말들이 오갈수록 당신과 그의 육체가 뒤엉켜버릴지도 모르겠다는 위기감을 느꼈다. 그와 당신이 짐승처럼 서로의 육체를 탐닉하듯 뜯어먹으며 유리 가게를 뒹구는 것을 관찰하고 싶었다. 둘의 모습에 더 이상 견딜 수 없으면 제발 그만 좀 나를 괴롭히라고 소리를 지른 뒤 기억하고 싶지 않은 기억을 머릿속에서 잘게 토막 내듯 유리를 한 장씩 깨버리고 싶었다. 결국 당신 쪽에서 먼저 포기하고 돈을 집어던지듯 내밀었고, 그는 이 일을 집어치우던지 해야지, 젠장, 이라고 말했다. 유리를 나에게 건네줄 때 털이 수북한 그의 손과 나의 손이 잠시 스쳤다. 그 순간 유리를 그대로 바닥에 떨어뜨려 모든 상황을 종결지어야만 했다. 그렇다면 당신과 나의 관계가 파국으로 치닫지 않았을 것이다.

유리 가게를 나와서 당신은, 당신은 왜 아무 말도 하지 못하는 거야, 그자가 나를 때려도 가만히 있을 사람이지 당신은, 이라고 말했다. 당신의 말에 나는 여전히 아무 말도 하지 않았다. 당신의 집으로 돌아와 탁자에 유리를 깔고 나서 당신을 그 위에 눕혔다. 당신의 옷을 찢어발기듯 벗기자 당신은 상처받은 내 마음을 풀어주기는커녕 더 화를 돋우려고만 하는군요, 라고 말했다. 탁자 위에 당신을 엎드리게 하고 뒤에서 거칠게 당신을 껴안고 몸을 압박했다. 유리에 당신의 얼굴이 짓눌려졌고 당신은 팔을 뒤로해 내 허벅지를 움켜잡았다. 내가 당신의 어깨를 깨물었을 때 당신은 발가락에 힘을 주어 발톱으로 나의 발등을 사정없이 찍어댔다. 당신의 귓구멍에 침을 뱉자 당신은 나의 머리칼을 한 움큼 잡아 뽑았다. 절정에 이르러 당신, 당신,이라고 소리를 지르던 당신은 이건 당신의 방식과 어울리지 않아요, 하지만,이라고 숨을 토해내며 지친 음성으로 말했다. 쩌억, 소리를 내며 유리에 금이 가자 당신은 울음을 터뜨리고 말았다. 당신을 위로해주기 위해 나는 유리 가게 주인은 어릴 적 나를 몹시 좋아했던 녀석이라고 말해주었다. 내 말을 듣고 당신은, 당신의 말은 언제나 나를 아프게만 하는군요,라고 대꾸하며 나의 위로를 너무나 쉽게 무산시켰다. 당신이 옷가지를 챙겨 욕실로 들어가 문을 잠갔을 때 나는 금이 간 유리의 단면을 만지작거리며 뭔가 생각할 여지가 있는 일에 휘말린 사람처럼 굴어야 한다고 자신에게 명령했다.

유리 가게 주인은 깨어날 생각을 하지 않았다. 마치 죽을 각오로 잠 속으로 인생을 내던진 사람마냥 그의 모습은 지칠 대로 지쳐 있었다. 내가 유일하게 살아 있다는 증거는 오로지 잠들어 있을 때라고, 그는 잠을 통해 증명해 보이고 있다. 너는 결국 잠의 왕국을 지배하는 미욱한 왕이 되었구나. 상체를 구부린 채

162

가까이에서 그의 얼굴을 보면서 중얼거렸다. 그날 이후 어쩌면 그와 나는 수면과 불면으로 각자의 삶을 살아가게 됐는지도 모른다. 우리는 거대한 잠의 순환 속에서 동시에 존재하고 있었지만 서로가 만날 수 없는 잠의 다른 주기 안에 살고 있다. 그는 깨어 있고 싶으나 잠이 들 수밖에 없고, 나는 잠이 들고 싶으나 깨어 있을 수밖에 없다.

그날도 그는 잠들어 있었다. 등나무 아래 벤치에 누워 있는 그의 얼굴을 한참동안 바라보았다. 그의 얼굴에 쏟아지는 햇살이 오히려 그의 표정을 어둡게 만들고 있다는 엉뚱한 생각이 든 나는 그의 얼굴에서 빛을 거둬내기 위해 상체를 구부렸다. 내 몸으로 세상의 모든 빛을 흡수해버리겠다는 각오로 눈을 질끈 감았다. 너는 나의 어둠이다. 뜨거운 빛으로 내 몸을 태우며 체념이 가득 담긴 어조로 중얼거렸다. 눈을 떴을 때 나의 입술이 그의 입술과 맞닿아 있음을 발견한 나는 놀라 도망쳤다. 도망을 쳤지만 등나무 아래를 벗어날 수 없었다. 등나무 아래 잠들어 있는 그에게서 달아나려고 하면 할수록 가까이 가고 있었다. 어쩌면 그의 잠 속에서 발산되는 알 수 없는 호르몬이 나의 발목을 잡고 놓아주지 않는지도 몰랐다. 땀을 흘리고 있는 그의 목에는 시커멓게 때가 껴 있었다. 내가 그를 죽이지 않으면 내가 죽을지도 모르겠다는 두려움에 온몸이 따갑고 화끈거렸다. 다음 날 그에게서 멀어지기 위해 학교에 가지 않았다. 낯선 거리를 헤매며 내 의식의 한계에 다다를 정도로 정신을 집중시켜 세상과 세상 속에서 비루하게 존재하고 있는 나에게 저주를 퍼부었다. 저주를 퍼부을수록 혼란에 빠진 상황은 더욱 혼란의 정점으로 향하고 있었다.

너는 여전히 제멋대로구나,라고 유리 가게 주인은 말하지 않았다. 조심해, 그 칼이 너의 육체를 사정없이 쪼개버릴지도 몰라,라고도 말하지 않았다. 다만 하품을 늘어지게 하면서 잠에서 깨자마자 다시금 잠을 자고 싶은 사람처럼 굴었다. 그는 어깨를 축 늘어뜨린 채 두 손으로 얼굴을 비벼댔다.

"네가 그날 다녀가고 나서 나 역시 나의 망각에 묻혀버린 기억을 끄집어내려고 노력해봤다. 그것은 마치 이 사이에 낀 고기 살점을 빼기 위해 무리하게 혀를 놀리는 것처럼 참으로 무리한 일이었다. 기억하고 싶지 않아 어느 순간 기억의 저편으로 사라져버린 기억 속에서 겨우겨우 너의 이미지를 낚아 올렸을 때 나는 우리가 이렇게 다시 만나게 될 운명일지도 모르겠다는 생각에 빠져들었다. 그리고 언젠가 네가 나를 다시 찾아올 거라는 불쾌한 예감에 사로잡혀 일이 손에 잡히지 않았다. 한없는 무기력에 빠져 삶으로부터 도망치듯 잠 속으로 달아났다. 처음엔 내가 잠을 유혹했지만 어느새 잠의 유혹을 견디지 못하게 되었고, 각성의 시간도 거대한 잠의 휴지기라고 생각될 만큼 항상 몽롱

한 기분에 사로잡혀 있었다. 너를 다시 만나지 못하면 결코 잠에서 깨어나지 못할 거라고. 믿고 싶진 않지만, 숨길 수 없는 불온한 진실의 소용돌이에 휘말려버리고 만 것이다. 그런데 너는 어째서 나를 다시 찾아왔는가."

표정만 보면 입 안에 갇힌 말의 의미를 그렇게 해석해도 무방할 것이라고 생각했지만 나의 생각을 과감하게 짓밟아버리듯 그는 아무 생각 없이 너무나 삶을 쉽게 사는 자의 말투로 질문을 던졌다. 혹시 얼마 전에도 유리를 맞추러 오지 않았소. 그는 나를 기억하고 있으면서도 기억하지 못하고 있다. 아니 기억하고 싶지 않은 척하고 있는지도 몰랐다. 날카로운 유릿조각이 기억의 정수리에 박혀버리고 말았다고 고백하기를 두려워하고 있다. 그는 왜 나를 기억하지 못하는가. 기억해주지 않는가.

그를 만나지 않았다면 그를 떠올리지 못했을 것이고 당신과 나의 관계가 예상치 못한 파국으로 치달아버리지 않았을 거라는 불필요한 생각이 머릿속에 더러운 얼룩을 남기며 나를 괴롭혔다. 그날 당신과 내가 유리 가게를 가지 않았더라면 나와 당신의 관계가 좀더 지연이 되었을까. 당신과 나 사이를 비집고 들어와 기억을 얼크러뜨리고 시간을 토막 내 제멋대로 이어 붙이게 만든 그를 만나지 않았다면 당신은 결국 나를 잠재울 수 있었을까. 이제 그가 내 앞에 있고 당신이 부재하자 그에 대한 고착된 기억에서 풀려나와 당신에 대한 기억에 집착하게 되고 만 것이다. 시작부터 결말을 예고하는 진부한 드라마처럼 결국 그는 당신이 되었다. 그에 대한 기억을 거세하기 위해 당신의 눈물과 당신의 비명과 당신의 악다구니와 당신의 악몽이 필요했었는지 모른다.

그는 왜 당신이 되어야만 하고, 당신은 왜 그로 돌아갈 수 없는가.

그는 휘파람을 불며 유리를 자르기 시작했다. 나는 당신을 떠올리며 휘파람을 참 잘 부시네요,라고 말했다. 그는 요전 날에도 어떤 미친 여자가 나에게 그런 비슷한 말을 하고 갔지요,라고 말하는 대신 긍정도 부정도 아닌 뜻을 담아 대답 없이 휘파람만 불었다. 유리를 건넬 때 그와 나의 손이 잠시 스쳤다. 그는 혹시 얼마 전에도 같은 유리를 맞춰 가지 않았냐고 겨드랑이를 긁적이며 다시금 물었다. 그의 물음은, 아니어도 상관없다는 뜻을 내포하고 있다고 생각하기에 충분할 정도로 성의가 없었다. 좀더 간절하게 물어주기를 바랐지만 그는 더 이상 입을 열지 않았다. 나는 그럴 리가 없다고, 목구멍 안으로부터 치솟아 오르는 언어들의 허리를 가까스로 잘라내며 말하고는 돌아섰다. 돌아보면 그가 내 이름을 부를 것만 같아 서둘러 문을 열고 나왔다. 문을 닫을 때 나도 모르게 힘이 들어가 유리문이 깨질 정도로 큰 소리가 났다. 유리를 들고 건너편에서 유리 가게 안을 바라보았다. 그는 다시금 소파에 몸을 기대고 잠에 빠져 있는 듯 보였다. 영원히 나의 기억 속에서 너를 잠재워버리겠다고, 금방 후회하게 될 말을 맥없이 중얼거렸다.

당신과의 관계를 회복하기 위한 마음과 당신과의 관계에 종지부를 찍기 위한 마음의 혼란을 동시에 겪으며 유리를 들고 당신이 살고 있는 아파트를 찾아갔다. 아무리 벨을 눌러도 당신은 어디로 갔는지 반응이 없었다. 당신의 문 앞에 주저앉아서 나는 당신을 기다려야 하는가 말아야 하는가, 결정을 내리지 못한 채 당신을 기다리고 있었다. 당신은 오지 않았다. 잠이 들 때까지 당신을 기다려야 한다고 자신을 설득시키려 하는 순간 일어나 유리를 들고 아파트를 빠져나왔다. 유리를 들고 있는 나를 발견한 아파트 경비원이 수상한 사람이 찾아오면 꼭 이런 표정을 지어야지, 하는 각오를 보여주듯 미간을 잔뜩 찌푸리며 쳐다보았다. 경비원은 한 손을 주머니에 찔러넣은 채 연신 뭔가를 만지작거리고 있는 듯 손을 꼼지락거리고 있었다. 경비원 앞을 지날 때 범죄자가 부러 알리바이를 만들기 위한 것처럼 유리를 실수로 떨어뜨리는 척했다. 경비원은 한 손을 그대로 주머니에 넣은 채 무리하게 지켜왔던 자신의 표정을 순식간에 풀고, 어, 어, 라고 말했다.

유리를 들고 잠포록한 거리를 잠주정하듯 걸어가는 나를 주변 사람들 누구도 주의 깊게 쳐다보지 않았다. 유리가 깨지기 전까지 그들의 굳게 닫힌 입술은 열리지 않을 것이다. 나에겐 그 누구도 상상할 수 없을 정도로 소중한 유리라 해도 사람들에게는 겨우 이깟 유리에 불과할 것이다. 들고 다니기에는 무겁고 거추장스럽지만 이건 단지 유리일 뿐이고, 유리는 떨어지면 깨지는 속성을 가지고 있다고, 지나가는 누군가를 붙잡고 삶의 비밀을 털어놓듯 유리에 대해 토로하고 싶은 생각이 간절했다. 잠이 오지 않아 잠이 들 때까지 유리를 들고 다니는 사람의 심정을 떠올렸다. 유리를 바닥에 던져 깨버려야만 잠이 들 것이라고 믿고 있으면서도 그럴 수 없는 자신의 한계를 알고 있는 사람. 누구도 사람의 유리에 대해 묻지 않고 함께 들어주지 않으며, 함께 깨뜨리고 싶다고 솔직하게 고백하지 않는다. 바닥에 유리를 깔고 피로한 육체를 눕히고 싶은 바람을 억지로 참으며 깨진 유릿조각들이 널려 있는 것만 같은 지상의 바닥을 뚜벅뚜벅 힘주어 밟아 걸었다. 발바닥이 쩌억, 쩌억, 갈라지는 것만 같았다.

경찰관은 이런 식으로는 곤란하다고 했다. 아시다시피 연쇄살인사건 때문에 말이 아닙니다, 저희 입장도 좀 생각해주셔야지요, 라고 비굴하게 굴다가 급기야 자꾸 그러면 공무집행방해죄로 처벌을 받게 된다고 경고를 하며 본심을 드러냈다. 나는 언제까지 기다릴 수만은 없는 일이지 않냐고, 항의하듯 입을 굳게 다물었다. 경찰관들이 나를 밖으로 끌어내려 하자 살인자가 자신의 무죄를 부르짖듯 나는 들고 있던 유리를 바닥에 내던지고 말았다. 유리의 파열음이 자신들의 폐부 깊숙이 들어와 박힌 듯 하나같이 심란한 표정을 지었다. 나는 이것이 내가 세상에 대해 말하고 싶은 모든 것이라도 되는 양 고개를 숙여 자신이 절단낸 신체를 대하듯 깨진 유릿조각들을 바라보았다. 이 사람이 정말. 이런 식으로는 도저히. 우리를 뭘로 보고. 경찰관들은 저마다 한마디씩 던졌지만 말을 완결짓지 못하고 제풀에 화가 난 사람처럼 씩씩거렸다. 경찰관들은 내 몸을 끌고 경찰서 안에 마련된 철창 안에 가뒀다. 나는 죄를 지었으면 죗값을 받는 것이 당연하다는 듯 아무런 반항도 없이 철창 안에 쪼그리고 앉았다. 가장 말단의 경찰관이 유릿조각들을 조심스럽게 주우며 이런 예상치 못한 불필요한 일을 당신 때문에 하고 말았다는 경멸에 찬 시선으로 나를 쳐다보았다.

철창 안에 갇히자 이상하게도 잠이 쏟아졌다. 애초에 나는 이렇게밖에 잠들 수 없는 인간이구나, 생각할 겨를도 없이 눈이 감겼다. 잠의 시간을 보증할 만한 단편의 악몽을 꾸지도 못한 채 잠에 빠져 있었다. 경찰관이 나를 흔들어 깨웠다. 이거라도 먹고 자든지 말든지 하라고 말하듯 식판에 담긴 국수를 성의 없이 내밀었다. 다른 경찰관들도 모두 국수를 먹고 있었다. 야근이 있으면 어김없이 국수를 먹는 것으로 자신의 피로한 삶을 인지하는 것처럼 그들의 모습은 너무나 익숙해서 낯설어 보였다. 이 광경은 또 누구의 악몽의 일부일까, 생각하면서 악몽을 완성시키기 위해 잠이 덜 깬 혼미한 상태로 국수를 입속으로 밀어 넣었다. 국수를 먹을수록 국수가 도로 밖으로 밀려 나오는 것만 같은 착각에 빠져 국수를 더 이상 먹을 수 없었다. 식판을 밀어놓고 다시금 잠에 빠지려던 나를 경찰관이 철창 밖으로 끌어냈다. 수면의 세계에서 각성의 세계로 추방당한 나는 예정된 운명을 거부하고 싶은 마음으로 간절하게 말했다. 나를 철창 안에 가둬주십시오. 경찰관은 제발 이제 잠에서 깨어나 수면의 언어가 아닌 각성의 언어로 말을 하라고, 다그치는 듯한 표정으로 쳐다보았다. 나를 철창 안에 가둬주십시오. 잠을 부르는 주문을 외우듯 같은 말을 반복했다. 나를 철창 안에 가둬주십시오. 철창 안에 갇히고 싶다고 자꾸 고집을 부리면 공무집행방해죄를 적용시켜 다시금 철창 안에 가둬버리는 수가 있어요, 라고 경찰관이 말해주기를 바랐지만 나의 요구를 묵살시키는 것이 자신들의 중요한 특권이라도 되는 양 고개를 저었다. 경찰서를 나오기 전 벽에 걸린 거울을 보며 마치 경찰서에 오면 늘 그러는 사람처럼 너무도 자연스러워 보이도록 노력하면서 머리를 매만지고 옷매무시를 고쳤다. 경찰관들은 국수를 먹다가 유릿조각을 씹은 것처럼 하나같이 말로 설명할 수 없을 정도로 난처하고 불쾌한 표정을 짓고 있었다.

경찰서 밖으로 나오자 나는 이제 침낭 속에서도 잠을 청할 수 없는 인간이 되었다는 것을 깨달았다. 누군가 나에게 당신은 어떤 사람이지요, 라고 묻는 다면 나는 철창 안에서만 잠들 수 있는 인간입니다, 라고 말해야 하는 사람이 되고 말았다. 아주 오래전 등나무 아래를 벗어나지 못한 것처럼 철창을 벗어나지 못한다. 철창의 이미지가 이제 나의 불면을 재촉할 것이다. 철창에 갇히기 위해 새로운 범죄를 저질러야만 한다. 잠이 들 때까지 끊임없이 악행을 저질러 이 세계를 악몽으로 완성시켜야 하는 운명에 휘말려버리고 만 것이다. 어쩌면 그 어떤 범죄도 저지를 용기가 없어 나를 인질로 삼아 한 편의 납치극을 벌여야 할지도 모른다. 경찰서 앞 게시판에 붙어 있는 연쇄살인범 용의자의 몽타주를 한참 동안 쳐다보다가 사람들의 잠을 빼앗아 자신의 수면을 연장시키는 잠의 괴물처럼 흐느적거리며 걸었다.

내가 돌아왔을 때 집 안의 유리창이란 유리창은 여전히 깨져 있는 상태를 유지하고 있었다. 집으로 돌아오면서 누군가 유리를 새로 끼워 넣고 바닥에 널린 유릿조각들을 말끔히 치워놓았을지도 모를 불길한 예감에 휩싸였지만 이전처럼 예감이 실현되지 않고 예감으로 끝나고 만 것이다. 도대체, 왜, 누가, 이런 일을 벌이고 만 것인가. 언제 경찰관들이 들이닥칠지 모른다, 라고 의식이 혼미해져가는 나를 깨우기 위해 노력했다. 바닥의 유릿조각들을 조심스럽게 주우며 깨진 유리창 밖으로부터 쏟아지

는 차가운 밤의 시선에 경멸의 눈빛을 던질 필요가 있었다. 유
릿조각들을 닥치는 대로 침낭 속에 집어 넣었다. 손가락이 베어
피가 났지만 개의치 않았다. 참을수록 감각이 마비되어갔고 애
초에 나는 그 어떤 물리적 자극에도 통증을 느끼지 못하는 미욱
한 짐승이 된 것만 같았다.

문을 잠그고 목욕을 하면서 당신을 생각했다. 당신을 생각하
자 그에 대한 기억이 다시금 귀찮게 따라붙었다. 당신과 그를
억지로 이어주는 토막 난 이미지들이 머릿속을 어지럽히자 이
미지들을 더 잘게 토막 내는 것이 이미지로부터 벗어나는 유일
한 방법일지도 모르겠다는 생각을 했다. 이미지가 스스로 이미
지의 속박에서 탈출할 때까지 얼마나 많은 이미지를 낚아 토막
내야만 하는가.

실현 가능성이 희박하지만 다시금 잠을 청하기 위해 유릿조
각이 가득 담긴 침낭 속으로 알몸을 밀어 넣었다. 차갑고 축축
한 당신의 몸이 느껴졌다. 당신은 얼마나 오랫동안 이 안에 있
었을까. 당신은 잠이 들어 있다. 당신이 깨어날 때까지 당신의
몸에 얼굴을 비볐다. 당신은 깨어나지 않는다. 당신은 잠에서
깨어날 생각조차 하지 않는다. 수면의 바다에서 조난된 사람의
구출을 포기하듯 당신에 대한 모든 기대를 접어야 할지도 모른
다. 더불어 그에 대한 미련할 정도로 헛된 미련도. 침낭 속이

점점 뜨거워지고 좁아지고 있다. 몸을 웅크릴 수 있을 때까지 웅크렸다. 눈을 감으려 했지만 감아지지 않았다. 침낭 밖으로 피가 줄줄 흘러내리는 얼굴을 간신히 내밀었다. 텅 빈 어둠 속을 바라보며 창문에 철창*을 쳐야겠다고 생각했다.

---

* 역시 철창은 이미지에 불과하다. 기억의 숙주로부터 잉태된 기형적인 이미지 때문에 나의 육체를 불면의 구렁텅이에 내던지고 겨우겨우 살아갈 수 있었다. 나는 이미지의 힘을 빌려 나의 죄를 고해하는 동시에 또다시 나의 죄로부터 달아나려고 한다. 그를 다시 찾아가 당신에 대해 이야기를 할 수도 있다. 당신에게 그에 대한 이야기를 하지 못했던 것처럼 그에게 당신에 대한 이야기를 하지 못할 것이다. 그와 당신이 분명 현실적인 존재라고 해도 나는 현실 속으로 그대로 돌진할 수 없고 현실의 조작된 언어로 설명할 수 없다. 그와 당신의 존재는 현실의 철창을 어렵게 통과하다 상처를 입은 파편적인 이미지를 통해서만 나에게 다다른다. 나는 그렇게 그와 당신을 해석할 것이고, 그것이 그와 당신에 대한 증오로 위장된 나의 사랑을 증명할 수 있는 유일한 방법이다. 그와 당신으로부터 파생된 세계의 얼룩진 이미지를 통해 나를 실현하고자 한다. 그와 당신을 위해 현실의 누구도 거부할 수 없는 하나의 명징한 이미지로 다시 태어나기 위해 눈을 감는다. 여전히 잠이 오지 않는다. 잠이 들 때까지 나는 오랫동안 깨어 있을 것이다.

차라리, 사랑

우리는 쇼핑을 마쳤다. 카트를 집어넣고 동전을 꺼내려 했지만 잘 되지 않았다. 몇 번 되풀이해도 소용없었다. 우리 중 하나가 그만두라고 그깟 동전 하나 때문에, 라고 신경질을 냈다. 우리 중 또 다른 하나가 그깟 동전이라니, 라고 말을 받았다. 둘은 잠시 동안 동전의 가치에 대해 논쟁을 했다. 논쟁은 평소 서로에 대한 불만으로 전이됐고 급기야 이 부르주아 새끼와 그러니 니가 맨날 지지리 궁상 그 모양이지, 라는 감정이 섞인 격한 언어로 표출되어 나타났다. 우리의 나머지가 둘을 말렸지만 둘 다 이미 주먹을 쥔 채로 싸울 태세를 갖추고 있었다.

쇼핑을 이제 막 시작하려는 사람들과 쇼핑을 이제 막 마친 사람들이 우리 주위를 둥그렇게 감쌌다. 쇼핑센터 로고가 새겨진 곤색 유니폼을 입은 직원이 다가왔다. 무슨 일이냐는 물음에 우리 중 하나가 어째서 카트의 이상 유무를 점검하지 않느냐고 따져 물었다. 그래도 무슨 일인지 상황 파악이 안 된 직원은 의아한 표정을 지었다. 의아한 표정을 지으면서도 애써 미소를 잃지 않으려는 모습이 애처로워 보이기까지 했다. 우리 중 하나가 카트를 발로 차며 동전이 나오지 않는다고 소리를 질렀다. 동전만 나왔어도 이 둘의 감정이 이렇게 나빠지지 않았을 것이며 불필요하게 시간을 낭비할 일도 없었을 것이라고 우리 중 또 다른 하나가 덧붙였다. 죄송하다고, 연신 머리를 조아리며 직원은 카트의 키홀더와 카트 이음새를 만지작거렸다. 섬세하던 손길은 점점 거칠어졌고 그의 모습은 성질을 내고 싶으나 참을 수밖에 없어 더욱 성질이 난 짐승처럼 변해갔다. 우리 중 하나는 직원이 단지 동전 하나 때문에 저렇게 애를 쓰는 것은 아닐 거라고 생각했고, 우리 중 또 다른 하나는 그의 입 모양을 통해 씨발, 이라는 말을 읽었다.

잠시 후 찰칵, 소리가 나더니 동전이 튕겨져 솟아올랐다가 아래로 떨어져 굴렀다. 동전이 굴러가는 것을 우리는 물론이고 직원과 주변에 몰려 있는 사람들이 지켜보았다. 몇 사람들은 옆으로 물러서며 동전이 굴러가도록 길을 만들어주었다. 우리 중 하나와 직원이 동시에 동전을 잡으려고 팔짝 뛰었다. 그 바람에 서로의 몸이 부딪히고 말았다. 평소 과묵하고 몸이 굼뜬 우리 중 하나의 날쌘 동작에 우리는 몹시 놀라며 당황스러워했다. 우리 중 하나가 아이구 코야, 라며 자신의 코를 부여잡고 아픔을

호소했다. 직원은 머리를 숙인 채 어루만졌다. 우리 중 누구였는지 아니면 모여 있는 사람 중의 누구였는지 아무튼 그 누군가가 소리쳤다.

"피가 나와요."

우리와 직원, 사람들은 일제히 우리 중 하나를 쳐다보았다. 정말로 피가 나오고 있었다. 코를 감싸고 있는 손으로 피가 흘러내렸다. 전직 간호사 출신인 우리 중 하나가 피를 흘리고 있는 우리 중 하나에게 다가갔다. 어디 좀 보자고 손을 떼어내자 콧구멍에서 피가 줄줄 흘러내리는 것이 보였다. 사람들이 소리를 질렀다. 몇 사람들은 황급하게 자리를 떠나기도 했다. 직원들 서너 명이 더 몰려왔다. 우리 중 하나가 코피를 흘리고 있는 우리 중 하나의 고개를 젖힌 다음 미간을 여러 차례 지압했다. 코피는 좀처럼 멈추지 않았다. 오히려 농도가 진해지고 양이 더 많아졌다. 그만 돌아가자고 우리 중 몇몇이 우리 중 하나를 일으켜 세우려 했지만 이내 쓰러지고 말았다. 사지를 부르르 떨더니 곧 실신상태에 빠졌다. 우리 중 하나가 눈물을 흘리며 죽으면 어떡해, 라고 성급하게 말했다. 우리 중 또 다른 하나가 재수 없게 그런 소리 좀 작작하라고 다그쳤다. 잠시 후 구급대원이 와서 우리 중 하나를 들것에 실었다. 우리 중 하나의 입 언저리와 턱은 완전히 피로 물들어 있었다. 코피가 저렇게 많이 흐를 수도 있나. 사람들은 수군거렸다. 전직 간호사 출신인 우리 중 하나가 걱정하지 말라며 우리를 안심시킨 뒤 구급대원을 따라갔다.

곧 모든 것이 제자리로 돌아갔다. 쇼핑을 이제 막 시작하려던 사람들은 쇼핑을 시작했고, 쇼핑을 이제 막 마친 사람들은 카트를 집어넣고 서둘러 쇼핑센터를 빠져나갔다. 우리만 그 자리에 멈춰 서 있었다. 우리는 예상치 않은 상황에 두려워하고 있던 것이다.

다리를 조금씩 저는 노인이 대걸레를 밀며 다가와 바닥에 떨어져 있던 핏자국을 닦아냈다. 잘 닦이지 않자 가래침을 탁 뱉곤 쓱쓱 문질렀다. 대걸레를 밀며 지나갔던 노인은 잠시 후 뒷걸음질 치더니 바닥에 떨어진 동전을 집어 주머니에 넣었다. 우리 중 누구도 그 동전이 우리 것이라고 말하지 못했다. 잠시 후 우리 중 하나가 쇼핑센터 지하에 있는 푸드코트에서 식사를 하고 11층에 있는 멀티플렉스 극장에서 영화를 보면 어떻겠냐고 조심스럽게 말하자 우리는 경멸의 눈빛을 보냈다. 영화라면 더이상 보지 않아도 좋아, 하지만 뭘 좀 먹긴 먹어야겠지, 라고 우리 중 또 다른 하나가 싸한 분위기를 무마하려 말했으나 역시 우리로부터 경멸의 시선을 받은 것은 마찬가지였다. 우리는 쇼핑을 한 바구니를 번갈아 들며 패잔병처럼 걸어 집으로 돌아왔다.

쇼핑해온 식료품들을 냉장고에 채워 넣고 있을 때 공동으로 쓰고 있는 핸드폰이 울렸다. 우리 중 누구도 전화를 받으려 하지 않았다. 병원으로 실려 간 우리 중 하나에 대한 불길한 예감을 공유하고 있던 우리는 서로의 눈치만 살폈다.

"니가 받아, 아니 니가 받는 게 좋겠어, 역시 니가 받을 수밖에 없어, 니가 받지 말아야 할 특별한 이유라도 있는 거야, 제

받 니가 받아만준다면, 너는 한 번도 전화를 받은 적이 없으니 이번엔 니가 받아야 마땅하지 않겠니, 정말로 니가 받지 않는다면 너는 이제 우리와 결별이다."

우리는 눈짓으로 전화 받기를 서로서로에게 미뤘다. 결국 전화벨이 끊겼고 우리는 동시에 한숨을 내쉬었다. 곧 전화벨이 다시 울릴 줄 알고 우리는 약속이라도 한 듯 눈동자를 굴리며 전화기 주변을 살폈다. 다이아몬드 칼을 다듬고, 새로 산 비디오 캠코더를 만지작거리고, 쇼핑 카탈로그를 보고, 버섯에 물을 주고, 설계도를 분석하고, 요가를 하는 등 자신이 맡은 바 임무에 빠져 있으면서도 각자의 일에 완전히 몰두하지 못하고 어딘가 초조한 모습을 드러냈다. 우리의 기대를 저버리고 전화벨은 울리지 않았다.

"전화를 걸어볼까?"

우리 중 하나가 말했다. 하지만 어디로, 하고 우리 중 또 다른 하나가 반문했다.

"소용없는 짓이겠지. 소용없는 짓이란 말조차 떠올릴 수 없을 정도로 소용없지, 안 그래?"

우리 중 누구도 물음에 대답하지 않았다.

자정이 되자 옷을 벗고 욕실로 들어갔다. 우리 중 두 명이 빠졌지만 우리의 행위규칙을 위배할 수는 없었다. 서로의 몸에 비누칠을 해주면서 은밀한 부위를 자극했다. 우리가 편의상 기린과 스컹크라고 부르는 각자의 성기가 충혈되었을 때 우리는 서로의 몸에 올라탔다. 비누와 침과 땀과 기린과 스컹크의 분비물로 범벅이 된 우리는 욕실 바닥을 한 몸이 되어 뒹굴었다. 언젠가 우리 중 하나가 이 행위를 신성한 동물극장이라고 표현한 적이 있다. 모두들 수긍하는 표정으로 서로의 기린과 스컹크를 주물럭거렸고 그 말을 정말 신성하게 여겼다. 이 순간 우리는 하나인 동시에 전부였다. 우리가 뒹구는 만큼 세계가 진동하고 세계가 진동하는 만큼 우리의 일체감과 존재감이 고양되었다. 신성한 동물극장의 막이 내리면 샤워를 하고 우리는 자신이 선호하는 향의 바디로션을 바른 뒤 욕실을 나간다. 각자의 침대로 가서 눈을 감는다.

알 수 없는 일이다. 우리 중 누군가가 또 다른 누군가의 침대로 올라가는지도 모른다. 그것은 행위규칙에 위배되는 것이다. 그러나 도리가 있을까. 인간의 감정과 욕망이란 언제나 갈피를 못 잡고 흔들리는 것을. 우리는 각자의 감정과 욕망이 누수되는 것에 암묵적으로 눈을 감아주고 있었다. 다행인 것은 우리 중 그 누구도 사랑,이란 말을 입 밖으로 내지 않는다는 것이다. 사랑이란 단어는 혁명과 함께 우리의 행위규칙 중 금기어로 통한다.

"우리는 사랑도 혁명도 원해서는 안 돼, 맞아, 그것은 현재의 세계를 긍정하는 것에 불과하니까, 사랑과 혁명을 통해 세계가 좀더 달라진다면 그 달라진 세계는 또다시 사랑과 혁명을 필요로 할 게 뻔해, 사랑과 혁명을 요구하는 것은 세계의 존재 방식에 불과하지, 세계가 사랑과 혁명을 소화시키며 점점 거대하고 흉물스러운 면모를 드러내고 있는 것을 우리는 자주 목격하곤 했잖아, 이제 세계가 변하지 않을 거라는 확신만 변하지 않는 거지."

우리는 단지 상황을 원할 뿐이다. 그것은 우리의 소심함과 무기력으로 점철된 광증에서 비롯되었다고 해도 좋다. 누군가 우리를 다그치며 정말 그렇단 말이야, 하고 물으면 사실 사랑을 하고 혁명을 일으킬 자본과 용기와 지능과 외모가 되지 않는다고 비굴하게 말할지도 모른다. 그래도 우리는 믿는다. 사랑과 혁명은 감정적이고 의도적이고 권력을 지향하지만 상황은 그 어떤 대가도 원하지 않고 단지 예측 불가한 것이라고. 그 점이 우리를 흥분시키는 것이다. 일상의 질서를 교란시켜 우스꽝스러운 상황이 벌어지기를 우리는 기다리고 있다.

만약 사랑이란 말이 또다시 누군가의 입에서 튀어나오면 우리는 그 누군가를 매장하거나 앞 다투어 그동안에 참아왔던 사랑이란 말을 내뱉으며 서로를 괴롭혔을 것이다. 사랑이란 말을 책임지기 위해 인생을 탕진하고 말 것이다. 우리가 약속하고 바라던 상황은 벌어지지 않을 것이며, 결국 이전처럼 사물과 권태의 썩은 내가 진동하는 세계에 굽실거리며 살아갈 것이다.

집단 동거를 시작하고 서로에 대한 탐색이 끝났을 무렵 딱 한 번 사랑에 대해 논의를 한 적이 있다. 우리 중 누군가가 또 다른 누군가에게 애정을 느끼고 있다는 것을 짐작하고, 우리 중 그 누구도 사랑의 연쇄반응에서 벗어날 수 없다고 깨달을 즈음이었다. 우리는 분명한 상황을 만들기 위해 만났지만, 그러니까 사랑 따위의 감정에 휩쓸리지 않을 정도로 이성적이고 목표의식이 뚜렷했으나 냉철과 인내의 댐에 서서히 균열이 생기고 있음을 감지한 것이다.

"그럼 좋다. 우리 사랑에 대해 이야기해보자."

처음 말을 꺼낸 것이 누구였는지 지금은 기억나지 않는다. 분명한 것은 우리 모두 그 말을 하고 싶어 했다는 것이다. 말을 한다고 해서 달라지는 것은 없었다. 아니 오히려 우리는 사랑에 대해 쓰디쓴 절망감만 느낄 뿐이었다. 차라리 사랑,이란 말을 꺼내지 않았더라면 하고 뒤늦게 후회해봤자 소용없었다.

우리의 사랑은 다음과 같은 형식이었다. 편의상 우리를 가, 나, 다, 라, 마,라고 정의해보자.

"가는 다를 사랑해, 하지만 다는 라를 사랑해, 누가 나를 사랑하지. 라가 나를 사랑해, 하지만 나는 가를 사랑하는 걸, 근데 왜 마는 아무 말도 없지, 마는 아무도 사랑하지 않고 그 누구로부터 사랑을 받기 원하지 않아, 심지어 마 자신으로부터도 사랑을 받기 원하지 않아, 사랑을 원하지 않는 것만큼 사랑을 갈구하는 상태도 없지, 그러니까 마는 우리 모두를 사랑하는 것일지 몰라, 그 누구도 마를 사랑하지 않는다고 해도 말이야."

이렇게 우리는 서로가 서로를 사랑하고 있었지만 그 사랑은 일방적이고, 고집불통이고, 편협한 것이었다. 사랑이란 우리를 쳐다보지 않는 대상을 바라보는 것이다. 우리는 절망에 빠졌다. 우리는 우리를 사랑하지 않는 대상을 사랑한다. 우리는 슬픈 눈동자로 서로의 눈치만 보다가 사랑이란, 말을 취소하기에 이르렀다. 사랑을 한다는 건 정말 어려운 일이야. 사랑이 실현되지 않는 것이야말로 사랑의 본질이야. 우리는 동시에 말했고, 긍정했다.

사랑에 실패한 기분을 달래기 위해 우리는 술을 마셨다. 술을 마시면 감정이 동요되기에 술을 마시지 않는 것도 우리의 행위 규칙 중 하나였지만 술을 마시지 않고서는 도저히 견딜 수가 없었다. 우리는 처음이자 마지막이라고 합의를 하고 술을 마시기로 했다. 술을 마시니 처음에는 기분이 좋아져 웃음이 나왔지만 어느 순간 서로에게 욕을 하고 있는 우리를 발견하기에 이르렀다. 우리는 욕을 하면서 욕에 대해 한마디씩 했다.

"씨발, 우리는 욕을 얻어먹어도 싸, 병신새끼들, 우리는 욕을 얻어먹기 위해 태어났어, 개 같아 정말, 우리는 욕을 하지 않으면 견딜 수가 없어, 니미 뽕이야, 우리는 욕을 하지만 정말 욕처럼 들리지는 않아, 쇼핑센터는 신성한 동물극장 좆이나 빨아라, 욕을 욕답지 못하게 하고 욕을 욕처럼 듣지 않는 것이야 말로 우리의 한계야."

우리는 술에 취해 욕을 하며 떠들었다. 술집 주인이 조용히 하라고 소리를 질렀다. 우리는 술집 주인에게도 욕을 했다. 화가 난 주인은 술을 마셨고 욕을 했다. 술에 취하고 욕을 내뱉으며 우리의 마음을 이해한 그는 더 이상 우리에게 조용히 하라고 하지 않았다. 잠시 후 그는 탁자에 팔을 괴고 머리를 파묻었다. 어깨가 조금씩 들썩거리는 걸로 봐서 울고 있는 것 같았다. 자신의 행위를 뒤늦게 후회하고 있는 것일까. 아마도 술을 마시지 못하거나 욕을 잘 못하는 성격인지도 몰랐다. 손님은 우리와 한 남자뿐이었다.

남자가 술집 구석에 앉아 휘파람을 불기 시작했다. 그것은 우리도 잘 아는 멜로디였다.

"저건「목포의 눈물」이야, 아니 저건「안개 낀 장충단공원」이야, 아니 저건「라이크 어 버진」이야, 아니 저건「컴 백 홈」이야."

우리는 귀에 익은 멜로디를 각자의 기억에 따라 해석했다.

"우리 할아버지는「목포의 눈물」을 부른 이난영의 사진을 베개 속에 넣어두고 몰래 꺼내보곤 했어, 내가 채송화도 복숭아도로 시작하는 동요를 부를 때「목포의 눈물」을 가르쳐주었지, 유치원 장기자랑에서 나는「목포의 눈물」을 불러 사람들을 놀라게 만들었어, 우리 아빠는 술을 마시고 돌아오면 엄마와 나를 때렸어, 때리고 나서는 잘못했다고 울면서 배호의「안개 낀 장충단공원」을 불렀어, 나는 이불을 뒤집어쓰고 장충단공원을 저주하며 죽을 때까지 그곳에 가지 않겠다고 다짐했어, 내가 대학에 다닐 때 한 남자를 사랑했지, 그이는 늘 군용점퍼를 입고 다녔고 옆구리에는 불투명한 존재의 어쩌구의 독일어 원서를 끼고 다녔어, 그러던 어느 날 학교 도서관 옥상에 올라가 존재, 하고 외치곤 뛰어내렸어, 나는 피로 물드는 불투명한 존재의 어쩌구를 집어 들었어, 그 책 뒤에는 마돈나의 「라이크 어 버진」 가사가 적혀 있었어, 나는 그날 지나가는 남자에게 수작을 걸어 버진에서 벗어났고 비로소 내 존재를 의식하기 시작했어, 서태지의 「컴 백 홈」을 듣고 나는 가출했어, 내 나이 열여섯 때였지, 그리고 아직도 집으로 돌아가지 않고 있어."

평소 우리의 대화를 말없이 듣는 것으로 자신의 존재를 증명하던 우리 중 하나가 충혈된 눈으로 말했다.

"저건 그냥 휘파람일 뿐이야, 휘파람으로 휘파람을 증명하는 것이라고, 존 케이지나 쇤베르크의 음악 같이 말이야."

존 케이지와 쇤베르크를 알 리 없는 우리는 욕을 얻어먹은 것처럼 기분이 상했다.

우리는 휘파람을 불어보았다. 불어지지 않았다. 우리는 휘파람을 불지 못해. 우리는 공통점을 찾았다. 각자 살아온 배경과 나이와 직업과 기호가 달랐던 우리는 우연하게 공통점을 찾은 것이다. 우리는 잠시 기분이 좋아져 건배를 하곤 술을 마셨다. 그리고 다시 욕을 했다.

"우리는 휘파람도 못 불면서 욕만 해대지, 우리가 할 줄 아는 것은 술을 마시고 욕을 하는 것뿐이야, 휘파람을 분다고 해서 우리가 달라질까, 그래도 휘파람을 분다는 것은 멋진 일이야, 휘파람을 배워 휘파람으로 대화를 하고 휘파람으로 신호를 주고받는다면 우리가 만들 상황이 더 스펙터클해 보일지도 몰라."

우리 중 하나가 말했지만 나머지 우리는 인상을 일그러뜨리
며 불편한 심기를 드러냈다. 에이, 좆케이지나씹베르크같은.
우리 중 하나가 육포를 찢어먹으며 말했다. 그 말은 마치 재미
난 욕처럼 들렸다. 우리는 각자의 음성과 어조로 따라했다.

"에이, 좆케이지나씹베르크같은."

휘파람을 부는 남자가 나가자 우리는 다시금 휘파람에 대해
서 생각했다. 아무래도 휘파람을 분다는 건 휘파람을 불지 못하
는 것보다 우월해 보였다. 우리는 또다시 휘파람을 불려고 애썼
다. 역시 허사였다. 향수에 젖어 들어가듯 몸을 흐느적거리며
각자가 기억하는 음악을 흥얼거렸다. 이제 술집에는 우리와 술
집 주인뿐이다. 술집 주인은 여전히 탁자에 엎드려 있다. 잠이
들었는지 꿈쩍도 하지 않았다. 계산을 하기 위해 술집 주인을
흔들어 깨우기로 했다. 좀체 일어나지 않았다. 귀에 고함을 지
르고 코를 비틀고 정강이를 걷어차고 성기를 움켜쥐고 입에 강
제로 술을 부었지만 여전히 그대로였다. 그를 끌어내서 바닥에
눕혔다. 전직 간호사 출신인 우리 중 하나가 술집 주인의 몸 구
석구석을 만지더니 최종적으로 죽음을 선고했다. 우리는 놀라
서로 말을 주고받았다.

"그는 죽었어, 우리가 죽였어, 우리는 이런 식으로 누구를 죽
일 용기가 없어, 하지만 그는 죽고 우리가 최후로 남았어, 우리
가 설사 그를 죽이지 않았다 해도 우리는 그의 죽음에 책임을
져야 되는 곤란한 입장에 처했어, 인간이면 누구나 누군가가 간

절히 죽어주기를 바라기 마련이지, 그 누군가는 바로 자신이기도 해, 우리도 별 수 없는 인간이야, 우리는 그를 죽이지 말았어야 했어, 그는 죽었고 우리는 그의 죽음의 입회인이 되었지."

우리는 상황이 이렇게 벌어지다니, 하고 탄식의 숨을 내쉬었다. 역시 술이 문제였다. 아니 그전에 사랑을 떠올린 것이 죄였다. 사랑은 언제나 우리의 기분을 시궁창으로 밀어 넣고 불쾌한 죽음의 냄새를 발산하기 마련이다. 우리는 억지논리를 끌어들여 우리 자신을 책망하고 자괴감을 불러일으키게 만들었다. 스스로를 괴롭힐수록 불안은 우리를 잠식해 들어갔다. 우리는 사건을 위장하기 위해 술병을 바닥에 던져 깨뜨리고 탁자와 의자를 엎고 전등을 박살내고 소화기의 밸브를 열어 적당량 분사했다.

술집을 나와 서로서로 손을 잡았다. 맞잡은 손의 온기와 땀을 통해 이제 상황 말고는 그 어떤 대상도 사랑하지 않기로 해, 라는 전언을 서로에게 발신하고 수신했다. 그날 밤 신성한 동물극장은 이전보다 더 격렬하고, 더럽고, 황홀했다. 얼마 뒤 우리 중 누군가가 술집이 있던 자리에 새로운 술집이 들어섰고, 술집 주인은 휘파람 사내였다고 흥분해 말했지만 우리는 그 소식을 들어도 그만이고 안 들어도 그만인 가십으로 여기며 아무런 반응도 보이지 않았다.

새벽안개 속을 헤치고 전직 간호사 출신인 우리 중 하나가 집으로 돌아왔다. 하나 둘 눈을 뜬 우리는 거실 소파에 앉아 있는 우리 중 하나를 발견하고 놀랐다. 우리 중 하나의 몰골은 몹시

초췌해 보여 우리 중 하나가 결코 아닌 것처럼 보였다. 우리 중 하나의 말로는 코피를 흘리던 우리 중 하나가 완전히 혼수상태에 빠졌다고 했다. 출혈이 심해 곧 죽을 것 같다고 덧붙였다. 의사는 아직 원인을 알 수 없다고, 자신으로서도 한계를 느낀다고 솔직히 털어놓았다고 말했다. 우리 중 하나는 다음과 같이 고백했다.

"근데 난 전직 간호사가 아냐."

모두들 눈을 동그랗게 떴다. 왜 하필 이 순간 그런 고백을 했는지 의아하기만 했다. 우리 중 하나가 전직 간호사 출신이건 아니건 이제 그런 이력 따위는 중요하지 않지 않은가. 아니 우리 중 하나가 진실을 밝혔다는 것에 우리는 몹시 불편해했다. 속았다는 의미보다 진실을 밝힌 우리 중 하나의 심정 변화가 예상치 않은 상황을 만들어내지 않을까 하는 의구심이 생긴 것이다. 우리 중 하나의 때 아닌 고백도 어쩌면 거짓일지 모른다는 생각으로 우리는 스스로를 안심시켰다.

"너 너무 피곤한 거야. 한숨 자도록 해."

우리 중 누군가 말했고 모두가 그렇게 하는 게 좋겠다고 했다.

상황에 차질이 생기는 것이 불가피했다. 다음 날부터 교대로 병원에 누워 있는 우리 중 하나를 지켜야만 했다. 우리는 감정을 억제하려 이를 악물었다. 우리 중 하나가 어느 순간 깨어나 상황에 대해 발설해버리면 모든 것이 끝장이니 감시해야만 한다는 것에 동의했다.

"인간이란 병환을 겪고 나면 심약해지기 마련이야, 살려는 의지가 이전보다 더욱 생기는 반면 매사에 조심스러워지고 예민해지지, 결국 거짓말을, 그 어떤 무모한 상황을 꿈꾸거나 행동하려고 하지 않는단 말이군, 오로지 목숨을 보전하려는 마음으로 죽음을 피하려 애쓰지만 실은 죽음만을 기다리는 삶이 지속되는 거야, 우리 중 하나도 틀림없이 우리가 꿈꿔온 상황을 잊고 우리에게서 벗어나려고 애쓸 테지, 우리의 불길한 예감은 언제나 기대를 저버리지 않고 현실로 나타나니까."

혼수상태에 빠진 우리 중 하나는 좀처럼 깨어날 생각을 하지 않았다. 사실은 깨어나도 문제고 깨어나지 않아도 문제였다. 우리는 점점 지쳐갔다. 신성한 동물극장도 흥미가 떨어지고 행위 규칙도 무화되어가고 있었다. 개수대에는 부패된 음식물이 담겨 있는 그릇들이 가득했고, 변기 속에는 누런 앙금이 고였다. 텔레비전 리모콘을 놓고 세력 다툼을 벌이고 홈쇼핑으로 산 쓸모없는 물건들이 집 안에 쌓여갔다. 그리고 버섯들이 썩어 문드러졌다.

상황을 원한 우리는 상황이 계속 지연됨에 따라 권태에 휩싸이게 되었다. 오로지 우리가 하는 규칙적인 일은 병실에 누워 있는 우리 중 하나를 감시하는 것뿐이었다. 그것도 제대로 되지 않았다. 우리 중 하나가 야간 당직 간호사에게 수작을 걸어 세탁실에서 일을 치르다가 환자들에게 들키는 민망한 일이 벌어지고, 우리 중 또 다른 하나가 새벽 세 시에 정형외과 병동에서 벌어지는 노름판에 거금을 걸어 날리기도 했다.

어느 날 밤 우리 중 하나가 잠결에 도대체 언제까지 이런 상황이 계속돼야 하는 거야,라고 소리를 질렀다. 비명에 가까운 소리에 놀라 우리는 잠이 깨 침대에 걸터앉아 서로를 쳐다보았다. 상황을 수정하는 것이 어떻겠냐고 우리 중 하나가 조심스럽게 말을 꺼냈다. 말의 의미보다 상황이라는 단어를 오랜만에 접한 우리는 흥분했다.

"그래, 우리는 너무나 오랫동안 상황을 내버려두었던 거야, 하지만 달리 도리가 없잖아, 도리가 없는 곳에 도리가 있는 게 아닐까, 상황을 좀 우회하면 더 좋은 결과가 생길지도 몰라, 상황만 만들 수 있다면, 하지만 우리의 상황을 수정한다면 그건 상황이 아닌 거야, 상황이 예상치 않던 방향으로 흘러가는 것도 재미난 상황이니 지금처럼 상황을 내버려두는 건 어때, 상황이고 뭐고 이대로 콱 죽어버렸으면 좋겠어, 그런 나약한 정신을 갖고 있으니 상황이 만들어지겠어……"

오랜만에 열에 들떠 말들을 쏟아냈지만 뭔가 허전한 기분을 느꼈다. 병원에 누워 있는 우리 중 하나가 떠올랐다. 평소 침묵으로 일관하던 우리 중 하나의 부재가 이토록 큰 줄을 몰랐다. 침묵 속에 너무나 많은 전언과 믿음이 있었다는 것을 뒤늦게 깨닫고 우리는 우리 중 누군가는 침묵해야 한다는 것에 동의했다. 침묵을 하겠다고 나서는 사람이 없이 모두들 침묵을 두려워하는 표정을 지으며 애써 침묵을 지키고 있었다. 우리는 또 말들을 되풀이할 수밖에 없었다. 침묵을 떠올리지 못할 만큼 침을 튀겨가며 수다스럽게. 많은 말들 중에서 그래도 이전에 약속한 상황을 만드는 것이 후회가 없을 것이라는 결론을 내렸다. 우리에게 필요한 것은 확신과 믿음이었다. 우리는 용기를 내 행위규칙을 다시 지키기로 했다. 우리의 확신과 믿음이 한줄기 희망의 빛을 쏘아 올렸는지 혼수상태에 빠져 있던 우리 중 하나가 드디어 죽고 말았다. 숨이 끊기기 전 우리 중 하나는 잠깐 정신이 들어와 다음과 같이 중얼거렸다고 한다.

"쇼핑하러 가고 싶어."

우리 중 하나의 마지막 말을 숭고한 유언으로 받아들이고 죽은 자에 대한 예우를 갖추기 위해 잠시 동안 우리 중 하나가 말했던 존 케이지와 쇤베르크 음악을 틀어놓고 묵념을 했다. 구역질이 날 정도였지만 몇 분 동안 꾹 참고 들었다. 정해진 묵념의 시간이 끝났지만 우리 중 하나가 음악을 좀더 틀어놓자고 말했다. 우리는 너 미쳤어, 하는 표정으로 쳐다보았다.

"나도 더 이상 들어줄 수가 없어, 하지만 그렇기 때문에 더 들어줘야 한다고 생각해, 우리의 신경을 자극하는, 우리의 이성을 교란시키는, 우리의 사고를 마비시키는 음악을 들을수록 우리는 그를 더 경멸할 수 있을 거야, 그의 요상하고 괴팍한 취미와 성품을 우리는 몰이해의 끝까지 밀고 가야 해, 그렇게 해서 우리가 그와 맺었던 더럽고 비밀스러운 인연을 마구 짓밟을 수 있다면, 우리는 뒤돌아보지 않고 순수하게 상황에만 몰두할 수 있을 거야."

음악이 끝나는 49분 12초 동안 견뎌냈다. 우리는 우리의 인내심에 스스로 대견해하며 완전히 다시 태어난 우리를 자축하기 위해 우리의 유일한 공통점인 불지 못하는 휘파람을 짧게나마 불려고 시도했다. 휘파람이 불어지지 않음으로 다시금 서로의 존재를 확인하고 상황에 본격적으로 돌입할 수 있었다.

상황 전날 비누와 침과 땀과 기린과 스컹크의 분비물과 더불어 눈물까지 범벅이 되어 한 덩어리의 물질을 만들어낸 신성한 동물극장이 끝나고 우리는 처음이자 마지막으로 함께 어울려 자자고 합의했다. 거실에 침대 매트리스를 깔고 서로 엉켜 잠을 자려고 시도했다. 그러나 너무나 오랫동안 혼자 잠드는 것에 익숙해서 그런 것인지, 내일의 일 때문인지 쉽게 눈을 감지 못하고 몸을 비틀다가 서로 약속이라도 한 듯 몸을 떼어내고 각자의 영역을 찾아 몸을 웅크렸다. 공기가 흐르다 사물과 부딪혀 생기는 미세한 소리들이 들려오고, 다시 미세한 소리들이 공기의 흐름을 바꿔 놓는 것을 우리는 세상을 향해 과도하게 집중된 감각을 통해 인지했다. 정말 잠이 오지 않는구나, 하는 생각을 하는 순간 느닷없이 잠이 몰려왔다.

쇼핑을 하기 전 우리는 쇼핑센터 옆 놀이터에 모였다. 긴장을 풀기 위해 각자가 선호하는 놀이 기구를 찾아 이용했다. 유아용 기구에 커다란 몸뚱이를 애써 밀어 올리며 미끄럼틀을 타고 철봉에 매달리고 시소를 타고 정글짐에 오르고 그네를 흔들고 모래무덤을 만들고 바닥을 뒹굴었다. 정해진 놀이 시간이 끝나자 우리 중 하나가 술래잡기를 하면 어떻겠냐고, 자신은 어릴 적 친구가 없어 늘 술래잡기를 혼자 했었다고 애원했다. 우리 중 하나가 술래가 되었고 우리는 숨기로 했다. 어디에도 우리의 커다란 몸뚱이를 숨길 곳은 없었다. 할 수 없이 술래 바로 뒤에 숨었다. 술래가 오십을 센 뒤에 눈을 뜨고 몸을 돌렸을 때 우리는 에이 잡혔다, 하고 손을 번쩍 들었다. 우리 중 하나는 울상을 지었지만 어른이 되어 술래잡기를 한다고 해서 어릴 적 술래잡기의 안 좋은 추억을 보상받을 수는 없는 거라는 우리 중 또 다른 하나의 말을 듣고 뒤늦게 무언가를 깨달은 표정을 지었다. 뒤늦은 깨달음이 우리 중 하나의 마음을 움직였다. 우리 중 하나는 자신이 하겠다고 말했다. 계획대로라면 쇼핑 바로 전 제비뽑기로 최종 결정을 해야 했다. 쇼핑을 하러 나서기 전까지 우리 중 누구도 자신이 하겠다고 나선 사람이 없었던 것이다. 상황이 계속 지연된 것도 사실 이것 때문이었다. 가장 중요하고 견디기 힘든 일이 될 것이 뻔했다. 우리는 예상치 못한 상황에 반가워하며 정말 괜찮아, 니가 할 수 있겠어, 라는 물음을 간절한 표정에 담아 전달했다. 우리 중 하나는 어깨를 한 번 으쓱거린 뒤 더 이상 혼자 숨고 혼자 찾아내지는 않을 거야, 라는 자신만이 알아들을 만한 말을 했다. 우리가 머뭇거리자 우리 중 하나는 가방을 짊어지고 앞장을 서며 말했다.

"이제 쇼핑하러 가자."

쇼핑센터 로비에서 우리 중 하나만을 제외하곤 전부 각자의 카트를 잡았다. 카트를 힘껏 밀며 앞으로 나아갔다. 본격적인 쇼핑을 시작한 것이다. 우리는 각자가 경멸하는 물건들이 있는 층으로 순식간에 흩어졌다. 우리 중 하나는 쇼핑센터 로비에 있는 커피숍에 들어가 에스프레소를 시킨 뒤 잔 속에 침을 뱉으며 시간이 지나기를 기다렸다. 우리 중 몇몇은 우연히 같은 층에서 만났다. 그렇다고 알은체를 하지는 않았다. 서로를 스쳐가며 카트 안에 담긴 물건을 슬쩍 엿보았을 뿐이다. 같은 물건이 카트 안에 담겨 있으면 우리 중 하나가 자연스럽게 물건을 다시 제자리에 갖다놓았다.

우리가 쇼핑을 마쳤을 때 에스프레소가 담긴 잔에는 우리 중 하나가 뱉어낸 침이 가득 고여 흘러넘칠 지경이었다. 우리 중 하나는 시간을 확인한 뒤 가방을 들고 자리에서 일어났다. 마치 약속 시간이 남아 커피를 한 잔 마시고 가는 사람처럼 쇼핑센터 로비를 지나 회전문을 밀고 밖으로 나갔다.

쇼핑을 마친 우리는 카트에 물건을 가득 담은 채 9층에 모였다. 웨딩 홀이 있었지만 내부 공사 중으로 영업을 하지 않고 있었다. 사전에 숙지한 방법을 통해 어렵지 않게 9층에 모일 수 있었다. 어둠 속에 놓여 있는 고풍스런 의자들과 레이스 장식들이 비밀스런 야합의 분위기를 한층 고조시켰다. 우리 중 하나가 레드 카펫 위를 걸어가며 마지막으로 누구 나와 결혼해줄 사람 없어요,라는 물음이 담긴 표정으로 쳐다보았다. 우리는 그만두라고, 이제 와서 그러면 어떡해,라는 뜻을 잔뜩 찌푸린 얼굴

을 통해 전달했다. 우리는 서로에게 말을 하고 싶었지만, 말을
시작하면 걷잡을 수 없을 정도로 쏟아낼 것 같아 침묵으로 동의
를 한 뒤 한 자리에 일렬로 모였다. 시간이 그렇게 많지 않았다.
창가로 가 밖을 내려다보았다. 밑은 쇼핑센터에서 미관을 위해
만들어놓은 인공 나무숲이었다. 미관을 해친다는 이유로 출입
을 금지시켜 사람들의 모습은 보이지 않았다. 우리는 단지 상황
을 원할 뿐이다. 우리 자신 외에 그 누구도 희생하고 싶지 않다.
안심을 하고 주머니에서 다이아몬드 칼을 꺼냈다. 그것을 들고
각자가 마주한 창 앞에 커다랗게 타원을 그렸다. 유리 가루가
날렸다.

쇼핑센터를 뒤로하고 우리 중 하나는 걸어갔다. 술래잡기의
술래처럼 다른 그 어떤 잡념도 떠올리지 않기 위해 마음속으로
숫자를 셌다. 우리 중 하나는 갑자기 뒤를 돌아 인상을 찡그리
며 쇼핑센터를 바라보았다. 다시 몇 걸음 옮겨 각도가 적당한
곳을 잡은 뒤 가방의 지퍼를 열었다.

우리는 카트를 잡고 있던 손을 부들부들 떨다가 손아귀에 힘
을 주고 앞으로 달려갔다. 카트 안에 담긴 물건들이 요란한 소
리를 내며 덜그럭거렸다. 유리창과 카트가 맞닿아 쩍 소리가
나는 순간 우리는 생의 가장 찡하고 통쾌한 쾌감을 온몸으로
느꼈다.

우리 중 하나는 떨리는 손으로 캠코더의 녹화 버튼을 눌렀다.
쇼핑센터 아래로 떨어지는 물건들은 헤아릴 수 없을 정도였다.

그 모습은 참으로 기이했고, 기이한 만큼 전율을 주었다. 쓸모
없는 물건들과 함께 추락하는 우리의 모습은 말할 것도 없었다.
순식간이었지만 각자의 개성에 따라 동그랗게 몸을 말고 있기
도 했고, 몸을 꼿꼿이 세워 수직하강하기도 했고, 물에 빠진 것
처럼 허우적대기도 했고, 카트를 놓지 않으려 애쓰고 있기도
했다.

　우리 중 하나는 우리의 모습이 하나 둘 카메라에서 사라질 때
마다 가슴이 철렁거리는 느낌이 들었다. 들리지는 않았지만 우
리들이 지상의 바닥과 부딪혀 내는 소리를 떠올릴 수 있었다.
우리들은 모두 뇌관을 가진 아름다운 폭탄이었다. 사람들이 몰
려드는 모습이 보였다. 고함과 비명소리, 물건을 서로 차지하려
는 아귀다툼, 자동차 경적소리, 호루라기 소리가 한데 어우러져
들려왔다. 우리 중 하나는 서둘러 걸음을 옮겨 택시를 잡았다.

　상황이 종료되고 나자 우리 중 하나는 걷잡을 수 없을 정도로
밀려오는 허탈하고 불쾌한 기분에 휩싸였다. 설명할 수 없는 복
잡한 기분 때문에 우리 중 누구도 이 역할을 맡지 않으려 했다
는 것을 뒤늦게 알았다. 우리 중 하나의 머릿속은 우리의 말들
도 가득 차 터져버릴 것만 같았다.

　"우리가 원한 상황이 성공했어, 아니, 우리는 아무런 상황도
만들지 못했어, 이런 게 상황이라면 더 이상 상황이 나와서는
안 돼, 상황 그대로 받아드리면 안 될까, 예상은 했지만 우리의
상황은 정말 아무 상황도 아니란 것을 깨닫고 말았어, 아니 아

니 우리가 원한 상황이 성공했어, 우리가 원한 상황은 상황을 통해 상황에 의미를 부여하고 증명하는 거였잖아, 우리가 예상한 대로 상황이 종료되었다면 그것은 결코 우리가 예상한 상황이 아닌 거야, 그 어떤 상황에도 불구하고 우리는 상황을 이해할 수 없을 거야, 우리 중 하나에게 상황에 대한 모든 책임을 전가하는 수밖에."

우리 중 하나는 약속한 대로 또 다른 우리를 조직하고 상황을 만들 수 있을지 알 수 없었다. 우리가 만든 상황이 또 벌어진다면 그것은 반복되는 쇼핑과 다를 바 없다, 우리는 상황의 어설픈 판매자에 불과하다,라는 혼란에 사로잡힌 우리 중 하나는 결국 도대체 우리는 언제 어디서 굴러먹다 만나게 된 개뼈다귀들이고, 왜 이토록 무모한 상황을 벌이고 말았는가에 대한 회의에 빠지고 말았다. 우리 중 하나는 자신의 능력 밖의 상황에 무릎을 꿇고 모든 상황 판단을 중지했다.

택시 기사가 놀란 얼굴로 말했다.

"피가 나와요."

택시 기사의 말을 듣고 코 밑을 만져보았다. 뜨겁고 비릿한 액체가 흘러내리고 있었다. 우리 중 하나는 자신이 사랑했던 우리 중 하나를 떠올렸다. 불길한 예감이 온몸으로 번져갔다. 불길한 예감이 곧 현실로 나타날 거라는 생각에 불길한 예감이 더욱 불길하게 다가왔다. 택시 기사가 휴지를 내밀며 말했다.

"병원에 가야 하지 않을까요?"

"괜찮아요. 제 몸은 제가 잘 알아요. 전직 간호사 출신이거든요."

우리 중 하나는 애써 미소를 지어 보였다. 후면경을 통해 멀어져가는 쇼핑센터 주변을 쳐다보았다. 쇼핑을 이제 막 마친 사람들과 쇼핑을 이제 막 시작하려는 사람들이 뒤섞여 상황을 어지럽히고 있었다. 우리 중 하나는 입으로 흘러내리는 피를 찔끔찔끔 삼킨 뒤 어딘가로 구원을 요청하듯 휘파람을 불기 시작했다.

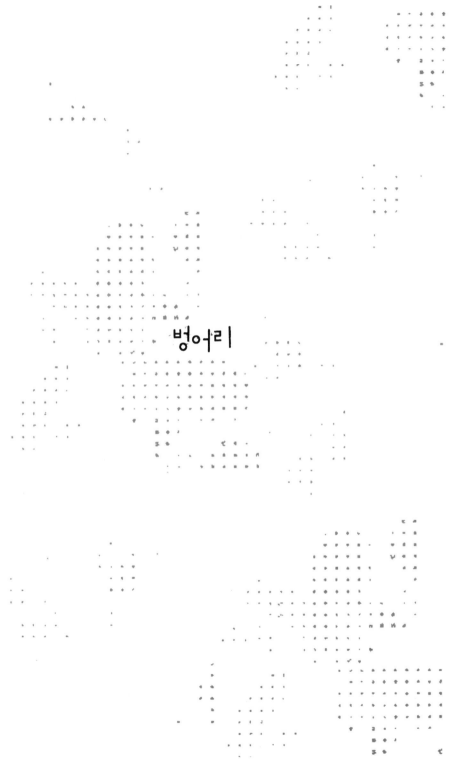

벙어리

나는 벙어리다. 말을 하지 못한다. 처음부터 벙어리였던 것은 아니다. 어느 순간 의도적으로 말을 하지 않기로 마음먹었다. 남들한테는 실어증을 가장했지만 그 어떤 정신적, 육체적 충격도 겪지 않았다. 정신적, 육체적 충격을 겪었다고 해도 말을 잃을 만큼 정신과 육체에 기댄 삶을 살았던 것도 아니다. 정신과 육체의 아슬아슬한 경계에 나를 맡기고 살아왔다. 육체의 외상을 받을 때면 정신력을 발휘해 상처를 치유하려 애썼으며 반대로 정신의 내상에 갈 곳 몰라 했을 때는 육체를 혹사시킴으로써 정신을 바로잡으려 했다.

편식을 하고 이불에 오줌을 싸는 아이처럼 투정을 부리듯 말을 아꼈다. 사실대로 말하면 말을 아낀 것이 아니라 말이 싫어 말을 내버려두었다고 할 수 있다. 실어증이란 말 그대로, 말을 잃어버리고 싶어 말을 잃어버리려 애쓰다가 결국 말을 잃어버린 것이다. 실어증과 벙어리의 차이가 의학적으로 명확하게 규명이 나 있는지 어떤지 나는 알고 싶지 않다. 실어증 환자는 벙어리가 되는 것을 두려워한다. 벙어리들도 실어증에 걸릴까 봐 노심초사 전전긍긍하면서 침묵의 세계를 견딘다.

누구도 내 말을 듣지 않는다. 내가 벙어리이기 때문이 아니다. 벙어리가 아니었을 때도 사람들은 내 말을 듣지 않았다. 그건 어느 정도 나에게도 책임이 있다. 되도록이면 나는 사람들에게 말을 하지 않았다. 마치 벙어리처럼 굴었다. 넌 벙어리처럼 말이 없구나. 이젠 벙어리 같은 당신이 지겨워요. 그런 말을 듣고 싶었지만 사람들은 결코 나에게 말해주지 않았다.

어릴 적 나의 별명은 떠버리였다. 어머니는 나를 그렇게 불렀다. 실제로 내가 떠버리 같은 아이였는지는 기억나지 않는다. 그렇게 나를 불렀던 어머니조차 이젠 희미하다. 아마도 지독하게 말이 없는 나를 회유하기 위한 작전으로 떠버리라고 불렀을 것이다. 떠버리 떠버리 하고 부르면 어느 순간 정말 떠버리가 되는 것이 삶의 이치라고, 어머니는 어리석은 생각을 갖고 있었는지도 모른다. 안 되는 것을 되게 하려고 애쓰면 속병이 생기기 마련이다. 예민하고 신경질적인 어머니는 마음의 병을 앓다가 의사의 선고대로 정해진 시각에 눈을 감았다. 어머니가 죽고 나서 한동안 나는 정말 떠버리처럼 굴었다. 어머니를 잊기 위한 발버둥으로, 한순간 침묵의 세계를 빠져나온 것이다. 입 밖으로 쏟아져 나오는 언어들을 주체할 수 없었다. 입에 잡채 다발을 물고 있는 것처럼 쉴 새 없이 떠들었다. 친하지도 않은 학급 아이들에게 다가가 엉뚱한 말을 던져 오해를 사거나 주먹세례를 받기도 했다. 수업 시간에는 적극적이다 못해 과도하게 참여 한 나머지 선생들로부터 제발 넌 좀 닥치고 있어라,라는 눈총을 여러 번 받았다. 다행히 성적이 우수하고 아버지가 공직에 있는 관계로 그 어떤 선생도 대놓고 나무라지 않았다. 시간이 지나고 어머니에 대한 기억이 희미해졌을 무렵 또다시 침묵의 세계에 빠져들었다. 드디어 너 자신으로 돌아왔구나,라고 누구도 이야기하지 않았다. 내가 입을 열거나 닫거나 간에 주변은 언제나 견고한 벽처럼 조용할 뿐이었다.

어머니가 죽자 마치 기회를 노리고 있던 것처럼, 얼마 지나지 않아 아버지는 한없이 연약한 데다 당신의 명령에 절대적으로 복종하는 여자를 집으로 데리고 왔다. 나의 허락도 없이 어머니를 자처하는 여자는 나를 보자마자 네가 벙어리처럼 말이 없는 그 아이구나,라고 말했다. 그래요. 전 벙어리처럼 말이 없는 아이랍니다. 그러니 저에게 아무 말도 시키지 마세요,라는 뜻이 담긴 시선을 던지며 꿀 먹은 벙어리처럼 입을 굳게 다물었다.

나는 어머니 대신 계모라고 불러 보고 싶은 충동을 계속 지연시켰다. 계모는 계모다운 행동을 결코 하지 않았다. 계모는 태생적으로 온순하고 착한 사람이었다. 때로는 너무나 온순하고 착하게 굴어 멍청해 보일 정도였다. 계모의 그런 성향은 나를 더욱 괴롭혔다. 흉악하고 탐욕스럽지만 비상한 머리를 소유한 계모들이 등장하는 책을 탐독하면서 불행해야 할 상황이 결코 불행해 보이지 않는다는 것에 대해, 왜 나의 삶은 이토록 비현실적이고 어설플 수밖에 없는가, 하는 고민에 빠졌다. 도서관에 있는 계모 이야기를 어느 정도 섭렵하고 나자 나는 이야기를 만들어내기 시작했다. 매일 밤 책상 앞에 두꺼비처럼 몸을 웅크리고 앉아 노트에 글을 써 내려갔다.

계모는 매일 저녁 양송이 수프에 두꺼비 독을 타 아이의 입에 넣어준다. 아이가 거부하면 자신의 입에 수프를 담아 강제로 아이와 입을 맞춰 아이의 입에 수프를 넣어준다. 어느 날 아이는 두꺼비로 변하고 계모는 가마솥에 두꺼비를 넣어 끓인 뒤 두꺼비 탕을 국자로 떠 병약한 남편의 입에 넣어준다. 남편이 이 역겨운 냄새, 하면서 저리 치우라고 소리를 지르면 자신의 입에 탕을 담아 강제로 남편과 입을 맞춰 남편의 입에 넣어준다. 남편이 원기를 회복하고 하체가 두꺼비처럼 흉물스럽게 변하면 남편은 계모의 가랑이를 벌리고 그 사이로 두꺼비를 넣어준다.

계모를 둔 아이라면 누구나 한 번쯤 떠올릴 만한 상상에 불과한 이야기를 우연히 읽은 계모는 울음을 터뜨리다가 거의 실신 상태에 빠지고 말았다. 아버지는 나에게, 해서는 안 되는 짓을 하고 말았다고, 어서 무릎을 꿇고 잘못했다고 빌고, 어머니에게 용서를 구하라고 다그쳤지만 나는 두꺼비처럼 눈을 끔뻑일 뿐 침묵으로 일관했다. 결국 화가 머리 꼭대기까지 치솟아오른 아버지가 나의 뺨을 후려쳤다. 내가 귀를 잡고 바닥에 쓰러졌을 때 계모는 더 큰 소리로 울며 나를 부둥켜안으려 했다. 계모의 으깨진 두부 같은 가슴살이 얼굴을 짓눌렀다. 제발,이라는 심정으로 몸을 빼려고 애썼다. 계모의 입에서 흘러내린 끈적끈적한 침이 나의 볼에 떨어졌다. 도저히 참을 수 없어 계모의 벌어질 대로 벌어진 입을 내 입으로 틀어막아버리고 싶었다.

아버지와 계모는 그렇게 현실과 허구를 구분하지 못하는 몽매한 자들이었다. 이것은 이야기에 불과한 것으로 당신들이 나의 심리가 투영된 글을 현실로 이해하는 것은 나의 잘못이 아니라고 변명을 하지 않았다. 변명을 한다 해도 그들의 태도는 달라지지 않았을 것이다. 이야기를 현실로 착각한 그들은 나를 아예 자식 취급하지 않았다. 가끔 그들을 놀라게 만들 심산으로 글짓기 상을 받아오곤 했다. 상을 받아와 내밀면 그들은 당황스러운 표정을 지어 보이며 달갑지 않은, 나의 요상한 재능에 겁을 먹은 눈빛을 보냈다. 계모가 고대하던 임신을 하고 두꺼비처럼 눈이 툭 불거져 나온 여자 아이가 태어나자 그들은 나를 완전히 눈 밖으로 밀어냈다. 어느 순간 그들이 나의 존재를 무시하고 아무런 반응도 보이지 않자 작문 선생의 적극적인 권유에도 불구하고 글을 쓰는 사람이 되겠다는 악의에 찬 희망을 포기했다. 가끔 뭔가 쓰고 싶은 욕구에 사로잡혔지만 자신 말고는 지상의 어떤 독자도 갖지 못한 외롭고 쓸모없는 작가가 될지도 모르겠다는 생각에 그 어떤 허구도 창조하지 않기로 결심하곤 습작 노트를 불태우며 나의 유년 시절을 마감했다. 글을 쓰지 않게 되자 나는 이전보다 훨씬 더 과묵해졌고 결국 하루에 세 마디 이상 하지 않는 아이가 되어버렸다. 글과 말을 버리자 이상하게도 알 수 없는 열정이 샘솟았다. 그것은 무언가 행동을 요구하는 에너지라기보다는 아무 목적 없이 들끓다가 식어버리는 용암과 같은 것이었다. 밖으로 표출되지 않은 언어들이 몸속의 열에 녹아 불이 되었다가 시간이 지나면 자연스럽게 꺼져버렸다. 나는 항상 몸이 뜨거웠고, 걸음이 빨랐다. 뜨거운 몸에 집중하지 않기 위해 몸을 빨리 움직여야 했고, 몸을 빨리 움직이면 몸이 더 뜨거워졌다.

말이 없다고 항상 침울하거나 어두운 낯빛을 소유한 인간이라 오해해서는 안 된다. 성장할수록 입에서 군내가 날 정도로 말이 줄었지만 나는 어느 자리에서도 꿰다 놓은 보릿자루 신세가 되지 않았고 어떤 문제를 결정할 때도 벙어리 냉가슴 앓듯 하지 않았다. 말이 없다는 사회적 무책임만 제외한다면 오히려 무모할 정도로 쾌활하고 저돌적이었다. 하지만 되도록이면 쾌활하고 저돌적인 일을 벌이지 않으려 노력했다. 쾌활하고 저돌적으로 보이기 위해서는 말이 필요했고 설령 되도록 말을 하지 않으려 마음먹었다 해도 불가피하게 말을 해야 하는 상황이 생기는 것을 여러 번 겪었기 때문이다. 말을 최소한으로 하면서도 사람들로부터 폐쇄적 인간이라는 지적을 받지 않는 일을 찾아야 했다. 별다른 선택의 여지없이 수화를 배웠고 몇 가지 직업을 거쳐 나는 청각 장애인을 위한 뉴스 방송의 고정 수화 진행자가 되었다. 어설프지만 일종의 메신저 역할을 한 것이다. 뉴스가 끝나고 나면 손이 몹시 저려왔다. 손을 주무르며 어느 직업이나 직업병이 생길 수밖에 없다는 생각에 빠졌다. 직업병을 잊기 위해서는 그 직업에 완전히 몰입해야만 한다. 병을 점점 더 키우는 것도 병에 매달리지 않는 방법 중의 하나다. 불쌍한 나의 손의 노고에 보답하기 위해, 어느 정도 노하우가 생기고 이력이 붙을 무렵 교묘하게 기사를 조작하듯 수화 동작을 달리해 가끔 오보를 날리곤 했다. 나의 심술이 세상을 조금씩 허물어뜨릴지도 모르겠다는 기대감을 갖고 있었지만 그 누구도 잘못된 수화를 문제 삼지 않았다. 세상이 끄떡도 않자 점점 더 심한 오보를 날렸다. 대통령 특별 담화에서 나는 말더듬이처럼, 같은 손짓을 느릿느릿 반복해 수화 보도를 했다. 집으로 돌아온 뒤, 악행을 벌이고 흥분과 두려움에 몸서리치는 사람처럼 뒤척이다가 새벽에 잠이 들었다.

누군가 나의 팔목에 수갑을 채우는 꿈을 꾸었다. 수갑을 찬 손이 갓 잡아 올린 생선처럼 펄떡거렸다. 그것은 목이 졸린 인간이 말을 하기 위해 애쓰는 것과 비슷했다. 쉴 새 없이 움직이는 내 손을 보고 기관원으로 보이는 한 남자가 노란 벙어리장갑을 강제로 끼워버렸다. 남자는 이제 말을 해보라고 다그쳤다. 무슨 말이냐고 묻고 싶었지만 벙어리장갑에 갇힌 손으로는 말을 전달할 수 없었다. 그는 계속해서 말을 하라고 소리를 질렀다. 입으로, 그놈의 터진 입으로 말을 하란 말이다. 그는 자신의 두툼하고 더러운 손가락을 들어 내 입을 가리켰다. 말을 하지 않으면 당장이라도 손가락을 집어넣어 입속을 휘저어놓은 뒤 혀를 잡아 뺄 것 같아 포기하는 심정으로 입을 열어 말했다. 나는 벙어리입니다. 나의 말 같지도 않은 말에 그의 표정이 점점 일그러지더니 화가 머리 꼭대기까지 치솟아오른 것처럼 씩씩거렸다. 일그러질 대로 일그러져 아둔해 보이기까지 한 그의 얼굴이 이상하게 낯이 익었다. 그는 대통령 같기도 했고 나의 아버지 같기도 했고 군대 시절 상관 같기도 했고 나 자신 같기도 했다. 꿈에서 깨어나 불길한 예감에 휩싸인 나는 불길함에 불쾌감을 더하기 위해 오랜만에 아버지에게 전화를 걸었다.

아버지는 전화를 받지 않았다. 예전과 마찬가지로 아버지 대신 계모가 전화를 받았다. 전날 외박을 하고 아침에 보고를 하는 자식을 대하듯 계모는 아무렇지도 않게 밥은 먹었느냐고 물었다. 계모의 음성은 입이 돌아갔다가 얼마 전 돌아온 사람처럼 어눌하기 짝이 없었다. 내가 아무런 반응이 없자 계모는 길게 한숨을 쉬는 것으로, 그만둬라 애야, 애초에 너의 대답을 들으려고 물어본 것이 아니다,라는 의사를 전달했다. 수화기를 통해 계모의 입 냄새가 풍겨 나오는 것만 같아 귀를 살짝 떼었다.

요새 자꾸 도미가 먹고 싶다. 계모는 내가 전화를 걸어오면 그 말을 해야지 하고 마음먹고 있던 사람처럼 기회를 놓칠세라 말했다. 왜 하필 도미인가요, 하고 묻고 싶었지만 그만두었다.

도미 때문에 계모와 대화를 계속해야만 하는 상황을, 아마도 나는 견뎌내지 못할 것이다. 애초에 전화를 걸려던 의도가 달성된 듯 나는 점점 불쾌감을 느꼈다. 물론 아버지와 통화가 되었다면 불쾌감은 절정에 이르렀을 것이다.

아버지는 나에게 말을 가르쳐주지 않았다. 일을 핑계로 밖으로만 나돌아 다녔다. 언젠가 한 번 동물원에 갔지만 동물원에 나를 데려다주고 데리고 오는 역할만 맡았을 뿐 왜 하필 코끼리의 코만 길어지고, 얼룩말은 언제부터 몸에 얼룩을 그리고 살았지요, 라는 물음들에 대해서는 설명해주지 않았다. 아버지는 자신의 지적, 정서적 능력으로 대답하기 곤란한 질문들만 골라서 하는 나에 대한 화풀이를 어머니에게 대신했다. 도대체 애가 이 지경이 되도록 당신은 뭐 한 거야. 어머니는 무표정한 얼굴로 대답했다. 그래도 말을 안 하는 것보단 그런 말이라도 하는 게 좋잖아요.

말을 배우지 않아도 말을 할 수 있는 능력이 발달한 나는 성장할수록 아버지와 대화하는 것을 피하려고 극도로 애썼다. 귀가 잘 안 들린다는 핑계로 아버지의 물음이나 지시, 명령, 협박을 받아들이지 않았다. 귀에 벌레가 들어간 것 같아요, 라고 말하자 나의 귀를 붙잡고 눈을 들이대며 살펴보더니 아무것도 보이지 않아, 너무 어두워, 라고 시큰둥한 반응을 보인 뒤 어머니에게 이비인후과에 데려다주라고 명령했다. 아버지의 명령을 은근슬쩍 거역하는 것이 삶의 유일한 위안이었던 어머니는 끝내 나를 이비인후과에 데려다주지 않았다.

이비인후과에 가게 된 것은 한참 후 내가 한 번도 어머니라고 부르지 않았지만 어머니라고 불러야만 하는 계모의 손에 강제로 이끌려서였다. 어느 날 화가 머리 꼭대기까지 치솟아올라 씩씩대던 아버지가 나의 뺨을 후려쳤다. 나는 귀를 잡고 바닥에 쓰러졌다. 고막이 파열되어 수술을 해야 했고 나의 바람대로 한쪽 귀가 잘 안 들리게 되었다. 붕대로 감싼 나의 귀를 애처롭게 쳐다보던 계모가 눈물을 글썽이자 아버지는 그만 좀 하라고 소리를 질렀다. 며칠 동안 나의 눈치를 슬슬 살피던 아버지는 미안한 마음을 드러내려 애쓰며 한마디 던졌다. 어쨌든 내 힘을 빌리지 않아도 넌 군대에 안 갈 수 있겠다.

아버지의 미안함을 지속시켜드리기 위해 고등학교를 졸업하자마자 자원 입대했다. 입대를 하고 난 바로 다음 날부터 후회를 하기 시작한 나는 입소 대대의 청력 검사에서 귀가 잘 안 들린다고 말했다. 몇 번씩 같은 기구, 같은 방법으로 청력검사를 한 군의관은 결국 내 귀를 부여잡고 얼굴을 들이대며 소리를 버럭 질렀다. 이래도 내 목소리가 안 들려. 들린다고 말해 어서. 나는 오른쪽 손을 번쩍 들어 올렸다. 군의관은 인상을 쓰며 더 큰 소리로 말했다. 왼쪽이야. 왼쪽.

귀가 잘 안 들려 처음에는 고참들의 얼굴을 살펴 그들이 나에게 무엇을 명령하는지 파악해야만 했다. 나의 눈동자는 그들의 표정 변화를 좇아 쉴 새 없이 움직였고 눈동자가 움직이는 만큼 몸도 따라 빠르게 이동했다. 말보다 행동이 앞서야 하는 군 생활이 나름대로 체질에 맞았다. 과묵하지만 굼뜨지 않아 누구도 나의 침묵을 이유로 비난하지 않았다. 고참들은 군 생활에 적응하는 척 애쓰는 나를 이해하면서 차츰 인간적으로 대우해주었다. 이상하게도 그들이 따뜻한 말을 건네거나, 주머니를 털어 소시지 따위를 사줄 때면 이전보다 마음이 더 불편해 견딜 수 없었다. 나에게 욕을 하고 구타를 하고 굴욕적인 비난을 할 때 그들을 더 좋아했구나,라는 생각에 빠진 나는 부러 가끔씩 명령에 불복종하고 군 생활을 태만하게 했다. 그것은 한동안 목줄에 묶여 있던 개가 어느 날 줄이 풀려도 자신의 활동 범위를 함부로 넘지 못하는 행동양식과 비슷한 것이었다. 불행 중 다행인지 일 년 동안 후임병이 들어오지 않았다. 같은 군번의 동기도 없던 나는 철저하게 고립된 상태에서 오로지 명령에 복종하거나 불복종하는 상태를 왔다 갔다 하며 지리멸렬한 시간을 즐겼다.

후임병이 들어오자 녀석을 구타하는 것으로 새로운 군 생활을 만끽했다. 후임병을 때릴 적당할 구실을 찾지 못하자 다음과 같이 말했다. 처음 봤을 때부터 네가 말이 많은 녀석인 줄 알았지만 실제로 겪어보니 예상대로 말이 너무나 많고 군인의 미덕은 복종과 침묵에 있다고 아무리 강조해도 너는 앞으로도 계속 말이 많을 것 같아 미리 때려두는 거다. 나는 입대를 하고 나서 가장 많은 말을 쏟아내며 녀석의 정강이를 걷어찼다. 나로서는 충분히 납득할 만한 말을 했다고 생각했지만 녀석은 이유 같지 않은 이유로 구타를 당한 자의 억울한 표정을 지어 보였다. 녀석은 결국 상관에게 보고를 했다. 상관은 구타의 정당성에 대해 글을 써오라고 했다. 국군신문에 자신의 수필이 게재된 것에 대해 자부심을 갖고 있던 그는 말보다 글을 신뢰하는 것처럼 굴었다. 육하원칙에 입각한, 너의 글이 나를 설득시킨다면 이번 건은 눈감아준다. 나는 뭉툭한 연필에 침을 묻혀가며 누런 갱지에 글을 쓰기 시작했다. 글을 써본 것은 실로 오랜만이었다. 글은 좀처럼 진행되지 않았다. 그것은 마음속의 생각을 글로 표현했을 때 벌어질 상황에 대해 미리 겁을 먹고 있었기 때문이었다. 처음 봤을 때부터 김 이병이 말이 많은 녀석인 줄 알았지만 실제로 겪어보니 예상대로 말이 너무나 많고 군인의 미덕은 복종과 침묵에 있다고 아무리 강조해도 김 이병이 앞으로도 계속 말이 많을 것 같아 미리 때려둔 것뿐입니다, 라는 말들이 머릿속에 떠다니고 있었지만 표현에 대한 충동을 억지로 참아냈다. 대신 다시는 구타를 하지 않겠다는, 내 본심과 철저히 위배되는 글을 쓰고 말았다. 자신의 삶을 스스로 꾸려 나가지 못하는 패배자의 심정으로 단 한 줄의 문장이 씌어 있는 갱지를 상관에게 내밀었다. 상관은 갱지를 받자마자 구겨 던져버린 뒤 너의 무책임하고 야비한 다짐을 듣고 싶은 게 아니라 구타를 할 수밖에 없는 이유를 말하라며 나의 머리통을 사정없이 후려쳤다. 어떤 이유를 대야 상관의 마음이 풀어질 수 있을까 고민하다가 결국 아무 말도 하지 못했고, 대답이 없다는 이유로 다음과 같은 말을 들으며 정강이를 걷어차였다. 처음 봤을 때부터 네가 답답할 정도로 말이 없는 녀석인 줄 알았지만 겪어보니 예상대로 너는 팔월의 연병장처럼 말이 없다. 너의 무표정한 얼굴과 굳게 다문 입술을 바라보고 있으면 그 안에 도사린 너의 비웃음이 탄약고의 쥐똥을 보는 것처럼 불쾌하다. 군대에 오래 있으면 사람이 어느 한군데 미쳐버린다고 했나. 얼토당토않은 비유가 섞인 말이 나로서는 도무지 이해가 되지 않았지만 상관은 자신이 충분히 납득할 만한 말을 했다고 믿는 듯했고 심지어 자기가 남발한 언어에 도취된 자의 표정을 지어 보였다.

마침 군대에 구타 근절 운동이 벌어지고 있던 터라 한 달 동안 모든 병영 활동을 접고 완전군장을 갖춘 뒤 폐타이어를 뒤에 매달고 연병장을 돌아야 했다. 뒤늦게 취사장을 찾아가면 먹다 남은 음식 찌꺼기들만 식판에 담겼다. 어느 순간 나는 스스로를 철저하게 모독하고 경멸하기 위해 개처럼 혀를 내밀고 식판을 핥아 먹고 있는 자신을 발견했다. 우연히 후임병과 눈이 마주치자 녀석은 혐오스러운 짐승을 만난 것처럼 눈동자를 굴리다가 고개를 돌려버렸다. 밥알을 잔뜩 문 채로 녀석을 향해 웃어주었다. 상관은 연병장을 돌고 있는 내 옆으로 가끔 다가와 담배 연기를 내뿜으며, 파상풍 같은 시간이여 어서 내 앞에서 포복하라, 라는 식의 자신도 주체할 수 없는 역겨운 말들을 내뱉곤 했다.

연병장을 돌면서 나는 전쟁이 발발해도 모른 척하고 연병장을 돌아야 하는 군인의 심정은 어떨 것인가, 하고 생각했다. 부대가 함락되고 적에게 발견된다면 과감하게 승복을 하면서도 나를 이대로 내버려두라고 말할 것이다. 그들이 쏜 총알이 머리를 관통하지 않는다면 예정대로 연병장을 다 돈 뒤에 그들의 어리석고 굴욕적인 포로가 되기를 주저하지 않을 것이다. 침묵 속에서 그들의 때에 전 속옷들을 빨고 침을 뱉어 전투화를 닦으며 남은 일생을 보낼지도 모른다.

한 달이 지나 다시 군 생활을 시작하고 얼마 되지 않았을 때 상관은 야간 행군을 지휘하다가 절벽 아래로 떨어져 다리가 부러졌다. 평생 휠체어에 앉아 자신조차 이해하지 못하는 수사를 남발하며 글을 쓰는 사람이 될 처지가 되고 만 것이다. 나는 그가 애초에 자신이 원하던 삶으로 돌아갈 수 있을 거라고 생각했다. 후임병에게는 더 이상 욕을 하거나 구타를 하지 않았다. 가끔 그를 빤히 쳐다보며 웃어주었을 뿐이다. 후임병은 나의 냉랭하고 무관심한 태도에 이전보다 더 눈치를 살피며 공포에 떨다가 급성위염으로 후송되었다. 배를 움켜쥐고 들것에 실려 가는 녀석과 눈이 마주치자 녀석은 당신 때문에 내 삶은 엉망이 되었어요, 이젠 더 이상 당신을 보고 싶지 않아요, 라는 뜻의 체념과 증오가 동시에 섞인 눈빛을 보내곤 눈을 감아버렸다. 병원에서 상태가 더 악화되었는지 녀석은 끝내 부대로 복귀하지 않았다. 한동안 나는 내가 바라지 않아도 나에게 해를 입힌 자들의 종말은 좋지 않을 거라는 이상한 예감에 휩싸였다. 세상의 이치가 그렇다면 세상을 증오하고 경멸해야 할 것인가. 아니면 세상과 등을 돌리고 조용하게 살아주어야 하는가. 사사롭지만 중대한 몇 가지 삶의 안건들을 침묵 속에서 스스로에게 타진해보았다. 침묵할수록 침묵의 벽은 점점 두터워졌고 애초에 내가 침묵할 수밖에 없는 이유는 침묵의 벽 안에 갇히고 말았다. 시간은 파상풍 같아서 내버려두면 저절로 악화되어버리는가. 고약한 냄새를 발산하며 짓무르는 시간이 내가 걸어갈 길을 먼저 밟으며 지상을 더럽히고 있었다. 더러운 지상에 포복을 하면서 시간의 뒤를 쫓는 동시에 달아나려고 했다. 제대 날짜가 가까워올수록 이곳에서 벗어나지 못할 거라는 불길한 예감에 제대로 잠을 이루지 못했다. 나는 한없이 축소되었다가 한없이 팽창되는 시간의 지배를 받는 군대에 남게 될 것이다. 예감을 적중시키기 위해 장기 복무를 심각하게 고려해보기도 했다.

말년 휴가를 나와 남쪽 지방의 해안가를 헤매고 돌아다녔다. 어느새 복귀 날짜가 지났음을 알아차린 나는 어느 폐가에 숨어들어가 매일같이 해안 절벽으로 올라갔다. 절벽의 끝에 서서 상체를 굽힌 채 아래를 내려다보았다. 파도가 토해내는 거품의 양과 빛깔은 매번 달랐지만 한결같이 어서 자신의 품으로 안기라고 나를 유혹했다. 무슨 말 못한 사연이 있는가. 말 못할 사연이 있다면 나에게 안겨 고백하고, 말 못할 사연이 없다면 우선 나에게 안겨라. 그러면 말 못할 사연이 기필코 생길 것이다. 바위에 부딪히는 파도 소리가 귓속을 멍하게 울리며 간절한 신호를 보내고 있었다. 말 못할 사연이 있어도 나는 말을 할 수 없다. 말을 하기가 싫고 말을 하지 못한다. 결코 돌아갈 수도 뛰어내릴 수도 없는 아슬아슬한 경계에 버티고 서 있는 스스로를 대견하게 생각하는 동시에 그 어떤 결정도 내릴 수 없는 처지에 놓인 나의 삶을 저주했다.

절벽에 모로 누워 내 몸 안팎에서 요동치는 파도 소리를 들으며 느닷없이 발기해 좀처럼 줄어들지 않는 성기를 만지작거리고 있을 때였다. 이상하게 생긴 짐승 한 마리가 거칠게 숨을 토해내며 앞에 나타났다. 그것은 개와 비슷해 보이면서 딱히 개라고 말할 수 없었다. 원래 개였는데 퇴화되거나 진화된, 개의 언어와 개의 윤리와 개의 욕망을 간직하고 있으나 다시 개로 돌아갈 수 없는 짐승이라고 할 수 있었다. 우리 둘은 서로를 빤히 쳐다보며 경계했다. 자신만의 은밀한 자살 장소에 다른 누군가가 자살을 하러 나타났을 때의 황당함과 무참함이 나와 짐승의 거리 사이에서 읽혔다. 짐승의 시선이 아래로 이동하는 것이 보였다. 수치심에 얼굴이 달아올라 허둥대며 바지 지퍼를 올리려다가 성기가 지퍼에 걸리고 말았다. 짐승은 고막을 찢어놓을 듯한, 몹시 거슬리는 소리로 울음을 길게 토해낸 뒤 나에게 달려왔다. 순식간이었다. 성기를 움켜잡은 채 짐승을 피하려고 몸을 웅크렸다. 짐승은 나를 훌쩍 뛰어넘어 그대로 해안 절벽 아래로 떨어졌다. 나도 모르게 눈이 감겼다. 눈을 떴을 때는 환각으로 인한 두통이 일어났다. 환각을 실제로 믿고 다시금 실제를 환각으로 받아들이기 위해 과도하게 의식을 집중해 생긴 두통이었다. 짐승을 삼킨 파도는 그래도 허기가 지는지 이전보다 더 거세게 몸부림을 쳐댔다. 나는 일생 동안 가슴의 병을 키우며 말하지 못한 사연을 한순간에 털어놓듯 짐승의 울음을 흉내 내며 울어보려 노력했다. 내 울음소리를 참아줄 수 없어 두 귀를 막아야만 했다. 울음을 그치고 나서 애초에 나는 벙어리로 태어났지만 벙어리가 아닌 척 살아오느라 삶이 피로해졌고 앞으로도 벙어리가 아닌 척 살아간다면 삶이 점점 피로해져 결국 세상에 대한 환멸을 견디지 못해 실어증에 걸리고 말 것이라는, 생각지도 못한 생각에 빠지게 되었다. 생각의 견고한 껍질을 깨고 입 밖으로 쏟아져 나오려는 말들을 억제하기 위해 손으로 입을 가렸다. 절벽을 내려오면서 환각의 실체가 무엇인지 깨달았다. 짐승은 나의 언어였다.

탈영을 했지만 이제 복귀를 하겠다고 보고하기 위해 경찰서나 군 초소를 찾아 거리를 걷던 중 우연히 경찰관 한 명을 만났다. 군모도 쓰지 않고 진흙투성이의 전투복을 입고 있는 나를 수상하게 여긴 그가 나의 팔을 잡았다. 뭐냐. 그는 정확히 그렇게 물었다. 내가 아무런 대답이 없자 뭐냐, 뭐냐, 하고 연이어 다시 물었다. 그가 던진 물음의 저의를 파악하지 못한 나는 가만히 있었다. 무반응에 나를 더 수상하게 여긴 그는 내 팔을 순식간에 뒤로 꺾었다. 그의 손아귀를 통해 마치 간첩을 잡은 듯한 두려움과 떨림이 동시에 전달됐다.

제대 날짜를 지나 군 교도소에 수감되어 있을 때 아버지가 죽었다는 소식이 전해졌다. 군 장성들과도 인맥이 닿았던 아버지라 특별 사면을 받게 되었다. 나는 이를 완강히 거부하고 수감 날짜를 채운 뒤 강등된 계급장을 달고 불명예제대를 했다. 그리고 집으로 돌아가지 않았다.

전화를 끊으려 하자 계모는 올 거냐고 물었다. 내가 왜 가야 하는 거죠, 라고 되물을 새도 없이 계모는 부정확한 발음으로 거의 울먹이듯 말했다. 그래도 아버지가 없다면 너도 없는 게 운명 아니니. 계모의 말에 따르면 오늘은 아버지가 죽은 지 십 년째 되는 날이었다. 전화를 끊고 침대에 누워 멍하니 천장을 바라보다가 십 년 전 아니 그보다 훨씬 오래전 내가 말을 거부했을 때 처음으로 버린 단어가 아버지일지도 모르겠다는 생각이 문득 들어 왠지 모르게 기분이 유쾌해졌다. 유쾌한 기분을 지속시키기 위해, 애초에 아버지가 없었다면 어쩌면 나는 벙어리가 아닌 진정한 떠버리의 삶을 살면서 남들로부터 외면과 질시와 천대를 받다가 거리에서 개같이 죽어버리는 운명에 처하고 말았을 것이라는, 할 필요 없는 생각까지 하고 말았다.

계모는 왜 도미가 먹고 싶다고 했을까. 수산물 시장에서 도미를 고르면서 오래전 나를 낳은 어머니가 이야기해 준 태몽을 떠올렸다. 아버지가 커다란 도미를 잡아가지고 와 식칼로 도미의 머리를 내려치자 옆에서 쪼그리고 앉아 구경하던 어머니의 얼굴에 도미의 피가 튀었다는 것이다. 갓 태어난 나의 종아리에는 붉은 반흔이 새겨져 있었다. 시간이 지나면 없어질 줄 알았던 반흔은 끝내 없어지지 않았다. 나는 생각할 여지가 있는 단서를 잡은 형사의 심정이 되어 지금도 반흔이 남아 있는 종아리 부분을 손으로 벅벅 긁었다.

계모의 얼굴은 몹시 늙어 보였다. 연약했던 체구는 앙상하게 뼈만 남은 노파처럼 보였고 눈 밑에는 검은 그늘이 져 있었다. 걸치고 있는 카디건의 소매는 솔기가 다 터져 있었다. 나에게 보여주기 위해 부러 초라한 행색을 하고 어두운 낯빛을 보이는 거라고 의심하면서도 세월에 풍화된 계모의 모습을 보고 진정으로 어머니 같다는 생각을 처음 했다. 나의 어머니라면 마땅히 저런 무력과 가난과 우울한 삶을 드러내주어야만 한다. 감격에 가까운 마음으로 이제 더 이상 계모가 아닌 어머니를 불쌍하게 쳐다보았다. 어머니는 한동안 얼굴이 마비되어 있었다고 말했다. 지금도 가끔씩 얼굴이 언 두부처럼 갑자기 마비된다고, 돌아갔다가 되돌아온 입으로 어눌하게 말했다. 너의 아버지는 도미를 싫어했다. 나는 도미가 좋은데 너의 아버지가 싫어해서 한번도 요리를 해본 적이 없다. 너도 기억할지 모르겠지만 내가 도미,라는 말만 꺼내도 이유 없이 화를 내곤 했다. 뭔가 도미에 대해 말 못할 사연이 있는가 하고 체념하고 살았는데 요즘엔 자꾸 도미가 먹고 싶어진다. 이제 도미 맛이 어떤지도 모르겠는데 말이다. 넌 도미를 먹어본 적이 있니. 어머니의 물음에 긍정도 부정도 아닌 애매한 표정을 지어 보였다. 꿀 먹은 벙어리 같은 그 표정은 여전하구나. 그만 일어나려고 하자 어머니가 나의 팔을 잡았다. 나도 모르게 팔을 뒤로 뺐다. 보고 가야 하지 않겠니.

여동생은 사과의 껍질을 끊지 않고 천천히 조심스럽게 깎았다. 과일을 깎는 걸 보면 애는 시집을 잘 갈 거야. 어머니가 말하자 여동생이 장난스럽게 눈을 흘기며 난 시집 안 간다고 했잖아, 라고 대꾸했다. 지극히 평온한 풍경 속에 갇혀 있다는 것이 맨몸에 털 스웨터를 입은 것처럼 몹시 불편했다. 여동생이 들고 있는 과도를 뺏어 이 정물화된 순백의 화폭을 갈기갈기 찢어버리고 싶다가 여동생이 포크로 사과 한 쪽을 찍어 내밀자 이 아이가 이렇게 예쁘게 성장할 줄 알았다면 집을 떠나지 않는 거였는데 하는 후회가 갑자기 밀려왔다. 나는 사과 속의 벌레를 씹는 것처럼 입을 우물거렸다.

욕실에 들어가서 나도 모르게 바지를 내리고 말았다. 단지 소변만 볼 생각이었는데 엉덩이를 까고 변기에 앉았다. 서늘한 기운이 피부로 스며들었다. 어머니와 여동생의 살을 맞댄 것처럼 몸에 소름이 돋았다. 느닷없이 발기해 좀처럼 줄어들지 않는 성기를 변기 안쪽으로 구부려 오랫동안 소변을 보았다. 무심코 던진 말로 상처를 입은 상대방을 달래기 위해 쓸데없는 말들을 하다가 오히려 상황을 더 악화시킨 자의 심정을 떠올렸다. 뒤늦게 말을 주워 담듯 변기 물이 상처 입은 짐승의 신음 소리를 내며 구멍 속으로 빨려 들어갔다.

문이 열리지 않았다. 몇 번이고 손잡이를 돌려보았지만 소용 없었다. 분명 안쪽에서 잠갔는데 말을 듣지 않았다. 문을 두드 리고 열어달라고 해볼까 하다가 그만두었다. 어머니와 여동생 이 작당을 하고 나를 욕실에 가뒀을지도 모르겠다는 생각이 퍼 뜩 들자 체념의 기분으로 변기 위에 주저앉았다. 오래전 내가 쓴, 계모가 등장하는 이야기가 떠올랐다. 어머니는 그때의 일을 평생 마음에 담고 있다가 이제야 복수를 시작한 것인가. 욕실은 거대한 냄비 속일지도 모른다. 나는 지금 차가운 타일로 뒤덮인 욕실에 갇혀 펄펄 끓기만을 기다려야만 한다. 변기 위에 앉아 상체를 구부리고 바닥을 내려다보았다. 바닥에 누구의 것인지 모를 터럭들이 몇 가닥 보였다. 만약 그들이 문을 열어주지 않 는다면 나는 바닥에 떨어진 터럭을 삼키고 타일과 타일 사이에 낀 그들의 분비물을 핥아 먹으며 비루하게 생명을 연장시키려 애쓸 것이다. 입속에서 털들이 자라고 나는 비로소 짐승이 된 나를 거울을 통해 마주하게 될 것이다. 잠시 후 문이 열리고 여 동생은 문이 고장 났다고, 안에서 문을 잠그면 열리지 않는다고 말한 뒤, 속았지, 하는 장난스러운 표정으로 나를 빤히 쳐다보 았다.

여동생의 방에는 책이 가득했다. 글을 쓰는 사람이 되겠다는 말에 잠시 정신이 아득해졌다. 책장 한편에는 내가 어릴 적 보 았던 세계명작전집이 그대로 꽂혀 있었다. 오빠도 예전에는 문 학 소년이었다면서요. 순간 책장을 다 뒤엎고 여동생의 목을 조르고 싶었다. 나의 손이 바르르 떨려왔다. 여동생이 수화로 내게 말을 걸었던 것이다. 아름답게 보이던 여동생이 순간 흉악한 괴물로 변한 것만 같았다. 여동생의 붉고 반들거리는 입술과 달리 손은 두꺼비의 외피를 씌운 듯 너무나 투박하고 징그러워 보였다. 여동생의 수화가 계속될수록 숨이 점점 막혀왔다. 모든 기대가 물거품이 되어버린 상황에 직면한 자처럼 여동생의 말을 들어야만 했다. 엄마는 매일 저녁 오빠를 보면서, 오빠의 손동작을 보면서, 오빠의 하루 기분을 체크하고 염려하고 있어요. 어릴 적에는 벙어리 같은 오빠가 몹시도 답답했는데 이제 오빠를 이해하기 위해 나도 수화를 배웠어요. 얼마 전부터 오빠가 부러 뉴스를 잘못 보도하고 있다는 걸 알고 있었어요. 이상하게도 그걸 보면서 오빠가 너무나 할 말이 많은 사람일지도 모르겠다는 생각을 했어요.

말이 듣기 싫으면 귀를 막아버리면 되고 수화가 듣기 싫으면 눈을 감아 버리면 된다. 눈을 감으면 그대로 쓰러질 것 같아 휘청거리는 몸을 바로 잡아야 했다. 아무 말이라도 좋으니 뭐라고 어서 말 좀 해봐요, 라는 여동생의 수화를 끝까지 외면했다. 여동생의 고막이 파열될 정도로 뺨을 후려치고 목줄을 묶어 방 안에 가둬버리고 싶은 충동을 들킬까 봐 도망치듯 방에서 나왔다. 그대로 거실을 가로질러 현관으로 갔다. 부엌에 있던 어머니가 부정확한 발음으로 말했다. 얘야, 이건 도미가 아니구나.

집을 나와서 다시금 벙어리 이전의 삶으로 돌아갈 수 있는 기회를 영영 놓쳐버린 것이 아닌가 하는 생각에 빠져들었다. 어쩌면 실패를 무릅쓰고 위험한 작전에 투입되었다가 실패를 하고만 꼴을 스스로 겪어보고 싶었는지도 모른다. 내가 침묵으로 농락하고 저항하고 싶은 세계의 이면 안에 웅크리고 있는 존재들이 떠벌이처럼 끊임없이 나에게 말을 걸고 있었다. 너무나 많은 말이 순식간에 들려오는 바람에 그 어떤 말도 제대로 알아들을 수 없었다. 애초에 그것은 말이 아닌, 말 이전의 상태에 놓인, 말이 되려고 애쓰지만, 결코 말이 될 수 없는, 짐승 같은 언어들에 불과할지도 모른다. 계모와 여동생의 입에서 한 무더기의 털들이 쏟아져 나오는 환영이 눈앞을 어지럽혔다. 세상의 모든 언어를 잃어버린 사람처럼 웅얼웅얼거리며 빠르게 걸었다.

어느 건물의 유리문 앞에서 '손조심'이라는 문구를 오랫동안 들여다보았다. 손을 들어보려고 했다. 입이 돌아가 마비가 된 것처럼 손이 말을 듣지 않았다. 말을 듣지 않는 손을 힘겹게 움직여 나는 말하고 싶다,라고 더듬거리며 어눌하게 수화를 했다. 말하고 싶다. 말해야 한다. 말해야만 한다. 말할 수 없는 것이 생길 때까지 말해야만 한다. 말할 수 없는 것은 말할 수 없다고 말해야만 한다. 문득 실어증 환자가 말을 되찾으려는 노력을 포기하고 벙어리로 살아가기로 마음먹었을 때 비로소 말이 되찾아질지도 모른다,라는 생각이 머릿속을 관통하고 지나갔다. 누군가 뒤에서 갑작스럽게 등을 떠민 것처럼 유리문에 얼굴을 밀착시켰다. 보이지 않는 힘이 나의 팔을 뒤로 꺾으며 몸을 짓눌

렸다. 이제야 비로소 모든 것을 털어놓을 수 있을 것 같은 심정
으로 입을 벌렸다. 나는 짐승처럼 말을 하기 시작했다.

편백나무 숲 밖으로

—H에게

나는 서른 살이 되었고 나를 죽였다. 처음부터 죽일 생각은 없었다. 죽음 직전까지 나를 내몰고 싶었다. 그래서 이럴 바에야 차라리 나를 죽여줘요, 제발, 이라는 말을 나로부터 듣고 싶었다. 듣지 못했다. 들을 수 없었다. 그 어떠한 말도. 심지어 단말마의 비명이나 신음소리 비슷한 것도.

죽이고 나서는 이상하게 슬픔이 밀려왔다. 나의 의도가 실패한 것에 대한 회의와 더불어 마음속에 더러운 비애의 감정이 소용돌이 친 것이다. 그렇다. 그것은 정말 더러운 비애, 라고밖에 말할 수 없다. 그렇다면 더럽지 않은 비애란 어떤 감정일까, 하고 나는 되물어야 한다. 되묻고 되물을수록 더럽지 않은 비애가 어떤 감정인지는 알 수 없을 것이다. 비애란 더러워야 마땅하다. 더러운은 비애를 가장 잘 수식하는 단어가 분명하다. 더러운이란 단어는 오로지 비애라는 단어를 위해 유일하면서도 간신히 존재하고 있다. 비애란 언제나 더럽기 마련이다, 라고 나름의 단정을 지은 나는 어떤 현상이든 사유든 끝까지 성찰하지 못하고 중도에 포기하고 마는 나의 오래된 습관을 다시금 확인했다.

한참 동안 손바닥을 들여다보았다. 손바닥에는 붉고 푸른 멍들이 가득했다. 둔중한 무언가로 멍이 들 때까지 손바닥을 짓누르거나 쳐댄 것이다. 혹은 손이 아픈 것을 알면서도 뭔가를 붙잡고 오랫동안 매달려 있었는지도, 라고 생각했으나 언제, 어떻게, 그런 일들이 벌어졌는지는 알 수 없다. 나는 기억에 의존하는 인간이 아니다.

내 손바닥을 혀로 핥아대며 왜 도무지 당신은 변하지 않는 거지요, 라고 물었던 나를 기억했다. 기억에 의존하지 않는 인간임을 자부하는 나는 기억이 나면 저절로 기억이 멈춰버릴 때까지 내버려두는 습관이 있다. 기억에 꼬리라는 단어가 결코 어울리지 않는다는 것을 알면서도 기억의 꼬리의 꼬리를 물고라고 거듭 어울리지 않는 표현을 쓰면서 기억의 꼬리의 꼬리를 무는 상황을 내버려두었다. 마치 그것은 손바닥을 혀로 핥아대며 왜 도무지 당신은 변하지 않는 거지요, 라고 끊임없이 물었던 나의 도무지 변하지 않는 태도와 비슷한 맥락으로 이해될 수 있을 것이다.

손바닥으로 나의 뺨을 후려치며 썩 꺼지지 못해, 라고 틀림없

이 말했다. 내가 들고 있는 가방은 베이지색 체크무늬였다. 가
방에는 쓸모없는 단어 사전이 들어 있고, 그것을 결코 읽지 않
을 것이라는 것을 나는 알고 있었다. 붉게 달아오른 뺨을 비비
며 문을 열었다. 밖으로부터 차가운 바람이 마치 기회를 엿보고
있던 양 쳐들어왔다. 몇 분 동안 밖으로부터 쳐들어오는 바람을
온몸의 모공을 열고 흡수하려 애쓰며, 애처로워 보이도록 노력
했다. 차가운 바람을 맞으면 몸에 소름이 돋는다. 몸에 돋아난
소름을 도무지 견디지 못하는 나는 그만 문을 닫아달라고 말했
다. 문을 닫았다. 가방을 바닥에 내려놓았다. 그러곤 다음과 같
이 또다시 후회할 말을 하고 말았다. 도무지 변하지 않는 당신
을 죽여야겠어요. 아니 가능하다면 죽음 직전까지 내몰고 싶어
요. 그래서 당신으로부터 이럴 바에야 차라리 나를 죽여줘요,
제발, 이라는 말을 듣고 말 거예요.

　죽음이란 단어를 처음 접했던 날은 정확히 기억나지 않는다.
죽음이란 말을 듣기 오래전부터 나는 죽음이란 단어가 없어도
죽음이 존재한다는 것을 꿈을 통해 확인했다. 꿈속에서 나는 죽
어 있는 나를 보고 있었다. 나보다 나이가 한참 들어 보였지만
분명히 나라고, 받아들이라고 나의 주검이 명령했다. 그 어떤
묘사를 통해서도 나는 나 자신을 설명할 수 없다. 내가 나를 설
명하려고 들면 들수록 나는 나에게서 멀어진다. 언어의 도움을
빌려 나는 이런저런 외형을 가진 이런저런 인간이다, 라고 말하
는 순간 나는 더 이상 내가 아닌 것이다. 다만 언어가 발화되기

이전, 문자화되기 이전의 나만 알아볼 수 있다. 그런 불명료한 태도에 있어 나는 나에 대해 누구보다 명료한 의식과 이미지를 갖고 있다. 나는 이렇게밖에 말할 수 없다. 나라면 마땅히 이런 모습을 하고 있을 거야. 봐라. 이게 나다.

내 몸은 퉁퉁 불어 있었다. 하루 정도 물속에 잠겨 있다 나오면 이렇지 않을까 하고 생각했다. 몸은 불어 있는 동시에 몹시 건조하게 보였다. 손바닥으로 피부를 문질러보면 허연 각질들이 묻어나올 것만 같았다. 눈을 감고 있었는데 마치 상대방을 골려주기 위해 죽은 척하고 있는 것처럼 장난기가 가득한 표정을 짓고 있었다. 눈꺼풀을 들어 올려 동공을 확인했다. 동공은 붉고 누런색으로 변해 있었고 군데군데 균열이 나 있었다. 손가락으로 동공을 찌르려다가 말았다. 손끝만 살짝 대도 끈적끈적한 액체가 터져 나올 것만 같았다. 내 손을 더럽히고 싶지 않았다. 누가 당신을 죽인 것일까. 나는 죽어 있는 나를 향해 물었다. 그러자 반쯤 벌어진 입속에서 희미한 연기 같은 것이 새어 나오기 시작했다.

그것은 의미를 품은 언어였다. 수다스럽고 수치스러운 언어가 자신을 감추기 위해 위장한, 생각지도 못한 연기 같은 물체였다. 공기의 흐름에 따라 확산하면서 형태를 달리하는 연기 같은 것의 태도를 받아들이기 힘들었다. 그것의 태도는 끊임없이 의미를 전달하기 위해서만 존재하는 언어가 다양한 방식으로 자신의 몸을 바꾸는 것을 연상시켰다. 참을 수 없었다. 나는 세상의 어떤 말과 언어에도 눈과 귀를 기울이거나 그것을 해석하고 이해하기를 주저한다. 그것은 나의 단어 습득 능력과 언어 구사 능력이 보통의 사람들보다 현저히 떨어진다고 스스로 판명했을 때부터 생긴 언어에 대한 혐오증에서 비롯된다고 변명을 늘어놓고 싶지는 않다. 자연스럽게 나는 언어로 해석되어지지 못하는 것에 관심을 더 기울였다. 그것은 알 수 없는 감각의 형태로 바뀌어 나에게 해석되지 않는 방식으로 해석을 거부하라고 요구했다. 나는 덜 떨어진 이런 삶의 양식이 맘에 들었고 세계와의 모범적인 소통이라고 늘 생각했다.

연기 같은 것의 의미를 무시하고 연기 같은 것의 냄새는 참으로 고약할 것이라고 꿈속에서 생각하고 또 생각했으나 생각만큼 고약하지는 않았다. 아니 아무런 냄새도 나지 않았다. 후각이 마비되었지만 자신의 후각이 마비되었다는 것을 애써 숨기려는 짐승처럼 코를 킁킁거리며 이게 도대체 무슨 냄새야, 라고 중얼거렸다. 그러곤 절벽 아래로 떨어지기 직전 마지막으로 자신을 가둔 뻔뻔한 풍경에 경멸의 시선을 던지는 자의 심정으로 죽어 있는 나에게 입을 맞췄다.

나는 죽어 있던 내가 막연하게 서른 살일지도 모른다는 충격적인 확신을 서른 살이 되기 얼마 전 알게 된다.

당신이 나를 죽이도록 내버려두는 것은 당신을 몹시 사랑해서가 아니라고, 나는 항변했다. 내가 가져온 가방은 체크무늬로 된 베이지색이었는데 그 안에는 쓸모없는 단어 사전이 들어 있었다. 나는 당신을 떠나기 위해 당신에게 돌아온 것뿐이야, 라고 말하면서 무릎까지 올라오는 등산 양말을 발목까지 내렸다가 다시 무릎까지 올리는 동작을 반복했다.

서른 살이 되면 나는 나에게 등산 양말을 선물할 수 있을 거라고 생각했다. 서른 살이면 등산 양말 하나쯤은 있어야겠지. 혹은 서른 살이면 등산 양말 하나를 가지고 있어야 마땅해. 아니면 서른 살이 되어도 등산 양말이 없다는 것은 참을 수 없을 만큼 인생을 무의미하게 살았다는 것을 의미하는 것이 될 거야, 라고 등산 양말을 갖고 싶은 열망을 드러냈다. 서른 살. 나는 나 자신에게 등산 양말을 선물했다. 그것은 무릎까지 오는 것이었다.

등산 양말을 신고 방 안을 거닐고 있으면 발바닥으로부터 뭔가 주체할 수 없는 에너지가 스멀스멀 기어오르는 느낌이 든다. 처음엔 몹시 간지럽다가 좀더 시간이 지나면 온몸의 피가 역류하는 것만 같다. 정말 뜨겁게 시원했다. 나는 한 번도 간지럼을 타본 적이 없고 피가 역류하는 경험을 해본 적도 없다. 어처구니없게도 뜨겁게 시원하다는 부당한 표현은 나에게 결코 어울리지 않는다. 간혹 그렇게 나의 본성을 배반하면서 나를 드러내는 것을 좋아한다. 아니 경멸한다. 분명한 것은 에너지라는 것이다. 나는 서른 살이다. 그리고 등산 양말을 신고 있다, 라고 중얼거리며 환희에 차 좁아터져서 결코 몇 걸음 내디딜 수도 없는 방 안을 경중경중 뛰어다녔다. 벽에 머리를 부딪치고 나서야 등산 양말을 신은 나의 뜀박질은 비로소 끝날 수 있었다.

등산 양말을 신은 채로 잠이 들었다. 몸을 웅크리고 자는 것을 좋아하는 나는 아동용 침대를 사용하고 있다. 침대에는 만화 캐릭터가 그려져 있는데, 그 만화 영화의 주제가를 한없이 늘여, 마치 늘어날 대로 늘어난 음악 테이프의 소리처럼 부르다 잠들곤 했다. 침대에 똑바로 누우면 무릎부터 침대 밖으로 뻗어 나오게 된다. 그것은 정확히 정확하다고는 할 수 없지만 비교적 정확할 정도로 등산 양말의 길이와 같았다. 그러니까 보다 정확하게 설명하면 등산 양말을 신고 있는 나의 무릎 아래는 침대 밖으로 뻗어 나올 수밖에 없다는 것이다. 침대 밖으로 나와 있는 무릎 아래의 다리는 마치 나의 것이 아닌 것만 같았다. 등판에 달린 버튼을 누르면 주먹이 나가는 로봇 장난감처럼 나의 의식의 꼭대기에 뾰족하게 솟아 있는 버튼을 눌러 다리가 튕겨져 나가는 상상을 종종 해봐야겠다고 생각했다. 나의 다리가 자신의 주인이 누군지 잊은 채 정처 없이 세계를 떠돌아다니고 있을 동안 나는 두 다리가 없는 상태로 두 다리가 있던 상태를 떠올려보며 그때와 지금 달라진 것은 무엇일까, 하고 있음과 없음의 차이를 단 한 번도 그런 적이 없지만 정신을 고도로 집중해서 밝혀볼 작정이다.

무릎을 침대 모서리에 퉁겨대며 물장구를 치는 아이처럼 좋아라 했다. 주변에서 그런 장난을 하지 말라고 다그칠수록 이상하게 더 하고 싶어 하는 아이의 심정에 충분히 공감하며 허공에 물장구를 오랫동안 쳤다. 이제와 돌이켜보면 도무지 믿겨지지 않지만 물장구를 칠수록 등산 양말이 젖어들고 있다고 느꼈다. 허공은 물방울 하나 돋아날 틈도 없이 물로 꽉 차 있었다. 침대에서 일어나 물의 암벽을 기어 올라갔다. 등산 양말은 아무런 도움이 되지 않았다. 자꾸만 미끄러져 내 몸은 물의 바닥으로 굴러 떨어졌다. 등산 양말이 오히려 등반에 방해된다는 발상에 스스로 대견해하면서 물의 암벽 등반을 포기했다. 등산 양말은 등산에는 유용할지 몰라도 등반에는 결코 유용하지 못하다. 등산과 등반의 차이는 두 다리가 있는 것과 두 다리가 없는 차이만큼은 아니지만 뭔가 비슷한 뉘앙스를 풍기며 나의 의식을 끈질기게 간지럽혔다. 물론 앞서 밝혔다시피 지금은 더 이상 그런 사실을 믿을 수도 없고 믿지도 않는다.

서른 살 생일 날 나는 생일 케이크를 들고 편백나무 숲으로 갔다. 숲 속의 빈터를 찾으려 했지만 쉽게 찾아지지 않았다. 숲은 전체가 텅 비어 있기에 빈터가 없었다. 도무지 내가 쉴 곳은 없구나. 편백나무 숲에 저주를 퍼부으며 도로 숲을 나왔다. 숲을 나오자 숲 속의 빈터가 보였다. 숲 속의 빈터가 보이는 지점에 주저앉아 상자에서 생일 케이크를 꺼냈다. 생일 케이크는 손수 만든 것이다. 생일 케이크 만드는 법에 대해 익히 알고 있었다. 오직 나를 위해 생일 케이크를 만들었다. 별로 어렵지 않았다. 서른 개의 초를 꽂을 수 있는 생일 케이크면 충분했다.

생일 케이크를 상자 위에 올려놓고 서른 개의 초를 꽂았다.

초는 쉽게 꽂아졌다. 정성스레 힘을 들여 하나씩 꽂으며 의미를 부여하려고 애썼지만 너무나 쉽게 초가 꽂아지는 것을 보고 지금까지 살아온 삶이 이렇게 무의미한 것이었나 하고 의아해했다. 다시금 나는 기억에 의존하는 인간이 아니다, 라는 신념을 배반하면서 기억에 은근슬쩍 의존해보면 어떨까 하고 생각하는 동시에 기억에 의존하고 말았다.

나는 나를 죽이고 말 것이다, 라고 최초로 결심한 나는 편백나무 숲을 거닐고 있었다. 보다 정확히 말한다면 편백나무 숲으로 쫓겨난 것이다. 사실대로 말한다면 편백나무 숲으로 도망친 것이다. 그때는 지금처럼 나와 살고 있지 않았다. 나와 살고 싶다고 입버릇처럼 중얼거리던 나는 어느 날 편백나무 숲으로 도망친 것이다. 도망치는 것은 간단했다. 체크무늬 베이지색 가방에 도무지 쓸모가 없어 읽을 생각도 나지 않는 단어 사전을 넣고 문을 열고 나오면 그만이었다.

편백나무 숲은 편백나무 숲이 아니다. 숲의 빈터를 편백나무가 숲의 허락도 없이 차지하고 있던 것이다. 편백나무 숲을 거닐던 나는 가장 편백나무답게 생긴 편백나무 옆에 비스듬히 기대서 편백나무 숲에서는 아주 고약한 냄새가 나는구나, 하고 생각했다. 그것은 이루 말할 수 없을 정도로 고약했는데 내가 한 번도 맡아본 적이 없는 냄새라서 더욱 고약하게 느껴졌는지도 모른다. 어쩌면 편백나무 냄새인지도 모르겠구나, 하는 확신이 불현듯 들자 편백나무를 껴안고 얼굴을 비벼댔다. 끈적끈적한 편백나무 진액이 얼굴에 묻었다. 얼굴에 묻은 편백나무 진액을 닦아내기 위해 더욱 비벼댔지만 그럴수록 진액은 얼굴을 완전히 더럽혀볼 기세로 고집스럽게 들러붙었다. 이럴 바에야 차라리 나를 죽여줘요, 제발. 더러워질 대로 더러워진 얼굴로 편백나무에게인지 나 자신에게인지 모를 말을 해댔다. 결국 편백나무 숲으로 도망친 나는 편백나무 숲으로부터 도망쳐야만 했다. 어쩌면 나는 편백나무처럼 고집스러운 인간일지도 모른다,라고 자신을 반성할 기회와 필요가 있었지만 편백나무처럼 고집스러운 나의 본성을 지키기 위해 반성할 기회와 필요를 편백나무 숲 밖으로 집어던졌다.

편백나무 숲에서 도망친 이후 오로지 서른 살이 되기만을 기다리며 살아갔다. 왜 하필 서른 살인가는 중요하지 않았다. 막연한 어느 시기로 나의 살인적 충동을 미뤄보겠다는 심정이었다. 그것은 어쩌면 내가 서른 살까지 살지 못할 것이라는 불길하면서도 흥미로운 예감에 사로잡혀 있던 탓인지도 모른다. 내가 아는 어느 누구도 서른 살에 죽지 않았다. 그렇기에 나는 가능할지도 모르겠다는 확신이 들었다.

모든 인간은 서른 살에 죽어야 마땅하다,라고 누구도 이야기하지 못했다. 서른 살은 그만큼 막연한 생의 지점이다. 서른 살이면 누구나 자신의 삶을 돌아보고 그동안의 삶이 얼마나 무의미했나 하고 의심해봐야 한다. 그 누구도 의심하지 않는다. 나는 서른 살이다. 인생은 무의미하다. 나는 나 자신을 죽이기로 결심했다. 내가 나를 죽이는 순간 어쩌면 인생은 더 이상 무의미한 것이 아닐지도 모르겠다, 라고 생각이 들지도 모른다.

지금까지의 삶이 모두 무의미했구나, 라고 결론을 내린 나는 서른 개의 초가 꽂힌 생일 케이크를 앞에 두고 쪼그려 앉아 있었다. 나의 자세는 이제 막 튀어 오르거나 날아오르기 직전의 짐승 같았다. 잠시 동안 보이지 않는 끈에 발목이 묶인 가련한 짐승처럼 몸부림을 쳐보곤 맹금류의 왕을 자처하다가 아주 사소한 실수로 함정에 빠진 제 성질을 못 이기는 새의 굴욕을 떠올렸다. 동족들의 도움을 받기 위해 구원을 요청하는 대신 차라리 죽을힘을 다해 혼자 벗어나려 애쓰다 죽어버리는 게 나았다. 편백나무 숲 저편으로부터 오로지 모여 있을 때만 시끄럽게 지저귀는 새떼가 소스라치게 놀라 날아올랐으면 하고 상상했으나 숨 막힐 듯한 정적만 주변을 싸고돌았다. 나에게서 벗어나려는 나와 벗어나지 못하게 만드는 나 사이의 팽팽한 긴장감을 간직해보고자 억지로 몸을 움직였다. 온몸의 기운이 빠져갈 무렵 오랫동안 닫혔던 입이 열렸다. 당신은 지상에 발목이 묶인 가련한 짐승이지요. 아니 한 번도 왕의 역할을 해본 적이 없는 맹금류의 왕이지요, 라고 알 수 없는 형태의 허연 김을 내뿜으며 나에게 매몰차게 말했다.

서른 개의 초에 불을 붙이는 것은 서른 개의 초를 생일 케이크에 꽂는 것처럼 수월하지 않았다. 하나에 이어 두번째 초에 불이 붙으면 이전의 촛불이 이내 꺼지고 말았다. 편백나무 숲으로부터 바람이 불어오는가, 의심을 하지 않을 수 없었다. 바람이 불어온다는 기미는 없었다. 촛불이 흔들리지 않는 걸로 봐서는 바람이 가까이 있는 것이 아니다. 숲은 바람으로 꽉 차 있을지 몰라도 숲 밖은 바람과 전혀 무관한 세계였다. 이곳은 숲의 외곽이고 바람이 침범하지 못하는 지역이다. 바람이 숲의 외곽에 닿으면 스스로 몸을 감추거나 녹아 없어지는 것이다. 초에 붙은 불이 알 수 없는 방식으로 꺼져버리는 것에 대한 불만을 그렇게 숲과 바람의 억지관계를 만들며 참아냈다. 그러나 편백나무 숲과 바람과 촛불이 도대체 무슨 사이란 말인가. 그들은 결코 서로를 필요로 하지 않는다. 단지 그들은 아주 우연히 만나 잠시 동안만 같이 있다가 뒤도 안 돌아보고 헤어질 운명에 처한 관계일 뿐이다. 의문을 품을수록 불만으로 가득 찼던 기분은 점점 불쾌해지고 의문만 비대하게 몸을 부풀렸다. 세계에서 벌어지는 일들이란 이토록 위험천만하고 불가능한 것들뿐인가. 결국 세계가 권하는 모든 사건을 너무도 쉽게 포기하는 자의 표정을 지으며 단 하나의 초에 불을 붙이는 것으로 만족해야 했다. 그러곤 이제 막 태어나자마자 세계의 진면목을 알아버린 인간처럼 입 안의 침을 가득 모아 촛불을 껐다.

어둠이 내리면 숲 밖으로 기어 나오는 허기진 짐승들을 위해 오로지 하얀 크림으로만 만든 케이크를 두고 숲 밖을 빠져나왔다. 충혈된 눈으로 침을 질질 흘리며 으르렁거리다가 크림케이크 속으로 이빨을 박는 짐승들을 상상하면서 나에게 죽음을 선고할 수밖에 없는 나를 결코 용서하지 않으리라 마음먹었다.

　왜 꼭 당신은 나를 죽여야만 하나요. 나에게 물은 적이 없는 것은 아니다. 어떤 견디기 힘든 기억이 있을지도 모른다고 스스로를 설득해보려고 시도도 했었다. 기억에 의존하는 자신을 못 견뎌 하는 나는 어느 순간 제 꼬리를 자르고 도망가는 기억이란 생물을 갑자기 존경하고 싶어진 것이다. 나는 왜 기억에 의존하는 자신을 못 견뎌하는가. 기억이 나쁜가. 기억은 왜 시간을 거슬러야만 하는가. 한 번도 멍하니 수면 위를 바라본 적은 없지만 기억은 왜 수면 위에 떠 있지 않고 수면 아래서만 형체를 알 수 없는 검은 생명체의 실루엣을 보이며 인간을 유혹하는가. 나에게도 어쩌면 기억하고 싶으면서도 기억하고 싶지 않은 기억이 분명히 있을지도 모른다. 기억나지 않는다. 기억하고 싶지 않아 어느 순간 기억에서 사라져버린 기억을 떠올릴 수 있다면 내가 왜 나를 죽여야만 하는지에 대한 물음을 해결할 수 있을 것이다. 기억을 하면 할수록 기억은 꼬리에 꼬리를 물고 내가 기억하고 싶은 기억에서 멀어져 또 다른 형태와 빛깔과 소리의 기억으로 변모하게 된다. 나는 기억하지 못한다. 기억은 나쁘다. 기억이 정말 나쁘다면 나를 죽이기 전 마지막으로 나에게 기회를 주는 셈치고 나쁜 기억을 떠올려보도록 하자. 내가 떠올릴 기억은 내가 기억하지 못하는 기억을 기억한 것이어야만 한다. 반복하면 나는 기억하고 있지 않은 기억을 기억하게 될 것이다.

눈을 감았다 뜨고 나면 어느 새 서른 살이 될지도 모른다는 불길한 예감에 휩싸여 잠조차 제대로 잘 수 없었던 때 나는 한 통의 전보를 받게 된다. 전보를 받은 것은 처음이었다. 전보라는 통신 수단이 여전히 존재하고 있다는 것에 참으로 의아해하며 한참 망설이다가 전보의 수령을 허락했다. 전보에는 다음과 같이 씌어 있었다.

돌아오라. 돌아오라.

글을 읽고 나니 어둠 속에서 편백나무가 아무도 몰래 자신의 썩은 가지를 스스로 부러뜨리는 심정을 이해할 수 있을 것 같았다. 언어가 사람을 죽일 수도 있구나. 언어만이 사람을 죽일 수 있구나. 언어가 아니면 그 무엇이 사람을 죽일 수 있는가. 발신자가 누구인지 알 수 없지만 누구인지 알 수 없다는 이유로 정확히 누구인지 알 것 같았다. 돌아오라니. 떠난 적이 없는 내가 어디로 돌아간단 말인가. 나더러 죽으란 소리가 아니면 그 무엇이냐. 전보를 구겨버렸다. 그 누군가에게 불쾌한 나의 심정을 가능하다면 직접적으로 노출시켜 다음과 같이 전보를 보내야 마땅할 것이다.

떠나라. 떠나라.

전보를 받고 나서 애초에 돌아갈 곳이 어딘가 있을지도 모르겠다는 생각이 쫓아도 쫓아도 끈질기게 따라붙은 파리떼처럼 나를 귀찮게 만들었다. 아무리 생각해도 내가 돌아갈 곳은 없었다. 아마도 돌아갈 곳이 설령 있다고 해도 막상 돌아갔을 때는 내가 돌아갈 곳은 이곳이 아니었구나 하고 깨닫게 될 것이 분명하다.

기억이 정확하지 않지만 이전에도 전보를 받은 적이 있다. 물론 그 전보는 나에게 온 것이 아니었다. 나와 같이 사는 사람에게 온 것이다. 그 사람은 평소 나에게 밥을 먹여주고 옷을 입혀주고 가끔은 나를 껴안고 아무 이유 없이 울기도 했다. 겨울이었다. 부엌에서는 감자 삶는 냄새가 진동했다. 사람은 잊을 만하면 방에서 나와 부엌으로 들어가 냄비 뚜껑을 열고 젓가락으로 감자를 한번 찔러본 뒤 다시 방 안으로 들어갔다. 평생 감자만 삶다가 나이가 들어버린 것만 같은 표정으로 한숨을 내쉬며 살아가고 있었지만 감자를 삶을 때면 마치 처음 삶아보는 것처럼 그랬다. 감자를 삶기 위해서는 적당한 불안감과 초조함이 필요한 것일까. 감자는 좀처럼 삶아지지 않는지도 모른다. 감자가 삶아지면 나는 감자를 먹게 될 것인가, 하고 생각하며 마당의 평상에 앉아 있었다.

털모자와 목도리, 벙어리장갑을 끼고 마당에 사선으로 걸려 있는 전깃줄을 하염없이 쳐다보았다. 전깃줄은 전기와 무관하게 빨랫줄 역할을 하고 있었다. 빨랫줄에는 몸이 반으로 접힌 채 꽁꽁 얼어 있는 등산 양말만 걸려 있었다. 등산 양말의 발끝에 매달려 있는 고드름이 녹아 방울져 바닥으로 떨어지는 것을 어느 순간 목격했다. 일어나 빨랫줄 앞으로 다가가 등산 양말에 매달린 고드름을 빨기 시작했다. 차가운 물이 혀를 녹이고 목구

멍을 갈기갈기 찢어놓는 것만 같아 더 힘차게 빨아댔다. 고드름
이 다 녹고 이제 될 대로 되라는 식으로 등산 양말을 쪽쪽 빨아
대던 나는 등산 양말의 주인은 지금 어디에 있을까, 하고 새삼
스러운 의문을 가졌다. 이토록 추운 날 등산 양말도 신지 않고
세계의 어느 암벽을 오르고 있을까. 끊임없이 암벽에서 추락하
면서도 오르려고 애쓰고 있는 등산 양말의 주인을 떠올렸다. 떠
오르지 않았다. 도무지 기억이 나지 않았다. 등산 양말의 주인
을 한 번도 본 적이 없다. 등산 양말의 주인은 내가 사람의 얼
굴을 기억할 수 있는 능력이 발달되기 전 떠났다. 나는 언제쯤
저 등산 양말을 신을 수 있어요, 하고 같이 사는 사람에게 물어
본 적이 있다. 그 사람은 이마로 내려오는 머리카락을 쓸어 올
리며 한숨을 내쉬었다. 아마 서른 살쯤이면. 그때까지 니가 살
아 있다면 말이다.

　이건 감자 타는 냄새가 아닌가. 마당으로 들어선 사람이 말했
다. 사람은 제복을 갖춰 입고 시커멓게 때가 긴 흰 장갑을 끼고
있었다. 등에는 커다란 갈색 가방을 메고 있었는데 몹시 낡아
보였다. 사람은 나와 같이 사는 사람의 이름을 불렀다. 이름이
불린 사람은 아무런 반응이 없었다. 몇 번 다시 불렀지만 마찬
가지였다. 나는 방문 앞으로 가 큰 소리로 말했다. 감자가 타
요. 그제야 사람이 문을 활짝 열고 나와 부엌으로 달려갔다. 신
발도 신지 않은 채였다. 감자를 삶고 있는 냄비 뚜껑을 열다가
화들짝 놀라며 뚜껑을 바닥에 떨어뜨렸다. 요란한 소리를 내며

진동하는 냄비 뚜껑의 움직임이 정지할 동안 사람은 잊고 있던 사람이 어느 날 갑자기 죽어버렸다는 소식을 들은 사람처럼 뒷목이 당길 정도로 고개를 숙이고 그것을 지켜보았다.

사람은 사람에게 전보를 건넸다. 글을 읽을 줄 모른다고 사람이 말하자 사람은 사람의 귀에 얼굴을 들이대며 속삭였다. 아마도 전보의 내용을 읽어주는 것을 지나쳐 또 다른 말을 하고 있는 것이라고 추측될 정도로 사람과 사람의 사이는 너무나 친밀했다. 사람의 말을 듣고 사람은 몸을 부르르 떨었다. 몸을 부르르 떨며 휘청거리는 사람의 어깨를 잡아주려던 사람은 뒤로 물러섰다. 어깨를 잡아주면 사람이 눈물을 흘리며 자신의 몸 쪽으로 안겨올 것 같은 불편한 위기를 사람은 아마도 감지했을 것이다. 사람은 나에게로 다가와 몹시 가여워서 너를 동정하지 않고서는 내 마음이 편하지 않겠구나, 라는 표정을 지었다. 그의 표정이 몹시 마음에 들어 계속 나를 그렇게 쳐다봐주세요, 라고 무언의 시선을 전달했다. 사람은 곧 표정을 바꿔 애써 미소를 지으며 때가 잔뜩 낀 흰 장갑을 낀 손으로 나의 볼을 어루만졌다. 사람은 부엌으로 들어가 시커멓게 탄 감자 하나를 집게로 들고와 사람에게 건넸다. 사람이 사양하자 입에 처넣을 기세로 얼굴에 들이밀었다. 사람은 할 수 없이 감자를 건네받고 한 입 베어물었다. 사람의 입 주변에 까맣게 재가 묻어났다. 사람의 눈치를 보며 감자를 입에 꾸역꾸역 처넣곤 다시는 삶은 감자를 먹지 않겠다는 결연한 각오의 눈빛을 보이며 사람은 돌아서 밖으로 나갔다. 나는 까맣게 때가 묻었을 더러워진 나의 볼을 만지며 사람에게 물었다. 나는 언제쯤 저 등산 양말을 신을 수 있어요. 사람은 뻔뻔하게도 너는 언제나 등산 양말 타령만 하는구나, 라는 시선을 던지곤 이마로 내려오는 머리카락을 쓸어 올리며 한숨을 내쉬었다. 아마 서른 살쯤이면. 그때까지 니가 살아 있다면 말이다.

알 수 없는 기운에 식은땀을 흘리다가 화들짝 놀라 잠에서 깼다. 축축해진 몸을 끌고 방문을 열었다. 밖으로부터 울음이 섞인 사람의 목소리가 들려왔다. 목소리를 따라 마당의 뒤편으로 갔다. 사람은 마당 뒤편에 있는 고사 직전의 편백나무를 부둥켜안은 채 울고 있었다. 바람에 휘어지는 편백나무 가지가 사람의 어깨를 긁어대려고 집요하게 애쓰고 있는 것처럼 보였다. 울음에 절은 사람의 목소리가 어둠 속을 텅텅 울렸다. 어둠과 바람과 울음에 섞인 사람의 음성은 정확하지는 않지만 다음과 같은 의미를 갖고 있었다. 이럴 바에야 차라리 나를 죽여줘요, 제발. 사람의 이해할 수 없는 행동이 사람으로부터 받은 전보와 관련이 있는지는 정확히 알 수 없었다.

너는 나를 몹시 사랑하니, 라고 사람이 물었다. 사랑이라는 말을 처음 듣는 데다가 몹시라는 수식어까지 달려 있어 몹시 당황하지 않을 수 없었다. 하마터면 사랑이 뭔가요, 라고 물을 뻔했다. 사람의 얼굴이 몹시 간절하고 몹시 애처로워 보여서 체념하듯 고개를 끄덕였다. 내가 아니요, 나는 당신을 몹시 사랑하지 않아요,라고 말하면 당장이라도 자신의 목을 조르거나 나의 목을 조를 것만 같았다. 나를 몹시 사랑한다면 내가 원하는 대로 따라주렴. 사람의 말에 따라 마당 뒤편에 있는 편백나무 앞으로 갔다. 점프를 해서 편백나무 가지를 잡았다. 편백나무 가지를 잡고 눈을 감았다. 사람이 그만 내려오라고 말할 때까지 매달려 있기로 했다. 처음에는 사람을 몹시 사랑한다고 말한 죄로 벌을 받는 거라고 생각했으나 시간이 지나자 애초에 나란 사람은 편백나무에 매달린 기이한 열매의 운명을 타고났다고 믿기로 했다. 손바닥이 갈라질 정도로 아프고 겨드랑이 살이 찢어질 것처럼 당겨왔지만 참아야만 한다고 스스로를 다독였다. 얼마의 시간이 지났을까. 항문을 통해 푹 삶아 으깨진 감자 같은 배설물이 쏟아져 나오고 그것이 바짝 마를 때까지 편백나무에 매달려 있었다. 눈을 감고 있어도 어둠과 바람의 농도와 빛깔이 변하고 있다는 것을 감지할 수 있었다. 내 육체는 이대로 썩어 문드러져 고약한 냄새를 풍기다가 자취도 없이 사라져버리겠구나, 하고 생각했다. 간간히 뭔가가 부서지거나 듣기 거북한 비명 소리가 들려왔다. 어느 순간 편백나무 가지가 무게를 견디지 못하고 투두둑 소리를 내며 부러졌다. 나는 바닥에 추락해 그대로 널브러졌다. 손바닥에는 붉고 푸른 멍들이 가득했다. 자신의 상처는 오로지 자신만이 치유할 수 있다고 믿게 된 짐승처럼 내 손바닥을 핥았다. 결코 편백나무 가지를 놓지 않았는데 놓은 꼴이 되고 만 것이다. 사람에게 어떻게 설명해야 할지 막막했다.

그제야 사람을 몹시 사랑한다는 것은 이런 것이구나, 하고 깨달았다.

내가 사람을 몹시 사랑하는구나, 라고 알았을 때 사람은 이미 떠나고 없었다. 방에는 베이지색 체크무늬 가방만 덩그러니 놓여 있었다. 한 번도 본 적이 없는 것이었다. 가방을 열어보았다. 너덜너덜한 단어 사전이 한 권 들어 있었다. 누구의 것이었을까. 사람은 글을 읽을 줄 몰랐다. 어쩌면 등산 양말의 주인이 읽던 것이라는 예감이 들어맞기를 갈망하며 첫 장을 펼쳤다.

마당의 평상에 앉아 단어 사전을 읽기 시작했다. 등산 양말을 신을 수 있는 서른 살쯤이면 단어 사전을 완독할 수 있을 거라는 설명할 수 없는 확신을 가지고 매일매일 그것을 읽고 이해하려 애썼다. 계속해서 읽을 수 없었다. 특정 단어를 읽게 되면 그 단어의 풀이가 이해되지 않아 풀이에 나온 단어를 다시 찾아야 했고, 다시금 단어의 풀이에 나오는 단어를 찾아 사전을 뒤적거려야 했다. 단어 사전의 뒤로 갔다가 앞으로 갔다가 아래로 갔다가 옆으로 갔다가 위로 갔다가 하면서 세월을 탕진했다. 확고부동한 고정된 의미를 찾기 위해 끊임없이 무의미한 작업을 계속해야만 하는가. 세계는 언어로 된 구성물이고 세계를 이해하는 것은 단어 사전을 완독하는 것과 같다는 누구나 떠올릴 만한 하찮은 명제를 얻은 나는 단어 사전 읽기를 포기했다. 단어 사전에서 내가 유일하게 이해할 수 있는 단어는 죽음, 이라는 단어뿐이었다. 단어 사전에는 죽음의 뜻이 명시되어 있지 않았다.

죽음의 풀이는 누군가에 의해 까맣게 지워져 있었다. 죽음은 오로지 죽음으로밖에 설명할 수 없는 것인가. 세계로부터 버림받은 참담한 기분에 휩싸인 나는 베이지색 체크무늬 가방에 이제 더 이상 읽을 필요가 없는 단어 사전을 넣고 떠나기로 결심했다. 어쩌면 등산 양말의 주인도 단어 사전 완독에 실패하여 떠났을지도 모른다는 생각이 불현듯 들자 발바닥으로부터 알 수 없는 에너지가 스멀스멀 기어오르기 시작했다. 몸 안에 충만한 에너지를 주체할 수 없어 편백나무 숲으로 나는 떠났다. 내가 돌아왔을 때 나는 서른 살이 되어 있을 것이다.

기억을 하고 나서도 나는 내가 왜 나를 죽여야만 했는지에 대한 대답을 얻지 못한다. 애초에 대답을 원했던 것이 아니다. 다만 내가 나를 죽여야만 하는 참을 수 없는 충동을 지연시키기 위해 기억을 필요로 한 것일 뿐. 기억에 대해 기억하기 위해 특정하고 명료한 사건을 의도적으로 만들어낸 것인지도. 오로지 기억이 무엇인가를 밝혀내기 위하여.

기억의 꼬리를 잘라내려고 노력하고 있다. 기억이 자신의 꼬리를 자르지 않는다면 내가 잘라야 마땅하지 않은가. 내가 기억한 것은 내가 결코 기억하지 못하는 기억이다. 기억은 몇 개의 단어로 조작해낸 위태로운 구성물이다. 기억은 언어의 트릭과 뉘앙스에 불과하다,라고 나를 설득시켜야만 한다. 속지 마라. 기억에 의존해서는 안 된다. 나는 그렇게 나약한 인간이 아니다.

나는 지금 아동용 침대에 누워 있다. 무릎까지 올라오는 등산

양말을 신고 있는 나의 다리는 침대 밖으로 나와 있다. 내 다리
가 아닌 것처럼 느껴진다. 더 이상 허공에 물장구를 칠 힘이 남
아 있지 않았으면 좋겠다. 방 한구석에 놓인 가방은 베이지색
체크무늬다. 가방에는 이제 단어 사전이 들어 있지 않아야 한
다. 어둠 속에서 편백나무가 아무도 몰래 자신의 썩은 가지를
스스로 부러뜨리는 소리가 들려온다. 편백나무는 편백나무가
아닐지도 모른다. 아닐지도 모른다고 생각할수록 생각은 점점
명료해지고 확고해진다. 어둠 속에서 편백나무가 결코 될 수 없
는 나무가 아무도 몰래 자신의 썩은 가지를 스스로 부러뜨리는
소리가 들려올 때가 됐다.

그래서 나는 서른 살이었던가.

서른 살이었다. 나는 나 자신을 죽였다. 처음부터 죽일 생각
은 없었다. 죽음 직전까지 나를 내몰고 싶었다. 그래서 이럴 바
에야 차라리 나를 죽여줘요, 제발,이라는 말을 나로부터 듣고
싶었다. 죽음 직전까지 나를 내모는 방법을 떠올렸다. 나를 절
벽의 끝에 몰아놓고 서서히 밀어버렸다. 두 다리가 떨어져나갈
때까지 도끼로 찍어댔다. 맨발로 암벽을 등반하면서 끊임없이
미끄러졌다. 겨드랑이가 찢어질 때까지 편백나무 가지에 나를
매달아놓았다. 단어 사전의 인디언지를 한 장씩 찢어 숨이 막힐
때까지 입속에 처넣었다.

내가 또다시 나를 죽이기 전 마지막으로 한 번만 더 반복하자.

서른 살, 나는 나 자신을 죽였다. 죽어 있는 나를 바라보면서

왜 도무지 당신은 변하지 않는 거지요, 라고 묻고 싶었다. 그때
는 정말 인생이 무의미하다고 생각했다. 나는 결코 기억에 의존
하는 인간이 아니다. 여전히 나는 인생이 무의미하다고 생각한
다. 그리고 어쩌면 올해 나는 서른( ) 살이 될지도 모른다.

궤척

나는 그러하다.
나는 그러므로.
나는 그리하여.
나는 그럼에도 불구하고 나는 그러면서.
나는 그러했다.
반복된다.
—어어부프로젝트사운드 「선고/자백」에서

너는 그러하다.

너는 의자를 만든다. 목재소에서 나무를 샀다. 귓불에 까만
털이 나 있고 땀에 전 러닝셔츠를 입고 있는 목재소 주인은 무
엇을 만들 거냐고, 그렇게 고운 손으로 톱질이나 제대로 할 수
있겠느냐고 물었다. 의자를 만들 거라고 대답했다. 무슨 의자를
어떻게 만들 거냐고 주인이 물었다. 앉을 수 있는 의자를 만들
거라고 대답했다. 목재소 주인은 목재소 주인답게 웃었다. 그의
웃음소리에서 톱밥 냄새가 난다고 너는 말하고 싶었으나 그것
이 곧 지나친 비유임을 깨닫고 그만두었다. 빨간색 노끈으로 묶
은 나무를 들고 집까지 걸어갔다. 나무는 생각보다 무거워 양손
을 번갈아 가며 들어야 했다. 얼마 지나지 않아 손바닥에는 빨
간색 끈 자국이 생겼다. 잠시 거리에 서서 나무를 바닥에 내려

놓고 손바닥을 허벅지에 문질렀다. 초등학생들이 지나갔다. 초등학생들은 종이컵에 담긴 떡볶이를 먹고 있었다. 초등학생들의 입술에는 떡볶이 국물이 조금씩 묻어 있었다. 그 씨발 놈이 오늘 내 치마를 들췄어. 초등학생 한 명이 말했다. 그 새끼는 치마 들치는 것 말고 잘하는 게 하나도 없어. 다른 초등학생이 말했다. 난 내일 노팬티에 치마를 입고 와야지. 떡볶이 국물을 입술에 가장 많이 묻힌 초등학생이 말했다. 초등학생들은 웃으며 지나갔다. 너는 그들의 웃음이 너를 목표로 쏘아올린 화살처럼 느껴져 서둘러 나무를 들고 일어났다. 집으로 돌아와 나무를 거실에 놓아두고 샤워를 했다. 타일 바닥에 엎드려 샤워기의 물이 정확히 엉덩이 사이에 떨어지도록 조정했다. 너는 너무 간지럽다고 소리를 질렀다. 그것은 비명에 가까웠다. 비명에 가까운 소리가 욕실을 텅텅 울렸다. 손바닥으로 욕실 바닥의 타일을 매만졌다. 타일과 타일 사이를 손톱으로 긁었다. 너는 욕실의 타일 개수가 몇 개인지 정확히 모른다. 언젠가 아주 절친하지는 않지만 가끔 만나 폭탄주를 마시는 친구에게 근황 대신 욕실의 타일 개수가 사백오십이 개라고 말해준 적이 있다. 친구는 더이상 너에게 아무것도 묻지 않고 폭탄주만 만들고, 마셨다. 술에 취한 친구는 내가 죽으면 꼭 니가 내 아내와 결혼해야 된다, 라고 말했다. 그 말을 듣고 너는 친구가 죽기만을 기다렸다. 친구는 쉽게 죽지 않았다. 친구가 죽었을 때 이미 너는 친구의 약속을 잊은 뒤였다. 친구의 죽음도 일 년이 지난 뒤에야 알았다.

너는 친구의 집으로 가 친구의 아내를 만났다. 친구의 아내는 너가 보는 앞에서 식칼로 수박을 잘랐다. 너는 그 모습이 무척이나 선정적이라고 생각했다. 할 수 없이 너는 친구의 아내에게 달려들었다. 친구의 아내는 너를 피해 뒤로 물러섰지만 곧 너에게 몸을 맡기고 스스로 옷을 벗었다. 너는 친구의 아내가 옷을 벗을 동안 누워 거실의 천장을 바라보았다. 천장에는 팬이 돌아가고 있었다. 곧 팬이 떨어져 너의 몸을 수박처럼 잘라버릴 것만 같은 위기를 느꼈다. 친구의 아내는 너의 귀에 입으로 후터분한 바람을 불어 넣으며 뭐든지 좋으니 아무 말이나 해달라고 했다. 친구의 아내의 부탁을 거절하고 삽입을 시도했다. 잘 되지 않았다. 참다 못한 친구의 아내가 너의 몸 위로 올라왔다. 양 손으로 너의 어깨를 잡고 하체에 힘을 실어 너를 짓눌렀다. 평소 친구가 이런 체위를 즐겼는지 궁금했다. 아마도 즐기지 않았을 거라고 단정 지었다. 기억나요? 당신은 이런 걸 좋아했어요. 친구의 아내가 숨을 몰아쉬며 말했다. 친구의 아내가 하는 말을 못 들은 척했다. 고개를 돌려 쟁반에 담긴 수박들을 쳐다보았다. 수박에 파리가 몰려들고 있었다. 관계가 끝나고 나서 친구의 아내는 눈물을 흘렸다. 너는 수박 두 쪽을 아무 말 없이 먹었다. 수박의 물이 턱을 타고 흘러내렸다. 친구의 아내는 자신은 울고 있는데 그렇게 수박만 먹고 있을 거냐고 아쉬운 소리를 했다. 너는 지금 몹시 목이 마르고, 목이 마른 데는 수박 만한 것이 없다고 말했다. 친구의 아내는 일어나 욕실로 들어가

샤워를 했다. 머리에 수건을 두르고 나온 친구의 아내는 또 만
날 수 있겠냐고 물었다. 그건 불가능하다고 단호하게 대답했다.
그래도 한때 우리는 사랑하는 사이가 아니었냐고, 말하며 친구
의 아내는 너의 팔을 잡았다. 너는 그건 수박을 먹을 때마다 입
에 걸리는 수박씨처럼 거추장스러운 기억일 뿐이라고 말했다.
그렇다면 왜 좀 전에 자신에게 달려들었냐고 친구의 아내는 따
지고 들었다. 너는 살아오면서 몇 가지 후회한 일 중의 하나를
오늘 또 저지르고 말았다고 말했다. 친구의 아내 집을 나왔다.
아파트 건물을 빠져나오자 너의 등 뒤로 수박 반 통이 떨어져
박살났다. 주변에 있던 사람들이 파리 떼처럼 수박 주위로 몰려
들었다. 너는 황급하게 자리를 떠났다. 샤워를 마친 너는 드라
이기로 물에 젖은 몸을 말렸다. 유아용품 매장에서 산 베이비파
우더를 몸에 뿌려 문질렀다. 벌거벗은 채로 거실에 누웠다. 옆
에는 나무가 있었다. 노끈으로 묶여 있는 나무를 만졌다. 나무
의 가시가 손에 박혔다. 손에 박힌 가시를 그대로 두면 저절로
빠진다는 말을 들은 적이 있다. 가시가 박힌 손을 만질 때마다
따끔거렸지만 그 느낌이 좋아 그대로 두었다.

너는 그러므로.

　너는 의자를 만든다. 의자를 만들면 우선 의자 위에 올라가
형광등을 갈아 끼울 것이다. 새 형광등은 이미 구입했다. 현재
있는 형광등은 양끝이 검게 그을려 있고, 스위치를 올리면 깜빡

깜빡거린다. 너는 명멸하는 불빛 속에서 일을 하고, 잠을 자고, 밥을 먹는다. 일을 마치면 잠을 자고 자고 나면 밥을 먹고 밥을 먹고 나선 일을 한다. 너의 행동반경은 형광등 아래를 크게 벗어나지 않는다. 한 달치의 일을 마치고 난 오전 이메일로 거래처에 완성된 문건을 보내고 밖으로 나간다. 은행으로 간다. 계좌 조회를 하면서 생각보다 이주 비용이 많이 입금되었다고 생각한다. 재개발협동조합으로부터 집을 비워달라는 통지를 받은 너는 이주 비용을 받게 된 것이다. 현금을 인출하고 은행에 있는 CCTV 카메라를 쳐다본다. 카메라에 달린 빨간 램프가 깜빡거리는 것에 맞춰 눈을 깜빡거린다. 은행을 나와 일식집으로 간다. 기모노를 입고 있는 종업원의 안내를 받고 방으로 들어간다. 도미 한 마리를 시킨다. 머리와 꼬리 부분은 여전히 살아 있는 도미회를 먹는다. 초장과 와사비 간장도 찍지 않고 도미의 살점을 우물우물 씹어 먹는다. 도미의 맛이 입 안 가득 퍼져갈 때까지 씹는다. 팔딱거리던 도미의 숨이 끊어지고 나면 술 한 병과 잔 두 개를 시킨다. 잔에 술을 따라 맞은편에 놓는다. 너의 잔에도 술을 따른다. 맞은편에 누군가 앉아 있는 것처럼 대화를 시도한다. 어제는 검은 태양 아래를 걷는 얼룩말을 보았어. 맞은편에 앉은 상대는 너의 말을 받는다. 모자를 쓰면 머리가 작아진다고 해. 얼룩말은 울고 있었어. 모자에 병아리를 넣어 키운 적도 있었다고 해. 자세히 보니 얼룩말의 무늬는 검정과 흰색뿐만이 아니었어. 병아리는 죽었고 모자는 병아리의 무덤이 되었다고 해. 검은 태양 아래 잠들어 있던 얼룩말은 사실은 검게 타버린 얼룩말의 시체였다고 해. 모자를 쓸 때마다 두피에 알레르기가 생겨 곤란할 지경이었어. 너는 자리를 이동하며 술을 마신다. 술병을 다 비우고 나면 일식집을 나온다. 기모노를 입은 종업원이 또 오시라고 인사를 한다. 너는 일본말로 그건 불가능하다고 대답한다. 일식집 옆에 있는 모텔로 들어가 포르노 채널을 틀어놓는다. 포르노의 배경은 일식집이다. 기모노를 입고 있는 여자가 옷을 벗고 테이블 위에 눕는다. 여자의 허연 배 위에는 굴들이 가득 놓여 있다. 벌거벗은 세 명의 남자가 굴을 하나씩 집어 여자의 가랑이 사이에 넣었다가 먹는다. 굴들이 짐승의 터진 눈알 같다고 생각한다. 손을 들어 눈을 비빈다. 비빌수록 눈이 점점 함몰되어간다. 물크러진 눈알을 만지며 잠에 빠져든다. 잠에서 깨어난 너는 뒤늦게 무언가를 깨달은 사람마냥 벌떡 일어나 양치를 하고 밖으로 나온다. 택시를 타 뒷좌석에 앉는다. 택시 기사가 손님, 담배 한 대 피워도 되겠습니까, 하고 묻는다. 너는 안 된다고 대답한다. 잠시 후 너는 기사님, 담배 한 대 피워도 되겠습니까, 하고 묻는다. 택시 기사는 그러라고 대답한다. 너는 죄송하지만 담배와 불 좀 빌릴 수 있겠냐고 묻는다. 택시 기사는 인상을 쓰며 담배와 불을 빌려준다. 너는 어릴 적부터 천식을 앓아 담배를 피우지 못한다. 담배를 입에 문다. 택시 기사가 자신도 담배를 피워도 되느냐고 묻는다. 너는 단호하게 안 된다고 대답한다. 택시 기사는 이런 개

같은 경우가 어디 있느냐고 버럭 화를 낸다. 너는 왜 그러냐고 택시 기사에게 되묻는다. 지금 몰라서 묻는 거냐고, 택시 기사는 차를 세우고 금방이라도 너를 한 대 칠 기세로 소리를 친다. 당장 자신의 차에서 내리라는 택시 기사의 말에 이것은 엄연한 승차 거부라고 너는 대거리를 한다. 택시 기사가 멱살을 잡고 너를 밖으로 끌어낸 뒤 내동댕이친다. 일어났을 때 이미 택시는 떠나고 없다. 택시를 다시 잡으려고 하지만 쉽게 잡히지 않는다. 결국 택시 잡는 것을 포기한다. 언젠가 너는 남쪽 지방으로 여행을 떠난 적이 있다. 대학을 졸업하고 무엇을 하며 살아야 할지 고민하던 시기였다. 아버지의 신용카드를 훔쳐 집을 나왔다. 국도에서 히치하이킹을 했다. 그렇게 몇 대의 차를 얻어 타고 보름 동안 떠돌아 다녔다. 그중에 만난 한 여자와는 차 안에서 섹스를 하기도 했다. 일을 끝내고 여자가 담배를 피울 동안 너는 생애 처음으로 살의를 느꼈다. 뒷좌석으로 가 가느다란 끈으로 여자의 목을 조르고 싶은 강렬한 충동이 온몸을 달아오르게 했다. 너의 불안한 심리를 눈치 챘는지 여자는 이제 그만 내려달라고 말했다. 너는 순순히 차에서 내렸다. 그 길로 집으로 돌아갔다. 이미 아버지의 장례식이 끝난 뒤였다. 어머니와 너의 형은 욕을 하며 개만도 못한 자식이라고 소리를 쳤다. 그것은 아버지의 개인적인 불행일 뿐 너의 잘못은 아니라고 항변했지만 너는 결국 가족에게 편입되지 못하고 낯선 존재로 살아가게 되었다. 얼마 후 성기 주변이 가려워 비뇨기과를 찾게 되었다.

의사는 너의 성기를 주물럭거리다가 최근에 여자와 문란한 관계를 가진 적이 있느냐고 물었다. 잘 기억이 나지 않지만 아마 그런 것도 같다고 말했다. 의사는 성병의 일종이라고 진단을 내렸고 당분간 관계를 갖지 말라고 일러주었다. 엉덩이에 주사를 맞았다. 간호사는 주사를 맞은 부위를 손으로 잠시 동안 문지르라고 한 뒤 나갔다. 엉덩이를 문지르다 말고 주사실에 있는 앰풀로 된 주사약들을 보았다. 그중의 몇 개를 집어 주머니에 넣었다. 몇 주 동안 병원을 들락거리며 주사약을 훔쳤다. 서랍 가득 주사약이 채워졌을 때 너의 성병도 다 나았다. 주사약을 어떻게 처리해야 될지 몰라 하나씩 따서 마셨다. 아주 깊은 잠이 들었고, 자고 나서는 세상이 달라진 것만 같은 착각에 빠졌다. 아니 달라진 것은 너뿐이었다. 너는 약으로 무장한 치명적인 병균이 되었다. 만지는 모든 것이 썩어들어가 진물을 흘리는 상상을 종종 하기 시작했다. 당시의 기억을 떠올리며 도심 한복판에서 히치하이킹을 시도했다. 차도로 내려와 팔을 뻗어 차를 세우려 했다. 차는 잡히지 않았다. 택시 한 대가 옆에 멈추고 창문을 내렸다. 너는 그대로 서 있었다. 택시 기사가 탈거냐고 말거냐고 다그쳤다. 택시를 기다리는 것이 아니라고 말했다. 그러면 무엇을 기다리냐고 택시 기사가 물었다. 너는 택시 기사의 물음에 적잖이 당황했다. 솔직하게 너도 무엇을 기다리는지 모르겠다고 대답했다. 택시 기사는 별 미친놈 다보겠네, 하고 지나갔다. 너는 택시의 번호판을 뚫어지게 쳐다보았다. 걸어서 다리로 갔다. 다리 아래로 더러운 강물이 흐르고 있었다. 너는 아주 잠시 동안 거대한 새의 시체가 물 위에 떠 있는 환상을 보았다. 그 새는 일찍이 본 적 없는 것으로써, 너는 막연하게 시조새,라고 단정 지었다. 시조새의 시체가 머릿속에서 지워질 때쯤 목적지에서 만날 사람을 떠올렸다. 그 사람에게 돈을 빌려주기로 약속했었다. 그 사람이 목적지에서 발을 동동 구르며 너를 기다리고 있을 생각을 하니 기분이 좋아졌다.

너는 그리하여.

너는 의자를 만든다. 의자를 만드는 것이 성공하면 책상을 만들 것이다. 사실 너는 의자보다 책상을 더 만들고 싶어 한다. 의자는 책상을 위한 연습에 불과하다. 백 개의 의자를 실패한다면 하나의 책상도 성공하지 못할 것이라고 너는 생각한다. 전학을 온 너는 책상이 없었다. 담임선생은 곧 책상을 마련해줄 것이니 며칠만 참으라고 했다. 너는 의자에 앉아 가방을 허벅지에 올려놓았다. 가방의 똑딱 단추를 열었다 닫았다 하면서 낯선 교실에 너의 몸이 적응되기를 기다렸다. 며칠이 지나도 너에게 책상은 주어지지 않았다. 아이들은 너를 책상 없는 아이,라고 불렀다. 너는 그 별명이 싫지 않아 집으로 돌아와서도 가족들에게 말하지 않았다. 너는 새우처럼 등을 구부리고 받아쓰기를 하거나 구구단을 외웠다. 받아쓰기를 제대로 하지 못해 나머지 공부를 하게 되었다. 네 명의 아이들이 방과 후에 받아쓰기 시험을

봤다. 그 시험에도 낙제 점수를 받았다. 아이들이 모두 가고 혼자만 교실에 남았다. 담임선생은 청소를 시켰고, 청소가 끝나면 교무실로 와 검사를 맡으라고 말했다. 교실의 의자들을 책상에 올렸다. 마지막으로 너의 의자를 어떻게 해야 할지 몰라 창문 밖으로 던져버렸다. 청소를 마치고 교무실로 갔다. 담임선생이 책상에 엎드려 자고 있었다. 담임선생의 얼굴 밑에 깔린 받아쓰기 시험지에는 누렇게 침이 묻어 있었다. 담임선생의 어깨를 잡고 흔들었다. 담임선생은 쉽게 깨지 않았다. 담임선생의 귀에다 대고 소리를 질렀다. 담임선생이 놀라 벌떡 일어났다. 청소가 다 끝났으니 검사를 맡아야 한다고 말했다. 담임선생은 팔로 쓱쓱 입을 훔치며 알았으니 어서 집으로 가라고 말했다. 다시 책상에 얼굴을 박고 쓰러진 담임선생에게 꾸벅 인사를 하고 교무실을 나왔다. 의자가 떨어진 곳을 짐작하며 토끼장이 있는 곳으로 갔다. 짐작대로 토끼장 옆에 다리가 부러진 의자가 쓰러져 있었다. 다리가 부러진 의자를 비스듬하게 세워 거기에 앉았다. 넘어지지 않기 위해 다리 한쪽을 길게 뻗어 힘을 주고 있어야만 했다. 의자에 앉아서 토끼를 쳐다보았다. 아니 위태롭게 앉아 있는 너를 지켜보는 토끼를 쳐다보고 있었다. 토끼는 너에게 뭔가 해줄 말이 있는 것처럼 입을 오물거리며 귀를 움직였다. 너는 받아쓰기에 대해 이야기 했다. 누군가의 말을 받아 적는다는 것이 얼마나 무의미한 일인지 토끼에게 설명했다. 물론 그 당시 너는 무의미하다, 라는 단어를 익히지 못한 상태였다. 그래서 무의미하다,라는 의미를 전달하기 위해 당시 너가 알고 있는 사변적인 다른 어휘들을 조합해 설명할 수밖에 없었다. 토끼는 너의 말이 지리멸렬하게 들렸는지 등을 돌리고 구석으로 가 몸을 웅크렸다. 너는 토끼장의 철조망에 걸려 있는 시든 배춧잎을 집어 입에 넣고 씹었다. 무척 질기고 달았다. 토끼는 여전히 웅크리고만 있었다. 너는 토끼를 목표로 침을 뱉었다. 침은 철조망에 엉겨 붙었다. 끈적끈적한 타액이 철조망을 타고 흘러 내렸다. 너는 목을 어루만졌다. 목에서 까만 때가 묻어 나왔다. 너는 철조망을 잡고 흔들며 소리를 질렀다. 놀란 토끼가 이리저리 움직였다. 토끼는 자신의 배설물을 밟고 물이 들어 있는 그릇을 엎었다. 잠시 후 누군가 다가와 뒤에서 너의 얼굴을 가렸다. 너의 눈과 입을 동시에 막을 수 있는 거대한 손에서는 녹슨 쇠 냄새가 났다. 발버둥을 쳤지만 손의 힘을 당해낼 수 없었다. 너는 손의 임자에게 이끌려 토끼장을 벗어나 화장실 옆에 있는 창고로 끌려갔다. 너는 눈이 가려진 채 창고로 던져졌다. 눈을 떴지만 아무것도 보이는 것이 없었다. 창고는 완전한 암흑이었다. 누군가의 손이 너를 눕혔다. 너의 바지가 벗겨지고 빈약한 엉덩이 살을 찰싹찰싹 때리는 소리가 들렸다. 울었지만, 그럴수록 엉덩이를 때리는 강도가 세졌다. 거의 실신할 지경이었다. 잠시 후 바지 지퍼를 내리는 소리가 들리더니 누군가가 너의 엉덩이 사이에 오줌을 싸기 시작했다. 눈으로 확인한 것은 아니지만 벌겋게 부어올라 있을 엉덩이에 오줌이 닿을 때마다 따끔거려 너는 몸을 움찔거려야 했다. 그 순간 누군가의 오줌을 빌미로 너 역시 오줌을 쌌다. 너의 오줌이 그치고 나서도 누군가의 오줌은 계속되었다. 오줌을 다 눈 누군가는 바지 지퍼를 올리고 창고 밖으로 나갔다. 너는 엎드린 채 송장처럼 누워 있었다. 문이 닫히고 한참이 지나서도 그대로 있었다. 너는 천천히 몸을 일으켜 옷을 입었다. 장님처럼 암흑의 허공을 더듬으며 문이 있는 곳으로 갔다. 안간힘으로 문을 활짝 열었다. 창고 안으로 하오의 빛이 몰려들자 너의 얼굴이 심하게 일그러졌다. 너는 무릎을 짚으며 쓰러지려는 너의 작은 신체를 지켰다. 상체를 구부린 채 창고 안의 광경을 목격했다. 창고 안에는 책상과 의자가 가득했다. 그것들은 거의 새것이나 다름없었다. 그 순간 너는 세계가 너를 문 밖으로 밀어내고, 너는 결코 세계의 문을 열 수 없음을 깨달았다. 창고 문을 닫고 밖으로 나왔다. 축축해져 몸에 달라붙은 바지를 손으로 잡아 빼며 토끼장으로 갔다. 작은 돌멩이를 집어들었다. 너는 숨이 끊어지기 전 마지막으로 기염을 토하는 사람처럼 있는 힘껏 토끼를 향해 돌멩이를 던졌다. 정확히 토끼의 왼쪽 눈을 맞혔다. 토끼의 눈에서는 피가 흐르기 시작했다. 토끼장 옆에는 너의 의자가 쓰러져 있었다. 그것을 들고 건물로 들어갔다. 다리가 부러진 의자를 질질 끌며 교실로 가는 계단을 올라갔다. 의자가 계단 난간에 부딪치며 소리를 냈다. 너는 너의 신체 일부가 절단 난 것만 같은 통증을 느꼈다.

너는 그럼에도 불구하고 너는 그러면서.

너는 의자를 만든다. 어쩌면 의자를 만들어 누군가에게 선물할지도 모른다. 너는 창을 통해 건너편 집의 옥상을 바라본다. 너의 집은 반지하이지만 건너편 집의 옥상이 보일 정도로 양쪽 집의 지대 차이는 확연하다. 언젠가 건너편 집이 수해로 물난리를 겪을 때에도 너는 태연하게 빗소리를 들으며 일을 했었다. 벽에 습기가 차 신문지를 몇 장 덧대어 붙이는 것 말고는 한 것이 없었다. 너는 또 한가하게 지난 신문의 사설을 읽기도 했다. 너는 그 당시 높은 곳은 안전하고, 높은 곳에 사는 인간이야말로 가장 또렷한 전망을 가질 수 있다는, 너답지 않은 생각을 했었다. 건너편 집의 옥상에는 노인이 살고 있다. 노인은 매일 오후 세 시부터 여섯 시까지 옥상에 나와 앉아 있다. 노인이 앉아 있는 의자는 빨간색 플라스틱으로 된 것이다. 그것은 해변의 비치파라솔 아래 두면 어울릴 만한 간이용 의자다. 등받이도 없고, 의자의 폭도 겨우 엉덩이를 걸칠 정도다. 너는 노인을 좀더 세밀하게 관찰하기 위해 망원경을 샀다. 벼룩시장으로 가 미군들이 쓰는 군용 망원경을 예상보다 비싼 가격으로 구입한 것이다. 망원경을 파는 주인은 더 필요한 것이 없냐고 물었다. 너는 망원경을 눈에 대고 렌즈를 조절하면서 이거면 충분하다고 대답했다. 망원경의 렌즈 안으로 건물 옥상에 있는 안테나가 잡혔다. 안테나 옆에는 빨랫줄이 있었는데 빨랫줄에는 눈알이 하나 빠진 토끼 인형이 귀를 빨래집게에 물린 채 널려 있었다. 주인은 포기하지 않고 군인들이 쓰는 물건이라면 무엇이든지 구해다 줄 수 있다고 너에게 무엇인가 팔아보려고 끈질기게 애썼다. 너는 그럼 총도 구할 수 있냐고 물었다. 주인은 반색을 보이며 너의 귀에 얼굴을 들이대며 그야 물론이죠,라고 말했다. 하지만 일주일 정도 걸리니 지금 말을 해 놓으면 일주일 뒤 만져볼 수 있을 거라고 덧붙였다. 너는 일주일 뒤에는 이미 죽고 없을 거라고 말해 주인이 더 이상 달라붙지 못하게 만들었다. 망원경으로 노인을 관찰한다. 노인의 눈에는 항상 누런 눈곱이 껴 있다. 눈곱만 없다면 썩 아름다운 눈이라고 너는 생각한다. 너는 망원경을 통해 보이는 노인이 너무도 가까이 있는 착각에 빠져 팔을 내밀어 노인의 눈곱을 떼어주는 시늉을 하기도 한다. 노인은 세 시간 동안 미동도 하지 않은 채 멍하니 허공을 응시하고 있다. 너는 노인의 시선을 따라가보았다. 거기에는 아무것도 없다. 텅 비어 있다. 가끔 더러운 비둘기가 노인의 텅 빈 시선 안으로 착지를 시도하지만 이내 미끄러져 다른 곳으로 이동하고 만다. 노인이 보는 것은 공간이 아니라 시간일지도 모르겠다는 생각을 한다. 허공에 문이 있어 그것을 열고 들어가면 전혀 다른 세계가 펼쳐져 있을지도 모른다. 그것은 오로지 노인만이 독점하는 시간이다. 노인에게 질투를 느낀다. 어떻게 노인은 그만의 시간을 저토록 철저하게 누릴 수 있는가. 너는 움직이지 않는 노인을 너 자신보다 바람직한 인간처럼 느낀다. 노인은 언젠가 저 모습 그대로 사라져버릴 것이다. 너는 그 순간을 기다린다. 만약 너의 바람대로 노인이 사라져버린다면 너는 너무나 큰 절망에 빠지고 말 것이다. 죽음을 준비하는 자는 언제나 너에게 경배의 대상이다. 너는 죽음을 열망하는 것이 아닌 죽음을 기다리는 자를 열망한다. 노인의 시간 배분은 엄격하다. 아무리 살펴봐도 노인의 손목에는 시계가 없다. 노인의 주변도 마찬가지다. 노인은 정확히 세 시에서 여섯 시까지 의자에 앉아 있다가 집으로 들어간다. 노인은 자연의 시간을 따르고, 육체의 시간을 따른다. 노인이 부동자세로 견딜 수 있는 시간은 세 시간이다. 미세한 먼지들이 묻어 있는 바람이, 단백질이 빠져가는 노인의 피부가 시간의 경과를 인지하게 만들어준다. 노인이 사라진 옥상을 바라본다. 화분이 보인다. 화분에는 꽃이 피어 있는데 너는 그것이 제라늄이라고 생각한다. 실제로 제라늄을 본 적이 없지만 제라늄이 분명하다고 확신한다. 제라늄이라면 마땅히 저런 색깔과 모양과 표정을 짓고 있어야 할 것이다. 노인이 제라늄에 물을 주는 것을 한 번도 본 적이 없다. 제라늄은 오로지 제 스스로 갱생해나가며 자라고 있다. 가끔 벌들이 제라늄 주위를 기웃거리다가 날아간다. 빨간 의자를 쳐다본다. 노인의 무게보다 더 무거운 시선으로 의자를 짓누른다. 어쩌면 모든 것이 저 의자 때문인지도 모르겠다는 생각을 한다. 의자로 인해 노인의 삶의 지표가 완성되고, 곧 죽음도 완성될 것이다. 노인은 불과 세 시간 동안뿐이지만 의자는 시간을 초월하며 놓여 있는 것이다. 저 의자에 한번 앉고 나면 너 역시 노인처럼 폭삭 늙어버리고 말 것이다, 라는 유쾌한 예감에 사로잡힌다. 의자를 훔쳐내고 싶다는 생각을 한다. 남의 물건을 훔치고 싶지 않은 너는 정중하게 노인에게 의자를 선물해서 맞교환 하는 식이 바람직하겠다는 결론을 내린다. 너는 어쩌면 노인에게 의자를 선물하지 않을지도 모른다. 의자가 완성되면 너의 작품에 도취되어 다른 어떤 것과도 교환하지 않을 집착에 가까운 애정이 생길 것이다. 그때가 되면 너 역시 의자에 앉아 명징한 무언가를 기다리는 인간으로 살아갈지 모른다.

너는 그러했다.

너는 의자를 만든다. 마루에는 빨간색 노끈으로 묶여 있는 나무가 놓여 있다. 너는 나무에 걸터앉아 가시가 박힌 손가락을 쳐다보고 있다. 가시가 박힌 자리는 노랗게 곪아 있다. 점점 주변으로 번져간다. 가시가 너의 피부 속에서 자라고 있다고 생각한다. 아주 작은 가시가 뿌리가 되어 언젠가 나무로 성장할 것이다. 나무의 가지들은 피부를 뚫고 나와 거죽만 남은 육체를 질질 끌며 숲으로 갈 것이다. 그때 너는 숲의 언어를 익히게 될 것이고, 바람의 소리에도 멜로디가 있다는 것을 깨달을 것이다. 이제 나무가 된 너는 의자의 뿌리는 나무에 불과하다는 단순한 진리를 얻는다. 너는 나무를 만진다. 나무의 결에 돋아난 가시를 하나 뽑아 곪은 손가락을 찌른다. 노랗고 붉은 고름이 박피를 뚫고 나온다. 맑은 피가 나올 때까지 이를 악물고 고름을 짜

낸다. 피가 맺힌 손가락을 빨며 너는 이제 일어난다. 문을 열고 나온 너는 어머니의 집으로 간다. 어머니의 집 앞 과일가게에서 수박을 한 통 산다. 과일 가게 주인은 묻지도 않았는데 아주 달고 시원하다고 말한다. 너는 아직 덜 익어서 오이를 씹는 것처럼 밍밍한 맛이 나는 것은 없냐고 묻는다. 주인은 이상한 눈빛을 보내며 제철이라 수박이 너무 잘 익은 것밖에 없다고 말한다. 할 수 없이 가장 기이한 무늬를 가진 수박을 고른다. 어머니는 연락도 없이 어쩐 일이냐고 묻는다. 너는 자신이 언제 연락을 하고 온 적이 있느냐고 말한다. 어머니는 그건 그렇지만, 너도 이제 나이가 들었으니 인간으로서의 기본적인 예의와 방식을 지키며 살아가야 하지 않느냐고 일장 훈계를 한다. 너는 오랜만에 본 어머니가 참으로 늙었다고 생각했지만 그런 말은 하지 않는다. 어머니가 밥을 먹겠냐고 묻자 너는 배가 고프지 않지만 그러겠다고 대답한다. 오래전부터 쓰던 밥상에 어머니는 음식을 놓는다. 밥상에는 어릴 적 너가 칼로 긁어놓은 자국이 아직도 선명하게 남아 있다. 국에 밥을 말아 게걸스럽게 먹을 동안 어머니는 밥상에 수박을 놓고 식칼로 자른다. 수박이 퍽 소리를 내며 두 쪽으로 쪼개진다. 어머니는 놀라며 수박이 너무나 잘 익었다고 감탄한다. 반쪽은 랩으로 싸서 냉장고에 넣고 나머지 반쪽은 다시 식칼로 조각조각 자른다. 수박을 연이어 먹으며 어머니는 달고 맛있다고 하면서 수박씨를 손바닥에 뱉어 밥상에 올려놓는다. 너가 숟가락을 놓자 어머니는 수박을 한

쪽 건네며 먹어보라고 준다. 너는 됐다고 말하며 일어나 냉장고를 열고 페트병에 담긴 보리차를 꺼내 마신다. 몇 모금 마시다가 개수대로 가 뱉어버리고 만다. 이게 뭐냐고 묻자 어머니는 무, 당근, 호박, 양파, 도라지, 생강, 파, 칡을 넣고 다린 물이라며 그 물을 먹으면 건강하게 오래 살 수 있다고 말한다. 다린 물 말고 다른 물은 없냐고 묻자 어머니는 다른 물은 없다고 수박씨를 뱉으며 말한다. 너는 개수대에 있는 수도를 튼다. 물이 나오지 않는다. 지금은 단수 시간이니 물이 나오지 않을 거라고 어머니는 말한다. 수도꼭지를 입으로 물고 애써 빨아보려고 하지만 물방울 두어 개만 혀끝에 고일 뿐이다. 수도꼭지를 입에 문 채 고개를 돌리자 어머니가 빤히 너를 쳐다보고 있다. 어머니의 입에서 흘러내린 벌건 수박물이 턱을 타고 흘러내리고 있다. 너는 순간 어머니가 언젠가 들려준 이야기를 떠올린다. 이제 막 이가 돋아날 무렵 너는 어머니의 젖을 빨다가 유두를 깨물었다. 유두가 찢어져 피가 나자 너는 그 피를 젖보다 더 맛있게 빨아먹었다. 어머니가 밀쳐내려고 애썼지만 너는 안간힘으로 달라붙어 어머니의 유두를 물고 늘어졌다. 어머니는 화가 날 때마다 지 어미 피까지 빨아먹은 놈이라고 소리를 지르곤 했다. 밥상 앞에 주저앉아 수박을 먹는다. 수박을 먹다가 어머니에게 그 일을 기억하냐고 묻는다. 무슨 일이냐고, 묻는 표정으로 어머니가 너를 쳐다보았을 때 너는 이렇게 말한다. 어릴 적 너는 수박을 먹다가 수박씨를 형의 얼굴에 뱉은 적이 있다. 형은 장난치지 말하고 했지만 너는 계속해서 수박씨를 뱉으며 형의 심기를 건드렸다. 형은 마지막으로 경고할 테니 한 번만 더 수박씨를 뱉었다가는 아주 혼쭐이 날 줄 알라고 소리를 쳤다. 너는 형의 경고를 무시하고 다시 수박씨를 형의 얼굴에 뱉었다. 형은 일어나 너에게 달려들어 주먹질을 하고 발로 차버렸다. 입 밖으로 수박이 토해져 나올 때까지 너는 형에게 얻어터졌다. 어머니는 그런 일도 있었느냐고 웃으며 말한다. 웃음을 멈춘 어머니는 왜 요전 날 형에게 돈을 빌려주지 않았냐고 묻는다. 너는 안 그래도 그것 때문에 집으로 온 것이라고 하면서 주머니에서 돈 봉투를 꺼내 내민다. 어머니는 돈 봉투 안을 들여다보며 이렇게 많이는 필요 없을 거라고 말한다. 형이 요구한 액수의 나머지는 어머니가 가지라고 너는 말한다. 어머니는 역시 오래 살고 볼 일이다. 너도 이렇게 도움을 줄 때가 있구나, 하고 웃는다. 기분이 좋아진 어머니는 수박 껍데기로 김치를 만들어줄 테니 싸가지고 가라고 말한다. 너는 됐다고 거절한다. 어릴 적부터 무척 좋아한 반찬이 아니냐고 하면서 어머니는 기어코 너를 설득하려 애쓴다. 너는 그러면 수박 껍데기 김치를 만들어놓으면 며칠 내로 다시 와 찾아가겠다고 하면서 어머니의 권유를 받아들이는 동시에 거절한다. 어머니의 집을 나오자 비가 내렸다. 집으로 오는 길에 어느 여자가 우산을 같이 쓰자며 너의 머리 위로 우산을 올렸다. 너는 괜찮다면서 이미 충분하게 젖어서 더젖을 것도 없다고 말했다. 여자는 너의 말이 재미있는지 미소를

지었다. 그래도 같이 쓰자고, 자신의 마음이 불편하다고 여자는
말했다. 정 그렇다면 자신이 우산을 가질 테니 당신이 비를 대
신 맞으라고 말했다. 여자는 곤란한 표정을 지었다. 여자는 우
산을 쓰고 가고 너는 그 뒤를 따라 비를 맞으며 걸어갔다. 곧
비가 그쳤고 여자는 우산을 접었다. 여자는 어느 골목으로 들어
갔고 너는 계속 경사진 비탈길을 올라갔다. 집으로 들어가 젖은
옷을 벗어 마루에 깔았다. 구두 안에는 신문지를 구겨 넣었다.
너는 바닥에 물방울을 뚝뚝 흘리며 알몸으로 분주하게 이리저
리 왔다 갔다 했다. 나무가 사라지고 없었다.

반복된다.

너는 의자를 만든다. 목재소에서 나무를 샀다. 목재소 주인
은 요전 날에도 나무를 사가지 않았느냐고 물었다. 너는 그런
기억이 없다고 잘라 말했다. 주인은 귀에 꽂은 연필을 빼 머리
를 긁적이며 참 이상하다고 말했다. 세상에는 비슷한 사람이 너
무나 많고, 그것은 참을 수 없을 만큼 자신을 힘들게 한다고 말
해주고 싶었지만 목재소 주인을 더 이상 혼란스럽게 만들고 싶
지 않아 그만두었다. 목재소 주인은 의자가 필요하면 자신이 아
주 싼 가격에 만들어줄 수 있다고 말했다. 너는 대꾸하지 않고
빨간색 노끈으로 묶여 있는 나무를 들고 목재소를 나왔다. 한참
을 걷다가 손이 아파 나무를 바닥에 내려놓았다. 치마를 입은
여자가 걸어오고, 그 뒤를 초등학생으로 보이는 아이가 따라가

고 있었다. 아이가 갑자기 여자의 치마를 들어올렸다. 여자가 놀라 소리를 질렀다. 아이는 노랑이래요, 하고 놀리며 도망갔다. 거리에 서 있는 너와 눈이 마주치자 여자는 난처한 표정을 지었다. 너는 모르는 척 나무를 들고 일어나 여자를 앞질러 걸어갔다. 여자 옆을 지나가면서 너는 들릴 듯 말 듯 중얼거렸다. 노랑. 집에 도착했을 때 두 사내가 너를 기다리고 있었다. 두 사내는 하얀 와이셔츠에 정장 바지를 입고 있었으며, 한 사내는 커다란 서류 가방을 들고 있었다. 서류 가방을 들고 있지 않은 사내가 너에게 이름과 집 주소를 대며 맞느냐고 물었다. 너는 맞다고 대답했다. 사내들은 왜 약속한 날짜가 지났는데 집을 비우지 않느냐고 물었다. 아직 의자를 만들지 못해 떠날 수 없다고 말하려다가 심각한 오해를 불러일으킬 것 같아 아직 이사할 집을 구하지 못했고, 지금도 집을 알아보고 오는 중이라고 대답했다. 사내는 이주 비용까지 받아놓고 집을 비우지 않는다면 그것은 법적으로 문제가 있는 것이며, 일주일 내로 이사를 가지 않으면 강제로 철거를 할 것이라고 경고했다. 재개발 사업 제6지구에서 당신만 집을 비우지 않았다고, 혼자 있기 무섭지도 않냐고 서류 가방을 들고 있는 사내가 물었다. 너는 건너편 집의 옥상에 사는 노인도 이사를 갔냐고 물었다. 사내는 아마 오래전에 갔을 거라고 대답했다. 사내는 다시 한 번 같은 말을 반복하며 이사를 재촉했다. 알겠다고 대답했지만, 그것은 너의 의사와 상관없는 것이었다. 서류 가방을 들고 있던 사내가 돌아서기 전 그 나무는 무엇에 쓰는 거냐고 물었다. 너는 의자를 만들 것이라고 솔직하게 대답했다. 두 사내는 한심하다는 듯 너를 쳐다보았다. 사내들이 사라지고 나서 주변을 둘러보았다. 폭격을 맞은 듯 반쯤 부서진 집들, 유리창이 깨져 안이 들여다보이는 집, 침대 매트리스와 장롱들이 밖으로 내던져진 집. 검게 얼룩진 거울이 대문 앞에 놓여 있는 집. 바퀴가 하나 빠져버린 세발자전거. 액정이 깨진 컴퓨터 모니터. 손가락이 심하게 구부러진 빨간 고무장갑. 너는 심한 두통을 느꼈다. 머리를 움켜쥐고 집으로 들어가 두통약 네 알을 먹고 나무의 빨간색 끈을 풀었다. 나무가 우르르 쏟아졌다. 나무로 의자를 만들려고 시도했다. 너는 나무로 어떻게 의자를 만들 수 있을까 난감했다. 머릿속에 치밀하게 그려진 설계도는 이내 엉망이 되어버렸다. 공구함을 열어 톱과 망치, 못을 꺼냈다. 일주일이 지나도 너는 의자를 만들지 못했다. 의자의 다리 네 개는 겨우 완성했으나 아직 등받이와 받침은 엄두도 내지 못하고 있었다. 집 밖에서 집을 부수는 소리가 들려왔다. 그 소리는 참을 수 없을 만큼 고통스러웠다. 방 한구석에 놓여 있는 슈트케이스를 집어 들었다. 슈트케이스는 오래전 사둔 것으로, 언젠가 사용해야지 하고 마음을 먹고 있으면서도 한 번도 사용해본 적이 없었다. 의자를 만들 재료를 슈트케이스에 넣고 집을 나왔다. 거대한 포클레인이 집앞에 딱 버티고 있었다. 슈트케이스를 질질 끌면서 점점 위로 올라갔다. 부서진 건물의 잔해들이 흉물스럽게 여기저기 놓여 있었다. 녹슨 철근을 잡고 힘겹게 위로 올라갔다. 손바닥에 뻘겋게 녹물이 들었다. 팔에 상처가 나 피가 맺혔다. 피가 흐르는 팔을 허벅지에 문지르며 위로 향했다. 슈트케이스의 바퀴 두 개가 빠져 아래로 굴렀다. 갈수록 힘이 들자 올라가는 일이 점점 위대한 천형처럼 느껴졌다. 재개발 사업 제6지구의 맨 꼭대기에 올라가 너는 아래를 내려다보았다. 전쟁이라도 일어난 듯 완전한 폐허가 너의 발아래 펼쳐져 있었다. 포클레인이 너의 집을 부수고 있는 모습이 보였다. 회색의 먼지 폭풍이 곳곳에서 일어났다. 인부들이 일개미처럼 분주하게 그 사이를 왔다 갔다 하고 있었다. 매캐한 바람이 너의 얼굴까지 덮쳐올 것만 같았다. 이마에서 돋아난 땀방울이 볼을 타고 입 안으로 흘러들어갔다. 녹물이 든 손으로 입술을 훔쳤다. 너도 모르게 긴 탄식이 입에서 새어나왔다. 이곳이 세상의 끝이라고 생각했다. 세상의 끝에 앉아서 너는 오래도록 지상의 바닥을 응시했다.

차라리, 글쓰기

김 형 중

> 글을 쓴다는 것, 그것은 사물들을 말들로부터 벗어나게 하며
> 존재에게 메아리를 울리는 근원적인 언어로 되돌아가는 것이다
> ── 엠마누엘 레비나스, 『모리스 블랑쇼에 대하여』

쓸모없는 단어 사전

김태용의 소설들은 하나같이 '쓸모없는 단어 사전'과 같다.
사실 데리다식으로 이해하자면 모든 단어 사전들은 애초부터
쓸모 있던 적이 없다. 사전 읽기란 고작해야 다음과 같은 결과
를 불러올 것이기 때문이다.

마당의 평상에 앉아 단어 사전을 읽기 시작했다. 등산 양말을
신을 수 있는 서른 살쯤이면 단어 사전을 완독할 수 있을 거라는

설명할 수 없는 확신을 가지고 매일매일 그것을 읽고 이해하려 애썼다. 계속해서 읽을 수 없었다. 특정 단어를 읽게 되면 그 단어의 풀이가 이해되지 않아 풀이에 나온 단어를 다시 찾아야 했고, 다시금 단어의 풀이에 나오는 단어를 찾아 사전을 뒤적거려야 했다. 단어 사전의 뒤로 갔다가 앞으로 갔다가 아래로 갔다가 옆으로 갔다가 위로 갔다가 하면서 세월을 탕진했다. 확고부동한 고정된 의미를 찾기 위해 끊임없이 무의미한 작업을 계속해야만 하는가. 세계는 언어로 된 구성물이고 세계를 이해하는 것은 단어 사전을 완독하는 것과 같다는 누구나 떠올릴 만한 하찮은 명제를 얻은 나는 단어 사전 읽기를 포기했다. (「편백나무 숲밖으로」, p.248)

한 단어의 의미는 다른 단어와의 차이에 의해서만 (비)결정된다. 그러나 그 다른 단어는 또 다른 단어와의 차이를 낳고, 이 과정이 끝없이 진행되면 사전에 실린 어떠한 단어도 고정된 의미를 부여받지 못한다. 모든 사전은 애초부터 쓸모없었다.

데리다가 '차연differànce'이나 '흔적trace'이란 개념으로 포착하고자 했던 언어의 의미 은폐적 성질이 바로 이것인데, 그런 의미에서라면 김태용은 데리다주의자다. 인용문의 화자는 지금, 차연, 흔적 등과 같은 데리다의 개념들에 대한 아주 적절한 소설적 예를 시연(試演)하고 있다. 사전 찾기를 통해 그가 도달한 '하찮은 명제'(이제 너무나도 일반화되어 있어서 사실 하찮아 보이기는 한다), "세계는 언어로 된 구성물이고 세계를 이해하는 것은 단어 사전을 완독하는 것과 같다"는 "텍스트를 벗어나 존재하는 것은 아무것도 없다"(자끄 데리다, 『글쓰기와 차이』, 남수인 옮김, 동문선, 2001, p.314)는 데리다의 명제에 대한 변주이다.

그가 데리다주의자임을 보여주는 예는 더 있다.

눈을 감았다 뜨고 나면 어느 새 서른 살이 될지도 모른다는 불길한 예감에 휩싸여 잠조차 제대로 잘 수 없었던 때 나는 한 통의 전보를 받게 된다. [……] 전보에는 다음과 같이 씌어 있었다.
돌아오라. 돌아오라.
[……] 돌아오라니. 떠난 적이 없는 내가 어디로 돌아간단 말인가. [……] 아무리 생각해도 내가 돌아갈 곳은 없었다. 아마도 돌아갈 곳이 설령 있다고 해도 막상 돌아갔을 때는 내가 돌아갈 곳은 이곳이 아니었구나 하고 깨닫게 될 것이 분명하다. (「편백나무 숲 밖으로」, p.242)

선배 작가 윤대녕의 두 편의 소설(「은어낚시 통신」「편백나무 숲 쪽으로」)에 대한 패러디임에 틀림없는 이 구절은 데리다가 소위 '기원에의 향수'라 불렀던 형이상학적 욕망에 대한 명백한 조롱으로 읽힌다. 90년대 한국 문학의 고전에 속하는 「은어낚시 통신」에서 어느 날 문득 화자에게 전달되었던 전보를 상기해

보자. 그 전보는 남진우의 적절한 명명대로 '존재의 시원을 향한 회귀'를 독촉하는 전보였다. 그러니까 애초에 존재가 시작되었던 시원으로 "돌아오라"는 것이 전보의 메시지였다. 그 전보를 받은 이후로 윤대녕은 십 수 년이 지난 지금까지도 존재의 시원 찾기를 멈추지 않고 있다. 그 귀환 여행의 최근 버전이 「편백나무숲 쪽으로」(『제비를 기르다』, 창비, 2007)이다. 삼만 평에 달하는 웅장한 편백나무 숲에 감춰진 동굴 안에서 대정(大靜)에 든 거대한 뱀은 그 신화적 풍모로 하여 우주적 기원의 상징이 된다. 그렇다면 소설 말미 그 동굴을 찾아 떠나는 화자의 여행은 여전히 기원으로의 회귀임에 틀림없다.

그와 유사한 방식으로 「편백나무 숲 밖으로」의 화자에게도 전보 한 통이 배달되어 온다. 메시지는 역시 "돌아오라, 돌아오라"이다. 그러나 김태용의 화자는 존재의 시원을 향한 여행을 결단하는 대신 짐짓 딴청을 부린다. "떠난 적이 없는 내가 어디로 돌아간단 말인가". 게다가 돌아갈 곳이 설령 있다 하더라도 그곳에 도달하는 순간 "내가 돌아갈 곳은 이곳이 아니었구나"하고 깨닫게 될 것이 분명하다고 말한다.

어떠한 기원에의 향수도 거부하는 이 태도는 "결국 비-기원이 원초적이다"(앞의 책, p.324)라고 말하며 서구 형이상학 전반이 기초하고 있는 현전의 형이상학, 기원의 형이상학을 해체할 때의 데리다와 정확하게 대응한다. 데리다는 기원에의 향수 대신 '흔적'의 사유를 제안한다. "어디서 또 언제 시작되는

가……? 그것은 곧 기원의 문제이다. 하지만 기원, 즉 단순 기원은 없다. 단순 기원에 대한 물음과 더불어 기원의 문제들은 모종의 현전의 형이상학을 불러일으킨다는 사실이야말로 흔적의 명상이 우리에게 일러주는 것이다"(앞의 책, p.152). 물론 흔적의 사유는 앞서 김태용이 사전 찾기의 예를 통해 보여주었던 의미의 끝없는 미끄러짐을 인정하는 사유이다.

이와 유사하게 「궤적」에서 화자가 만들고자 하는(그러나 만들지는 않는) 의자는 결코 완성되지 않으며, 「벙어리」「풀밭 위의 돼지」「잠」 등의 작품에서 화자의 입을 통해 발화되는 그 많은 기표들은 기의와의 안정된 결합으로부터 이탈해 스스로 무의미한 독자성을 요구한다. 김태용은 데리다의 해체주의를 소설적으로 실천하는 작가다.

그러나 어떻게? 소설가란 모름지기 언어를 다루는 자일진대, 세계철학사상 언어를 가장 불신했던 자의 사도가 어떻게 바로 그 언어를 유일한 매질로 삼는 글쓰기를 지속할 수 있을 것인가? 데리다를 위시해서 구조주의 이후 현대 사상이 설파한 바, 언어의 의미 불확정성을 인정하면서도 그 언어를 사용해야 하는 자의 역설이야말로 지금 김태용이 힘겹게 돌파하려고 시도하고 있는 지점이다. 언어만 남고 의미는 사라지는 그 지점은, 유난히 문학이 자신의 매질로서의 언어 자체를 문제삼아 본 경험이 적고, 특히 소설에 대해서라면 '서사'와 '현실' 외엔 할 말이 없다는 듯 처신해온 한국의 소설사에서는 아주 예외적인

(이인성과 정영문, 그리고 김연수의 시도를 제외한다면) 지점이
기도 하다.

몇 개의 주제에 의한 무의미 변주곡

언어의 의미 은폐적 성질을 이해한 작가가 언어에 저항하는
방식은 한 가지뿐이다. 쓰면서 동시에 지우기, 그러니까 말하되
그 말이 어떠한 안정적인 의미에도 이르지 못하도록 하기.

이 불가능해 보이는 숙제를 해결하기 위해 김태용은 먼저, 자
신의 소설을 일종의 자동기술로 만든다. 다음 구절은 김태용 특
유의 자동기술법을 잘 보여주는 예이다.

하늘 저편에서 몰려오던 먹구름은 이제 하늘 이편에 당도해
자신의 정체를 가시화시키고, 대기가 불안정하다는 것을 증명하
려 애쓴다. 요즘은 시시각각 변모하는 자연 현상에 자주 압도당
한다. 저 불가항력의 자연을 넋 놓고 바라보고 있으면 이전까지
의 삶이 모두 실패의 연속이었지 않나 하는 자괴감에 빠져든다.
자괴감은 자괴감으로 끝나지 않고 또 다른 **생각**으로 **전이**된다.
얼마 전부터 나는 **생각**에 대해 깊이 **생각**하고 있다. 나의 생각은
생각에 **생각**을 거듭하는 **생각**일 뿐이고 **생각**의 실체는 없다. 오로
지 **생각**에서 **생각**으로 이동하는 **생각**의 우스꽝스러운 궤적만 있
을 뿐이다. 나는 되도록 **생각**하기 위해 애쓰면서 **생각**에 몰입하
는 자신을 못 견뎌 한다. **생각**을 하게 만드는 힘과 **생각**에 몰입하

지 못하게 만드는 힘 사이에 존재하는 또 다른 힘에 대해 좀더 **생각**을 해야 한다. 나는 일평생을 **생각** 없이 살았다. 장사꾼이라는 직업 탓이기도 했지만 **생각**을 하기 싫어했고, **생각**이 나면 **생각**을 하지 않으려 바쁜 척을 했다. 바쁘게 몸을 움직이고 있으면 **생각**이 〔······〕. (「풀밭 위의 돼지」, pp.45~46, 강조는 인용자)

　그의 발화는 "몰려오는 먹구름"에서 시작되어 "자괴감"으로, 그리고 곧바로 "또 다른 생각"으로 꼬리에 꼬리를 문다. 화자는 이 과정을 적절하게도 "생각의 전이"라고 표현한다. 이어지는 부분은 무언가 의미를 전달하거나 서사를 구성하기 위해 고안된 문장들이라기보다는, 마치 '생각'이란 단어를 얼마나 더 많이 말할 수 있을 것인가를 시험해보기 위해 고안된 문장들(분량 문제로 다 인용하지 못했지만 '생각'에 대해서 생각하는 화자의 독백은 이후로도 한참 동안 더 이어진다)처럼 여겨진다. '생각'은 끝없는 전이, 곧 "생각에서 생각으로 이동하는 생각의 우스꽝스러운 궤적"을 통해 무의미한 문장들을 만들어내는 데 소용될 뿐, 문장과 문장 간의 논리적 인과관계를 만들어내지 못한다. 당연히 서사는 사라지고 그 자리를 자동기술과도 같은 독백과 중얼거림이 대신 채운다. 김태용의 소설이 표면적으로 난해해 보이고 잘 읽히지 않는 이유가 여기에 있다. 서사란 일어난 사건들 간의 인과관계를 통해 형성된다. 그러나 자동기술은 사건들 간의 시간적 순서도, 논리적 인과관계도 무시한다.

이런 식의 자동기술이 널리 사용되는 곳은 (30년대 초현실주의자들의 시를 제외한다면) 물론 정신병원의 안락의자이다. 정신병원의 안락의자에 누워 상담의에게 자유 연상된 기억들을 두서없이 중얼거리는 환자의 이미지만큼 김태용의 화자들에게 잘 어울리는 이미지는 없다. 여기 그들의 병명을 유추하게 하는 사례가 있다.

　내가 먼저 죽고 난 어느 날 밤 돼지가 우리를 뛰쳐나와 집 안으로 들어온다. 슬그머니 침대로 올라와 그녀의 사타구니에 코를 박고 퀠퀠퀠, 거리며 냄새를 맡는다. 그녀는 돼지의 시커먼 불알을 손으로 만지작거리며 퀠퀠퀠 퀠퀠(아이구 좋아), 이라고 말한다. 그녀와 뜨거운 하룻밤을 보낸 돼지는 이제 떳떳하게 그녀의 남자 노릇을 한다. 한가로운 일상을 보내다가 갑자기 그녀가 풀밭에 철퍼덕 하고 쓰러지면 돼지는 불알을 덜렁덜렁 흔들며 달려가 그녀 옆에 발랑 누워버린다. 둘은 풀밭에 나란히 누워저 구름은 어디서 흘러와서 어디로 흘러가는 것일까, 하는 식의 대화를 한다. 갑자기 돼지에게 참을 수 없는 질투를 느낀다. 실제로 불가능한 현실을 떠올릴수록 불가능성이 가능성으로 바뀌고 현재에도 그녀가 돼지와 나 몰래 그렇고 그런 행각을 벌이고 있을 거라는 생각에 다다른다. (「풀밭 위의 돼지」, pp.42~43)

　작업대에 있는 유리 자르는 칼을 만지작거렸다. 손목을 자르는 시늉을 해보다가 바닥에 떨어진 유릿조각을 집어 들어 더 이상 조각을 낼 수 없을 때까지 조각조각냈다. 누군가도 지금의 나처럼 내 집의 유리창을 깨뜨린 것이 아니라 유리 자르는 칼로 의도적으로, 정교하게, 계획대로, 잘라낸 것이 아닌가 하는 생각이 들었다. 그렇다면 깨진 유릿조각들은 예상한 대로 어떠한 상징을 내포하고 있고, 그 상징을 풀면 뒤엉켜버린 인생의 실마리가 풀릴지도 모르겠다는 불길한 희망에 사로잡혔다. (「잠」, p.159)

이 두 인용문은 김태용의 화자들이 비록 진단서를 발부받은 예는 없다 하더라도 하나 같이 망상가들임을 보여준다. 돼지와 아내의 외설적인 불륜을 묘사한 첫번째 인용문은 화자 스스로 밝힌 그대로("실제로 불가능한 현실을 떠올릴수록 불가능성이 가능성으로 바뀌고") 전형적인 편집증의 징후를 보여준다(소설 말미 이 화자는 노인성 치매에 걸려 있음이 판명된다). 편집증의 전형적인 메커니즘이 바로 인과관계 없는 사건들에 인과관계 설정하기, 실제로 일어나지 않은 일을 일어난 것처럼 여기기 등이다. 게다가 프로이트는 편집증의 좋은 예를 의처증에서 찾곤 했다. 두번째 인용문 역시 편집증 환자 특유의 '디테일에 과도한 의미 부여하기' 사례를 보여준다. 우연히 깨진 유리 파편으로부터도 정밀한 상징을 읽어내려는 불길한 희망을 마다하지 않는 자는 당연히 편집증 환자이다.

정리해보자. 김태용 소설의 전개 방식은 자동기술에 따른다고 했다. 그리고 그 자동기술은 병리적 인물들의 그것이라고 했다. 그렇다면 그들의 발화를 독자인 우리는 믿을 수 있을까? 그로부터 서사를 찾고, 주제를 추출하는 것이 가능한 일일까? 아니 필요한 일이기나 할까? 아닐 것이다.

김태용이 소설을 '쓰면서 지우는' 방식이 이것이다. 그는 자신의 소설을 정신병리적 화자의 자동기술법에 따라 씀으로써, 그로부터 의미를 삭제한다. 화자가 발화하는 말들의 양은 원칙적으로 무한하게 불어날 수 있다. 자동기술이므로. 그러나 거기엔 어떤 인과성도 부재하므로 누적되는 말들의 양에 반비례해 축적되는 의미의 양은 줄어든다. 기표들은 기의와 무관하게 쌓인다. 언어는 의미로부터 해방된다.

언어가 의미로부터 해방되자, 사물들 역시 말로부터 해방된다. 그의 소설에서 '우산'은 투척용 무기가 되고(「검은 태양 아래」), '고양이'는 돼지로 명명되었다가 개 취급당하기도 하고(「오른쪽에서 세번째 집」), '농구공'은 '세상 참 X 같다'의 X를 대신하는 기표로 사용되기 일쑤다. 술집에서 한 사내가 부는 휘파람의 멜로디는 「목포의 눈물」이기도 하고 「안개 낀 장충단공원」이기도 하고, 「라이크 어 버진」이거나 「컴 백 홈」이기도 하다.(「차라리, 사랑」, p.186) 친구의 잠꼬대는 "이런웃지않을수없잖아"로 들리기도 하고 "이렇게웃을수있어서"로 들리기도 하고, "'이제웃고있는것도"라고 들리기도 한다(「검은 태양 아래」,

p.18). 심지어 "퀠퀠 퀠퀠퀠 퀠퀠퀠퀠 퀠퀠퀠퀠퀠"이라는 전대 미문의 괴문자들이 "내가 먼저 죽거든 돼지랑 이야기해"라는 말이 되기도 하고 "퀠퀠퀠 퀠 퀠퀠퀠퀠!"은 "저리가 이 돼지새끼야!"라는 의미를 획득하기도 한다(「풀밭 위의 돼지」, p.42). 그러니까 김태용은 사물에 대한 명명을 관습적인 기의와 기표의 결합에 따라 행하지 않는다. 그에게 기표는 그것이 지시하는 기의와 일대일 대응할 필요가 없다. 기의로부터 자율성을 획득함으로써 의미로부터 해방되었기 때문이다.

그리고 그 해방은 어느 순간 문자들의 연쇄가 의미로부터 완전한 자유를 획득하여 어떠한 의미도 발생시키지 않는 소리들의 결합으로 기화될 때 완성된다. 그 지점에서 김태용의 소설 몇 구절은 차라리 소설이라기보다는 유머러스한 음악이 된다. 음악은 알다시피 그 비지시성으로 하여 가장 추상적인 예술 장르로 알려져 있다. 음악은 아무것도 지시하지 않는 고도로 추상화된 기호인 소리만을 사용하는 예술이다. 다음 구절은 그렇다면 음악인가 문학인가?

나는 **침낭** 속에서밖에 잘 수 없는 인간이다. 누군가 당신은 어떤 사람인가요, 하고 묻는다면 너무도 쉽게 자신의 치부를 드러내는 사람처럼 그렇게 고백해야지 하고 마음먹고 있다. **침낭**이라는 물건은 침낭의 이미지로부터 비롯되었다. 여전히 나는 **침낭**보다 **침낭**의 이미지에 〔……〕. (「잠」, p.146, 강조는 인용자)

'침낭'을 (음악적)주제로 한 문장들은 이후로도 한참을 더 이어진다. '침낭'을 주재료로 한 이 문장들은 차라리 비음(ㅁ과 ㅇ) 종성 명사의 음성 자질을 한없이 살려 리드미컬한 소리의 연쇄를 만들어내기 위해 고안되었다고 해도 과언이 아닐 정도다. 단어의 무의미한 반복적 사용이 그 단어로부터 의미는 삭제하고 소리만 남게 한 형국인데, 편의상 소리만 남은 '침낭'을 악곡에서처럼 제1주제라고 하자. 이제 2주제가 이어진다.

> **당신**은 내 몸 위에 올라타 하체에 힘을 실어 나를 짓누르며 **당신**, **당신**,이라고 소리를 질렀다. **당신**이라는 사람이 아무에게나 **당신**이라고 부르는 것이 몹시 불쾌했다. 나는 **당신**으로부터 **당신**이라고 불릴 만한 인간이 아니다. **당신**은 나를 모르고 있다. 단지 **당신**과 잠자리를 할 수밖에 없었던 비루한 욕망 덩어리에 불과했던 나를 **당신**의 **당신**으로 등극시킨 것은 **당신**의 철저한 오류다. **당신**이 나를 **당신**이라고 부른 것은 〔……〕. (「잠」, p.147)

소리내어 읽어 보면 이 문장들의 묘미를 더 잘 느낄 수 있는데, 역시 '당신'을 주제로 한 문장들은 한참 더 이어진다. 의미로부터 해방된 채 소리만 남은 '당신'이라는 기표, 이것이 2주제다. 침낭에 이어 역시 비음을 받침으로 하는 이 단어의 선택은 의미 자질을 염두에 둔 것이 아니라 소리 자질을 염두에 둔 선택으로 보인다. '침낭'에서 '당신'으로의 변화는 그러니까 그 단어들의 기의와는 무관하게 음소의 유사성에 의해 이루어진다. 그것은 차라리 변주다. 그러자 다시 3주제가 이어진다. 이번의 주제는 '송충이'다.

당신이 살고 있던 아파트 베란다를 올려다본다. 순간 뭔가가 내 목덜미를 간질이는 것이 느껴졌다. 손을 대보니 작고 물컹한 것이 만져졌다. 손바닥에는 작은 **송충이** 한 마리가 놓여 있었다. **송충이**는 몸을 꿈틀대는 것이 자신이 존재하는 유일한 증거라도 되는 양 잠시도 쉬지 않고 몸을 꿈틀거렸다. **송충이**의 모습을 지켜보면서 왜 하필 이 순간 **송충이**가 내 몸에 달라붙었나 하는 의문에 빠졌다. 내 몸에서 **송충이**이를 유혹하는 호르몬이 발산될지도 모른다는 생각과 동시에 **송충이**를 당신으로 불러보고 싶은 충동에 사로잡혔다. (「잠」, pp.148~49)

앞서 김태용 소설 특유의 자동기술법을 논하면서 '생각의 전이'에 대해서는 언급한 바 있다. 침낭에서 당신으로 당신에서 송충이로 이어지는 이 소설의 전개과정은 분명 그 생각의 전이와 관련이 있다. 그러나 앞생각과 뒷생각을 매개하는 것은 의미론적 인과 관계가 아니다. 음소적 유사성이 생각의 전이를 일으킨다. 마치 작가는 대명사에 대해서는 전혀 모른다는 듯이 송충이를 여러 번 반복하는 수고를 거듭하면서도 '그것'이란 말로 송충이를 대신하지 않는다. 비음 종성 체언의 반복이 만들어 내는 리듬을 훼손하지 않기 위해서이다. 악곡은 더 이어진다. 다소 모호한, 그래서 주제라고 하기에는 좀 뭣한 '(좌측) 통행' 변주가 한동안 계속되다가, 이제 교향곡의 클라이맥스가 그렇듯이 몇 개의 주제들이 겹쳐지면서 복잡한 리듬을 만들어낸다.

어쩌면 그때의 **송충이**가 지금의 **송충이**인지도 모르겠다는 생각에 빠진 나는 **송충이**의 공포로부터 벗어나기 위해 **침낭**을 떠올릴 수밖에 없었다. **송충이**를 두려워해 **송충이** 흉내를 내지 않고서는 잠을 이루지 못하는 인간. **침낭** 속으로 들어가 한 마리의 **송충이**가 되기 위해 과도한 수면을 취해야만 하는 운명. **송충이**의 이미지는 과거의 시간을 순식간에 휘감아버리고 나에게 축축한 **침낭**의 이미지로 치환되었다. **송충이**를 너무나 두려워한 나머지 스스로 **송충이**가 될 수밖에 없는 인간의 헛된 환각이 불러온 명징한 이미지. 그것이 **침낭**이다. (「잠」, pp.156~57)

나는 **침낭** 속에서 잠을 청할 수밖에 없는 인간이다. 당신은 내 **침낭**으로 들어오기를 거부했다. 아니, 내가 나의 **침낭**으로 당신이 들어오는 것을 사절했다. 당신과 함께 **침낭** 속에서 몸을 꿈틀거리고 나면 정말로 **침낭** 속에 무수히 많은 **송충이**들이 꿈틀거릴 것만 같았다. **당신**은 **침낭**을 편협하고 탐욕으로 가득 찬 나만의 세계라고 오해했다. 내가 없는 사이 **당신**이 내 삶의 비밀을 몰래 엿보듯 **침낭** 속에 들어가 잠들어 있는 것을 보고 **당신**을 짓밟아 버리려고 했다. 터진 육체에서 쏟아져 나오는 분비물들이 **침낭**을 적시는 광경을 똑똑히 바라보고 싶었다. **당신**은 나의 잠의 영역을 침범해서는 안 된다. 나는 쉽게 잠들 수 없는 인간이다. 누구도 나를 잠재우려고 애쓰지 마라. (「잠」, p.157)

첫번째 인용문에서는 1주제와 2주제가 섞이면서 변주된다. 두번째 인용문에서는 악곡의 클라이맥스답게 1주제와 2주제에 더해 3주제가 겹쳐지면서 아주 복잡한 리듬이 형성된다. 다른 글(「퀠퀠퀠퀠퀠 퀠퀠퀠퀠 퀠퀠퀠」, 한국문학, 2006년 겨울호)에서 이미 언급한 적이 있어 여기서는 다시 거론하지 않았지만, 「풀밭 위의 돼지」에서도 이와 같은 글쓰기는 도드라진다. 그렇다면 이런 식의 구성을 작가가 의도하지 않았다고 말하기는 힘들다. 김태용은 최소한 「잠」과 「풀밭 위의 돼지」에서 만큼은(이 작품에서는 '풀밭', '생각', '아들/혼들', 그리고 '퀠'을 주제로 한 변주들이 펼쳐진다) 마치 작곡을 하듯 소설을 쓴다. 단어들은 누적된다. 원칙적으로 생각이 전이되는 것은 막을 수 없으므로, 기표는 무한 증식이 가능하다. 그러나 의미는 누락된다. 기표가 쌓일수록 그 소리 자질에 따른 변주들은 계속되지만, 기의는 사라진다. 작품은 점점 음악이 되면서 의미는 사라져간다. 그렇게 그는 데리다의 사도가 된다. 한없이 많은 말을 떠벌이지만, 사실은 아무 말도 하지 않은 셈이 되기 때문이다. 그럼으로써 언어의 의미 은폐적 성질을 폭로하고 스스로는 의미로부터 해방된 소리의 물질성만을 누리기 때문이다. 그는 말하자면 작품 「벙어리」의 화자처럼 떠버리이면서 동시에 벙어리이다.

귀에 대하여

이 '떠버리/벙어리' 화자들의 기원에는 일반적으로 그렇듯이 귀앓이가 있다. 듣지 못하는 자는 대개 말하지 못한다. 귀를 통해 말(이것을 복잡하게, 언어적 상징계라거나 아버지의 이름이라거나 대타자의 부름이라고 불러도 무방하다)을 배우지 못한 자가 상징계의 언어적 질서에 적응하지 못하는 것은 자명한 이치이다. 아니나 다를까 김태용의 화자들은 종종 중이염을 앓거나, 따귀를 얻어맞아 귀를 다친다.

그러나 이때의 귀는 단순한 청각기관이 아니다. 김태용의 소설에서 귀는 자아가 언어를 통해 주체로 형성되어갈 때, 그러니까 상징계의 질서를 받아들이는 데 있어 관건이 되는 기관이다. 그러나 귀에 생긴 이상으로 인해 김태용의 화자들은 말을(특히 아버지의 말을) 잘 알아듣지 못하는 경우가 흔하다.

「검은 태양 아래」의 소년 화자는 아버지와 아버지의 정부와, 그 정부의 아들이자 자신에게는 이복형제인 '친구'(화자는 후에 이 친구의 아내, 그러니까 형수이거나 제수되는 여자와 불륜에 빠진다. 김태용의 소설에 등장하는 이 지독한 '동족혼제 간접화,' 곧 패륜은 따로 지라르의 논지에 따라 분석을 요하는 것으로 보이는

데, 이 글에서는 차후의 과제로 미룬다)와의 해수욕 이후 중이염을 앓는다. 중이염에 대해 그는 이렇게 말한다. "물속에 빠져 있는 듯 모든 소리들이 멍하게 들리고 귀 밖으로 냄새나는 고름이 흘러나왔다. 치료가 끝나고 나서도 나는 중이염을 핑계로 아버지의 부름에 답을 하지 않아도 된 것에 스스로를 대견스러워했다"(「검은 태양 아래」, p.23). 그에게 귀앓이는 항상(!) 아버지의 말을 받아들이지 않아도 되는 핑계가 되고, 실제로도 그렇게 한다. 그러니까 그는 중이염 덕에 상징계로의 편입을 피한다. 유사한 상황이 다른 작품에서도 등장한다.

말을 배우지 않아도 말을 할 수 있는 능력이 발달한 나는 성장할수록 아버지와 대화하는 것을 피하려고 극도로 애썼다. 귀가 잘 안 들린다는 핑계로 아버지의 물음이나 지시, 명령, 협박을 받아들이지 않았다. 귀에 벌레가 들어간 것 같아요,라고 말하자 나의 귀를 붙잡고 눈을 들이대며 살펴보더니 아무것도 보이지 않아, 너무 어두워,라고 시큰둥한 반응을 보인 뒤 어머니에게 이비인후과에 데려다주라고 명령했다. 아버지의 명령을 은근슬쩍 거역하는 것이 삶의 유일한 위안이었던 어머니는 끝내 나를 이비인후과에 데려다주지 않았다. (「벙어리」, pp.211~12)

여기서도 아버지의 물음이나 지시, 명령, 협박을 거부하는 좋은 핑계가 바로 귀앓이다. 어머니마저 화자를 이비인후과에 데려가지 않았으니 그는 영영 대타자의 호명에 응하지 못한다.

비슷한 예는 더 있다. 아버지의 죽음을 두고 "죽을 놈이 죽었다"(p.64)라고 아무렇지도 않게 말하는 「오른쪽에서 세번째 집」의 화자는, 아버지가 죽고 나서 귀를 앓다가 커다란 녹색 병 하나를 귀 속에서 꺼내게 된다. 그 속에는 죽었던 아버지가 살아서 들어 있다. 그러나 이 이야기는 대타자 아버지의 끈질기고 위엄 있는 귀환의 서사와는 상관이 없다. 병 속의 아버지는 바로 그 병 안에서 아내의 정부가 뿜어내는 정액을 뒤집어 써야 하고, 남국의 휴양지에서 바다에 버려져야 하고, 또 용케 집으로 귀환한 후에도 고작 어느 집에나 있게 마련인 "쓸모 없는 물건 하나쯤"으로 취급당할 것이기 때문이다. 이것이 아버지에 대한 김태용식 정의다. "어쩔 수 없는 존재," 혹은 어느 집에나 있게 마련인 "쓸모 없는 물건," 그 이름도 거룩했어야 할 아버지가 그다.

사실 김태용 소설 속에 빈번히 등장하는, 치매에 걸려 똥 싸는 아버지, 똥을 싸다가 "살아온 지난 시절을 응집한 최후의 말"로 "아, 똥이 나온다. 똥이"라는 유언을 남기고 죽은 고조할아버지(「풀밭 위의 돼지」), 살아생전 용서할 수 없는 짓만 했던 아버지, 그래서 그가 죽자 화자로 하여금 아버지의 뼈를 뿌렸던 장갑을 끼고 수음을 하게 한(「검은 태양 아래」) 아버지들은 모두 화자의 귀를 통과하지 못한다. 오히려 김태용에게 귀는 청각기관이라기보다는 아버지의 말을 차단하는 기관이라고 해야 맞다.

아버지의 말만 선택적으로 차단하는 귀를 가진 덕분에(탓에?) 김태용의 소년 화자들은 소위 '정상적인' 주체로 자라나지 못한 듯하다. 상징계에 편입되지 못했으니 언어의 의미 있는 사용법을 터득했을 리 만무하고, 금기로 가득한 사회에 적응하는 법 역시 터득했을 리 만무하다. 그런 이유로 그들이 무의미한 말들을 한없이 늘어놓는 떠버리가 되거나, 아니면 아무 말도 못하는 벙어리가 되는 것은 당연해 보인다.

한 상황주의 집단의 몰락

상징적 질서를 받아들이지 못했거나 받아들이기를 거부한 주체, 대개 그런 (반)주체들을 일러 우리는 급진적이라거나 저항적이라 부르고, 그들이 예술을 할 경우 '아방가르드'라 부르기도 한다. 이 (반)주체로서의 벙어리/떠버리들이 '사회적 참여'(?)에 나서는 예가 소설집을 통틀어 두 번 등장한다. 「잠」의 '좌측통행 거부'와 「차라리, 사랑」의 '상황주의적 퍼포먼스'가 그것들이다.

전자의 예에서 사회의 상징적 질서에 대한 거부로서 좌측통행을 포기한 소년 화자는 이후 끝없는 불면에 시달린다. 정작 좌측통행을 거부하고 나자 밀려온 것은 상징계 바깥 세계의 한없는 자유가 아니라, 공허와 불안이다. 화자는 스스로에게 묻는다. "인간은 왜 좌측으로 통행해야 하는가, 따위의 현실적인 물음들은 더 이상 내게 중요하지 않았다. 좌측통행의 허위를 벗어났을 때 밀려오는 공허감을 극복하고 스스로 자신의 무겁고 혼란스러운 삶을 감당할 수 있는가"(「잠」, p.154). 안됐지만 답은 '아니올시다'이다. 텍스트 외부에도 상징계 바깥에도 존재하는 것은 아무 것도 없다. 소설 말미 화자는 철창에 갇힌다. 그러자 잠이 몰려온다. 아마도 철창은 언어의 감옥일 것이고 그 감옥에 갇혀야만 인간은 편안히 잠들 수 있을 것이다. 철창을 나오는 순간은 물론 무의미한 말들이 다시 시작되는 시간이 될 것이고.

　「차라리, 사랑」의 화자들은 「잠」의 소년 화자에 비하면 훨씬 목적의식적이고, 조직적이고, 집단적이다. 그들은 핸드폰도 공동으로 소유하고, 스스로들 '신성한 동물극장'이라 부르는 광란의 난교도 마다하지 않는다. 정황상 버젓한 직장을 포기하고 사보타지를 실행 중인 것으로 보이는 그들은, 상황주의자들의 거두 기 드보르가 『스펙타클의 사회』에서 예견한 그대로 서로를 '우리 중의 하나'라고만 부름으로써 이 사회가 개인의 고유성과 체험의 직접성을 말살하는 획일화된 장소임을 명명을 통해 증거 하기도 한다. 최후의 퍼포먼스 직전, 그들이 놀이터에서 보여주는 퇴행적 술래잡기는 그래서 다소 장엄한 데가 있고, 스펙타클의 진수인 쇼핑몰 9층에서 카트와 함께 추락을 감행하는 장면은 그야말로 온몸으로 아방가르드적이다. 그들은 한국 문학에 최초로 등장한 상황주의자들임에 틀림없다. 그러나 기 드보르의『스펙타클의 사회』의 첫 문장에서 이미 이루어진 예언을 그들이 넘어설 수는 없는 노릇이다.

현대적 생산조건들이 지배하는 모든 사회들에서, 삶 전체는 스펙타클들의 거대한 축적물로 나타난다. 직접적으로 삶에 속했던 모든 것은 표상으로 물러난다. (기 드보르,『스펙타클의 사회』, 이경숙 옮김, 현실문화연구, 1996, p.10)

모든 것이 표상으로 물러난 세계(라캉이라면 그것을 상징계라 했을 것이다)에서 표상 밖으로의 탈출은 불가능하다. 그래서 소설 말미 살아남은 '우리 중의 하나'는 생각한다.

…… 약속한 대로 또 다른 우리를 조직하고 상황을 만들 수 있을지 알 수 없었다. 우리가 만든 상황이 또 벌어진다면 그것은 반복되는 쇼핑과 다를 바 없다, 우리는 상황의 어설픈 판매자에 불과하다,라는 혼란에 사로잡힌 우리 중 하나는 결국 도대체 우리는 언제 어디서 굴러먹다 만나게 된 개뼈다귀들이고, 왜 이토록 무모한 상황을 벌이고 말았는가에 대한 회의에 빠지고 말았다. 우리 중 하나는 자신의 능력 밖의 상황에 무릎을 꿇고 모든 상황판단을 중지했다. (「차라리, 사랑」, p.199)

스펙타클의 사회는 말할 것도 없이 기호들의 거대한 체계다.

비록, 「잠」의 소년 화자나, 끝내 풀밭(이 역시 언어의 감옥일 터인데) 위에서 이리저리 뒹굴지만 풀밭을 벗어나지는 못했던 「풀밭 위의 돼지」의 늙은 화자, 그들보다는 더 조직적이고 급진적이고 실천적이고 용감했지만 그들 역시 언어의 감옥에 갇힌 포로였음을 부인하기는 힘들어 보인다. 그렇다면 그들이 택한 마지막 대안 '차라리, 사랑'은 그 누구도 언어의 감옥에서 벗어날 수 없음에 대한 원한과 절망의 다른 표현이다. 그들은 사랑을 이렇게 말한 적이 있다. "만약 사랑이란 말이 또다시 누군가의 입에서 튀어나오면 우리는 그 누군가를 매장하거나 앞 다투어 그동안에 참아왔던 사랑이란 말을 내뱉으며 서로를 괴롭혔을 것이다. 사랑이란 말을 책임지기 위해 인생을 탕진하고 말 것이다. 우리가 약속하고 바라던 상황은 벌어지지 않을 것이며, 결국 이전처럼 사물과 권태의 썩은 내가 진동하는 세계에 굽실거리며 살아갈 것이다"(「차라리, 사랑」, p.183). 그런 그들이 차라리 사랑을 택했다면, 그들은 결국 "사물과 권태의 썩은 내가 진동하는 세계에 굽실거리며 살아"가기를 감수하기로 했단 말일까? 그럴 것이다. 아니 그럴 수밖에 없을 것이다. 풀밭 너머에도 철창 너머에도 쇼핑몰 너머에도 존재하는 것은 없을 테니까.

그러나 말이 남는다. 아버지의 언어로부터 귀를 차단해버린 벙어리/떠버리의 기의 없는 기표들, 그것들 말이다. 김태용의 화자들이 보여준 편집증적 자동기술과 무의미한 언어들의 중얼거림은 상징계의 질서를 거부했으나 그 바깥으로 나가지는 못한

자들의 영혼을 잠식하는 불안의 소산이다. 강박적으로 떠벌이지 않는 한 그 불안은 소멸될 성질의 것이 아니다. 게다가 그것은 포스트구조주의 이후의 세계를 살아가는 소설가에게 주어진 몇 안 되는 대안들 중 하나이다. 차라리, 사랑! 차라리, 수다! 차라리, 침묵! 차라리, 글쓰기! 그러니까 쓰면서 지우기……

작가의 말

불안과 부끄러움의 나날들이었다.
수도꼭지를 틀면 어김없이 녹물이 쏟아져 나왔다.

나는 취미가 없어요.
라고 당당하게 말하지 못하는 자신에게
연민과 공포를 가졌다.

오독의 과정이 곧 글쓰기라고
말한다면 다시 그대들은 오독을 하고 말 것이다.

내가 오독한 글들을 조용히 떠올려본다.
수면 위에 간신히 떠 있는 글들

수면 아래 구태여 가라앉아 있는 글들
그리고 스스로 늪이 되어버린 글
어쨌든 살아 있어주어 고맙다

아내 서진희와 두 아이 현울, 현담으로부터
지상의 유일한 양식 같은 사랑을 받고 있다.
언제나 받은 만큼 돌려주지 못해 미안할 따름이다.
나의 첫번째 문장은 그들의 것이다.

두 아이 역시 언어를 찾고 나면 나의 글을 오독하겠지.
그 생각이면 또 다시 불안과 부끄러움이다.

보이지 않는 독자로 살아가고 싶었던 적이 있었으나
이제 보이는 작가로 살아갈 수밖에 없다.
두려운가요.
묻는다면
그렇지만 흥미롭지요.
세계는 여전히 농구공 같으니까요.
라고 대답하고 싶다.

21세기가 조금만 더 간절히 나를 원했으면 좋겠다.
그땐 책들을 모두 버리고

나이트가운을 입은 채

누구도 알아들을 수 없는 문장을 중얼거리며

프라하 거리를 걸어도 좋을 것이다.

나를 위해 침묵하는 가족들.

박성원형, 김도언형, 박성근군, 김문식군.

숭실대학교 문예창작학과 선생님들과 동기, 후배들에게 특별

히 고마움을 전한다.

그리고 이름 뒤에 숨은 사람들.

또 다른 오독을 위한 좋은 해설을 써주신 김형중 선생님,

문학과지성사 선생님들과 편집부에게도 감사를 보낸다.

수록 작품 발표지면

검은 태양 아래 『문예중앙』 2006년 봄호

풀밭위의 돼지 『문학들』 2006년 가을호

오른쪽에서 세번째 집 『세계의 문학』 2005년 봄호

유리방 『리토피아』 2005년 여름호

중력은 고마워 『작가세계』 2006년 가을호

잠 『문학과사회』 2007년 여름호

차라리, 사랑 『문장웹진』 2006년 11월

벙어리 『세계의 문학』 2007년 여름호

편백나무 숲 밖으로 『창작과비평』 2007년 봄호

궤적 『문학판』 2005년 겨울호